TRONO DE PODER

BILOGÍA DEL TRONO **LIBRO 1**

TRONO
DE
PODER

RINA KENT

Traducción de Gema Pereira Silvestre

Argentina • Chile • Colombia • España
Estados Unidos • México • Perú • Uruguay

Título original: *Throne of Power*
Editor original: Blackthorn Books LIMITED
Traducción: Gema Pereira Silvestre

1.ª edición: marzo 2026

Copyright © 2021 *by* Rina Kent
All Rights Reserved
© de la traducción, 2026 *by* Gema Pereira Silvestre
© 2026 *by* Urano World Spain, S.A.U.
López de Hoyos, 92, Planta Baja Derecha – 28002 Madrid
www.leosombras.com

ISBN: 978-84-15955-34-4
E-ISBN: 979-13-87899-42-4
Depósito legal: M-1.879-2026

Fotocomposición: Urano World Spain, S.A.U.

Impreso por: Romanyà Valls, S.A. – Verdaguer, 1 – 08786 Capellades (Barcelona)

Impreso en España – *Printed in Spain*

ADVERTENCIAS DE CONTENIDO

Trono de poder es una novela de romance oscuro para lectores a partir de 18 años. En la novela vas a encontrar representados ciertos temas que pueden ser sensibles para algunas personas. Si no quisieras leer sobre ellos o crees que pueden afectar a tu salud mental, quizá este libro no sea para ti.

- Sexo explícito
- Violencia
- Asfixia erótica
- Tentativa de asesinato

Para las mujeres fuertes

Playlist

Throne – Bring Me The Horizon

A Little Wicked – Valerie Broussard

Monsters – Shinedown

Kingdom of Cards – Bad Omens

Start a War – Klergy & Valerie Broussard

I luv that u hate me – Story Untold & Kellin Quinn

Let Down – Dead By Sunrise

Scars – No name faces

Tell Me Why – Dream on Dreamer

Not Afraid to Die – Written by Wolves

Legends Never Die – Solence

Shotgun – Spoon

Far From Any Road – The Handsome Family

I'm a Wanted Man – Royal Deluxe

Cold Blood – Dave Not Dave

Bad Man – Blues Saraceno

This is War – Thirty Seconds to Mars

Dance With The Devil – Breaking Benjamin

Monster – Colours

The Resistance – Skillet

Cut the Cord – Shinedown

Hard to Love – Too Close to Touch

Kerosene – Vanish

1

Kyle

La verdad no es lo que ves. Es lo que interpretas.

No existe una verdad íntegra o una realidad perfecta. Existen las personas y los intereses.

Existe la paz y la guerra.

Existe el perder y el ganar.

He recorrido un largo camino en mi búsqueda por la auténtica verdad: la mía propia, la que me arrebataron hace treinta años.

Cuando me convirtieron en una máquina, nunca pensaron que me volvería en contra de ellos y que los destruiría desde dentro.

Me subestimaron.

Me encanta cuando lo hacen. Significa que voy a pasármelo de escándalo haciéndolos pedazos, crujiéndoles los huesos y viendo cómo la sangre brota por cada uno de sus agujeros.

Así funcionan las cosas para mí, esa es mi realidad. Y nadie va a ser capaz de detenerme.

Ni siquiera la muerte.

Puede intentarlo, pero he llegado demasiado lejos como para que me intimide algo tan insignificante como morir.

Cuando caiga voy a llevarme hasta el último de ellos conmigo, con sus nombres y títulos incluidos.

Si desaparezco de este mundo, ellos también lo harán. Si me vuelvo una sombra, ellos también lo serán.

Esta es mi resurrección.

Estoy delante de una mansión gigantesca en una zona apartada de Brooklyn. Los muros son lo suficientemente altos como para que nadie pueda asomarse. No hay ningún edificio alto a los alrededores, lo cual es un movimiento estratégico para descartar posibles francotiradores. Los bordes de los muros están equipados con alambrada como en un campamento militar, y varias cámaras colocadas en intervalos regulares por las paredes parpadean en rojo.

Si doy un paso al frente, me veré rodeado de guardias que no dudarán en dispararme un centenar de veces solo para asegurarse de que, en efecto, han acabado conmigo.

Se lo toman tan en serio que ni siquiera podría hacerme el muerto con los de su calaña.

Tras cometer sus crímenes, sabían que tenían que esconderse en palacios como estos, en los que están completamente a salvo del mundo.

Pero no de mí.

Jamás de mí.

Doy un paso adelante para colocarme justo en frente de la entrada. No se abre, pero tal y como esperaba, escucho el retumbar de unos pasos nada sutiles a mi espalda. Nunca aprendieron a cubrir sus huellas como les enseñé.

En fin. Supongo que no se puede transformar a un soldado en un asesino.

—Pon las manos en alto —brama uno de los guardias con un marcado acento ruso.

Hago lo que me dice porque, aunque morir no me asusta, sería un puto desperdicio que la causa de mi muerte fueran unos agujeros en la espalda. No solo eso: el que se llevaría el mérito por haber matado a la leyenda que soy sería este peón ruso. Una puta vergüenza, ya te lo digo. No sería capaz de mirar a mi padrino a la cara nunca más.

No es que lo haya hecho en el último par de años. Aunque esa es otra historia trágica que no viene a cuento ahora.

El chasquido de un arma suena a mi espalda antes de que vuelva a hablar:

—Pon las manos detrás de la cabeza y date la vuelta despacio. Un movimiento en falso y esparzo tus sesos por el suelo.

Me doy la vuelta y, como era de esperar, son tres. Dos de ellos sujetan sus armas en el costado mientras su líder, un guardia veterano con facciones desagradables y un bigote asimétrico que es más cómico que intimidante, apunta en mi dirección con un AK-4.

El arma que ha elegido desde luego que es de todo menos cómica.

En cuanto me ve la cara, abre los ojos con sorpresa y duda por una fracción de segundo.

Con esa única oportunidad me basta.

Cargo hacia delante y le golpeo con el codo en la garganta. En el momento en el que afloja el agarre del AK-4, se lo quito y luego me saco la pistola de la cintura.

Los otros dos soldados pierden un buen rato paralizados por la sorpresa. Para cuando me apuntan con sus armas, ya les estoy encañonando con el AK-4 y mi pistola a la cara.

—¿Acaso no os dije que un momento de duda es suficiente para que os maten? —Miro fijamente al guardia veterano porque lo conozco de antes (a él y su bigote espantoso). Estos son reclutas nuevos, con pinta de haber salido hace nada de sus años de adolescencia.

Él maldice en ruso y luego vuelve a hablar en inglés:

—¿Qué estás haciendo aquí, Kyle? ¿No podías mantenerte alejado, joder?

—Muestra respeto ante este *vor*, paleto. —Sonrío y él vuelve a maldecir.

Odian que un británico (y, por ende, alguien que no es ruso) recibiera dicho título por parte su antiguo *Pakhan*. Como nadie pueda arrebatármelo, eso hace que me odien todavía más.

El odio no importa. Mi objetivo, sí.

Convertirme en un miembro del grupo de élite de una organización que me importa una mierda forma parte de un plan que por fin empieza a dar sus frutos.

Le hago un gesto con el extremo del AK-4.

—Ahora llévame con tu jefe.

Infla el pecho y el bigote se le mueve como si participara en el movimiento.

—¿Por qué tendría que hacer eso?

—Igor y yo tenemos una guerra que empezar.

2

RAI

Si el poder se te escapa, no tienes nada.

No se trata solo de estar en la cima. Si estás lo suficientemente arriba, nadie te toca a ti ni a tu gente. Nadie se atreve a mirarte, y cuando lo hacen, están cegados por la intransigencia que proyectas hacia ellos.

Por eso nunca he parado, ni lo haré.

Cuanto más subo de rango, más me respetan, y algún día todos se postrarán ante el apellido de mi abuelo.

—Somos Sokolov, Rai —me dijo una vez—. No nos arrodillamos. Lo hacen los demás.

Con sus palabras marcadas en lo más profundo de mi corazón, bajo las escaleras.

La casa es enorme, como era de esperar de un complejo neoyorquino de la Bratva. Las amplias escaleras de mármol conducen a un gran vestíbulo con suelo de mármol claro. El sofá chéster del centro, las columnas, e incluso la alfombra, están ribeteados en oro. Los techos son abovedados, y en el medio hay una pintura de ángeles luchando contra demonios. Es algo que normalmente hace que los visitantes se detengan y observen con atención los detalles intrincados de la imagen.

Aunque normalmente también es lo último que ven antes de que «se encarguen de ellos». Además de invitar a nuestros socios, también invitamos a nuestros enemigos.

Cielo e infierno. Ángeles y demonios.

Dedushka, mi abuelo, era así de poético, lo cual no debería haber sido una sorpresa teniendo en cuenta sus orígenes. No solo era el líder de una de las ramas más exitosas de la Bratva en Estados Unidos y en Rusia, sino que sus raíces se remontaban a los inicios, al final de la Segunda Guerra Mundial.

Yo formo parte de ese linaje.

De hecho, ya soy la única que puedo protegerlo.

Hoy he optado por pantalones de vestir negros que me dan un aire autoritario. El abrigo *beige* me cuelga de los hombros, sin ponérmelo del todo. Es una excentricidad que aprendí de *dedushka*. Llevo el pelo rubio recogido en un moño elegante. Mi maquillaje no es llamativo, pero llevo varias capas, lo que me hace aparentar tener más de treinta años, en lugar de veintiocho.

Ser joven es una debilidad en el mundo de los *vory*, y no pienso permitir que se aprovechen de ninguna de mis carencias.

Me detengo al ver una cara radiante a los pies de la escalera. Anastasia, mi prima segunda, sonríe cuando me ve, revelando unos dientes perfectamente rectos, y pequeñitos. De hecho, todo en ella lo es: desde la nariz hasta los labios, también su figura. Lo único grande son sus enormes ojos verdes. Es como mirar directamente a un apacible océano tropical.

Lleva un modesto vestido de manga larga que le llega por debajo de las rodillas. Su pelo rubio, varios tonos más claro que el mío, está recogido en una impecable coleta baja con un lazo largo. Como de costumbre, ni un solo gramo de maquillaje cubre su rostro. Su sonrisa flaquea por un segundo, y todas mis alarmas se disparan a la vez. La mamá osa sedienta de sangre que hay en mí sale a pasear.

—¿Qué ocurre, Ana?

—Es que… —Sacude la cabeza—. Nada, Rai. Que tengas un buen día.

—Ana. —Hablo con mi tono serio, el que sabe que nadie debe desafiar—. Puedes decírmelo ahora, o podemos quedarnos aquí todo el día hasta que lo hagas.

Se muerde el labio inferior, mirándome por debajo de sus gruesas pestañas naturales. Eso debería significar que está a punto de soltarlo.

Desde que me trajeron al mundo de los *vory*, siempre pensé que solo tenía a *dedushka*, y que con eso bastaba teniendo en cuenta que era el *Pakhan* de la Bratva.

Pero entonces, mi tío abuelo Sergei, el hermano menor de *dedushka*, trajo a Anastasia a vivir con nosotros. La primera vez que la vi, yo tenía trece años. Ella solo cinco. En aquella época me miraba como si viera el mundo, como si yo fuera la salvadora de la vida que llevaba antes.

Nos convertimos en mejores amigas al instante; o más bien, me convertí en su protectora, era demasiado frágil como para enfrentarse al mundo.

Quince años más tarde, sigue viéndome igual que antes.

Me acerco a ella, dejo caer el bolso a un lado y trato de eliminar la severidad de mi tono. Anastasia confía en mí, pero también me contó que puedo llegar a dar miedo, no a ella, sino en general.

Eso es lo último que quiero que sienta mi Ana por mí, pero si es lo que hace falta para protegerla, no solo daré miedo: haré volar el puto mundo entero en pedazos.

Le coloco una mano en el hombro y la acaricio suavemente.

—Sabes que puedes contarme cualquier cosa, ¿verdad?

Ella asiente dos veces.

—Entonces, ¿por qué no me lo dices?

Anastasia vuelve a morderse el labio inferior.

—¿No te vas a enfadar?

A diferencia de la mayoría de los *vory*, los cuales tienen un marcado acento ruso, ella habla inglés con un acento americano perfecto, probablemente porque le he estado enseñando desde que éramos crías.

—Nunca me enfadaría contigo. —Le regalo la que probablemente sea el tipo más amable de sonrisa que puedo ofrecerle a nadie.

—Papá ha dicho... ha dicho...

—¿Qué?

Traga saliva.

—Ha dicho que tengo que prepararme.

—¿Prepararte para qué?

—Ya sabes.

—No, a menos que me lo digas, Natyshka. —Uso su apodo cariñoso ruso porque responde mejor cuando lo hago.

—P-para... casarme.

—¿Para *qué*? —Grito y ella da un respingo; se le tensan los hombros bajo mi contacto. Maldigo para mis adentros por asustarla y tardo un buen rato calmarme—. ¿Te ha mencionado con quién quiere casarte?

Sacude la cabeza una vez mientras se mira los zapatos planos.

—Solo ha dicho que tengo que prepararme. ¿Eso… eso significa que no puedo seguir estudiando?

Se le rompe la voz con la última frase. Hay pocas cosas que me afecten tanto, y Anastasia encabeza la lista. Verla sufrir es como si me arrancaran una de las extremidades del cuerpo.

Le levanto la barbilla y ella me mira con expresión derrotada. No hay lágrimas porque se ha criado para ser la hija perfecta de un *vor* desde muy temprana edad.

Para ella, llorar no es una debilidad como la considero yo. En el diccionario de Anastasia, las lágrimas no son son propias de una señorita y no deberían mostrarse en público.

El hecho de que quiera expresar su tristeza, pero que no pueda, se me clava aún más hondo.

Fuerzo una sonrisa, peinándole el pelo hacia atrás.

—No tienes que prepararte para nada. Hablaré con el tío abuelo, y nada de esto ocurrirá.

Se le ilumina la cara.

—¿En serio?

—¿Alguna vez te he hecho una promesa y no la he cumplido?

Su expresión se ilumina.

—Nunca.

—Vete a estudiar y no te preocupes por esto. Como tienes exámenes dentro de poco, no hace falta que vayas a la empresa.

—Quiero hacerlo.

Ana ha estado haciendo prácticas en V Corp durante casi un año ya. Estudió ingeniería informática, lo cual todo el mundo considera inútil en nuestra línea de trabajo. Yo fui quien la impulsó porque es algo que eligió libremente y sin ataduras. Es una genio de los números y hubiera sido un desperdicio no aprovechar ese talento.

—Como prefieras. ¿Dónde está el tío abuelo?

—Está en el comedor… pero puede que prefieras no entrar ahí. Papá está teniendo una reunión con el resto de los *vory*.

—Cómo no. Déjame adivinar: ¿Mikhail está ahí dentro?

—Emm... sí.

¿Por qué no me sorprende que el tío abuelo saque el tema del matrimonio cuando esa alimaña está cerca?

—Vuelve a tus estudios, Ana. No dejes que nada de esto te afecte.

Ella duda, pero luego suelta abruptamente:

—Ten cuidado. Ya sabes que no les gusta que estés ahí dentro.

—Menos les va a gustar después de hoy.

—Rai...

—No te preocupes. Tendré cuidado —le digo para tranquilizarla, aunque ya estoy planeando una guerra.

Ella da un paso al frente y me abraza.

—Cuídate, Rayenka.

Luego sube la escalera con pasos moderados.

Nunca me ha gustado mi apodo cariñoso ruso, a menos que sea Anastasia quien lo use. Cuando vine a vivir con *dedushka*, insistía en que mi madre me había llamado Rai, que en realidad era un diminutivo de Raisa, un nombre ruso. Se inventó toda esa historia solo para poder ponerme un apodo en dicho idioma.

Desde que murió, Anastasia es la única que me llama así. Bueno, y el tío abuelo Sergei cuando no está enfadado conmigo. Digamos que hoy no va a usar ningún apodo cariñoso porque estoy más que preparada para arruinar su reunión.

A la que no estaba invitada...otra vez.

Después de la muerte de *dedushka* hace siete años, Ivan, el sobrino del abuelo a quien había criado como su propio hijo, deseaba tanto el poder que no solo intentó matarme a mí, sino también a su propio tío, Sergei.

Pasé por un auténtico infierno, trabajando entre bastidores y organizando reuniones con el grupo de seguridad, el grupo de apoyo y los cuatro brigadieres que son el brazo ejecutor de los *vory*. Llegué incluso a reclutar a los poderosos *boyeviks*, en quienes los líderes de los brigadieres confiaban más que en su propia familia.

Dedushka me dejó una lista negra que contiene los nombres de personas influyentes con los que los *vory* tienen trato. Dijo que quien tuviera esa lista está destinado a gobernar. Ni falta hace decir que cualquier miembro de la hermandad me habría matado antes de permitir que una mujer reinara sobre ellos.

No es que yo quisiera, pero *dedushka* me confió el apellido familiar. Mi misión en la vida es proteger el honor de mi familia. Que haya nacido mujer no significa que vaya a permitir que nadie me pisotee.

Pero como sabía que cualquier resistencia nos costaría la vida a Ana, a mí y al tío abuelo, le entregué dicha lista. De esa forma, Sergei Sokolov se convirtió en el actual *Pakhan*. El jefe. El líder de la hermandad.

Al menos de puertas para afuera.

Solo el tío abuelo y yo, junto con los miembros más leales de nuestro grupo de élite, sabemos que tiene cáncer de pulmón, contra el que lleva luchando meses.

En el momento en el que el resto del grupo de élite se entere, todo se irá al traste. El *Pakhan* no puede ser débil. No puede liderar a los *vory* si no puede mantenerse en pie.

Lo asesinarían y luego tendría lugar una guerra sin cuartel entre los cuatro brigadieres, los reyes que realmente aportan dinero a la hermandad. Es posible que los líderes del grupo de seguridad se unan también. Será una lucha de lobos contra lobos, y una cosa es segura: a Anastasia y a mí nos obligarían a casarnos con miembros de sus familias o nos matarían en caso de desobediencia.

Teniendo en cuenta mi carácter indomable, está claro que a mí me matarían.

No hay forma en este mundo en la que consigan echarme de la hermandad que prosperó con *dedushka*. Él empezó este legado, y yo continuaré defendiéndolo.

Mientras el tío abuelo ha estado al mando, yo he ido ascendiendo puestos en V Corp. Es la tapadera legal de la hermandad, y por ella circula una gran cantidad de dinero con el que se cubre la mayor parte de asuntos fiscales.

Hace un año le arrebaté el puesto de director ejecutivo a un codicioso socio de los *vory*. En poco tiempo, las ganancias netas de V

Corp aumentaron un cincuenta por ciento, y seguirán creciendo en el futuro.

El tío abuelo es el CEO, pero solo de cara a la galería. En realidad, todo el trabajo recae sobre mis hombros.

Aunque nunca lo he considerado una carga, pues es mi forma de reclamar un sitio en su mesa. El tío abuelo empezó a invitarme con orgullo a las reuniones de los *vory*, dados los logros que presentaba a la hermandad, pero no a todas ellas, aparentemente, ya que a esta no estaba invitada.

Respiro hondo y me planto frente al comedor. Sus puertas dobles están ribeteadas con ornamentación dorada, y uso el intricado diseño como una oportunidad para meditar.

«Muy bien, guerra. Allá voy».

—Señorita Sokolov. —Me detengo al escuchar mi apellido a la izquierda. Miro a Vladimir, o Vlad, como me gusta llamarle.

Es parte del grupo de élite, un *sovietnik*, el cual es esencialmente el coordinador principal entre el *Pakhan* y los cuatro reyes. Juega un papel importante manteniendo la paz entre los cuatro brigadieres, y se asegura de que aporten beneficios a los *vory*.

Vlad es el único miembro del grupo de élite en el que confío, o más bien confío en su lealtad. Lo trajo *dedushka*, y ha ido escalando puestos hasta convertirse en quien es hoy en día.

Al igual que yo, quiere mantener el apellido de *dedushka* en el poder.

—Buenos días, Vlad.

—Llámeme Vova o Vlodya, señorita. No use apodos estadounidenses conmigo. —Habla con acento ruso, pero no es tan marcado como el del resto de la hermandad.

—Usaré lo que me dé la gana.

Él gruñe en respuesta. Lo hace mucho: responde gruñendo y resoplando. Es excesivamente inquietante, y eso se nota especialmente cuando expresa lo mucho que le desagrada mi mitad estadounidense, o cómo esa mitad se dirige a él.

Vlad normalmente es una persona gruñona, pero intensa, que espeta órdenes a sus soldados con un tono que está destinado únicamente a ser obedecido.

También tiene el aspecto que va con su personalidad malhumorada. No soy bajita en absoluto, pero él es tan alto y corpulento que me tapa la vista cada vez que se pone delante de mí. Hace que la chaqueta de su traje parezca de juguete en su cuerpo, y la barba le da un aire aún más intimidante.

—Ahora aparta, Vlad. Tengo una reunión a la que asistir.

Sus pequeños ojos claros no se inmutan, pero se coloca entre la puerta y yo.

—No está invitada.

—Aun así tengo algo que decir.

—Creo que es mejor si se guarda las palabras para usted, señorita.

—¿Sabes una cosa, Vlad? Me da igual lo que tú creas.

—Señorita.

—Vlad. —Le devuelvo la misma mirada impenetrable.

—No quiere estar ahí dentro.

—¿Por qué no?

—Están los cuatro reyes.

—Cuantos más, mejor. Todos tienen que escuchar lo que tengo que decir.

Él refunfuña.

—No puede socavar la autoridad del *vor* delante de ellos. Es una señal de debilidad.

—Ya lo sé, y por eso mismo no intento contrariarle delante de ellos, pero si crees que voy a dejar que le coman la cabeza mientras me quedo calladita y de brazos cruzados, entonces es que no conoces a Rai Sokolov.

—¿Comerle la cabeza?

—Quieren quedarse con Anastasia. El tío abuelo le ha dicho que se prepare para casarse, ¿y sabes quién está detrás de esto? Esos cuatro malditos reyes de los cojones, porque el tío abuelo no querría casarla.

La expresión de Vlad no cambia, pero dice en un tono monótono:

—No.

—¿Qué quieres decir con «no»? No puedo permitir que obliguen a Ana a casarse. Tiene veinte años, joder, es una niña que ni siquiera entiende el mundo todavía y quiere seguir estudiando. Les sacaré los ojos antes de que la metan en un vestido de novia.

Vlad me mira con una mezcla de lo que parece condescendencia y diversión.

—Estoy seguro de que lo harás.

—Claro que lo haré, así que no te quedes ahí diciéndome que no.

—Quería decir que no, que Sergei no la obligará a hacer eso.

—¿Cómo lo sabes si ni tú ni yo estamos ahí dentro, eh?

—No tiene permitido debilitar al jefe, señorita.

—Que sí, que vale. —Levanto una mano con desdén ante su tono severo. Me lo recuerda todos los días.

Se queda en silencio por un segundo, y pienso que va a oponerse con uñas y dientes, pero luego pregunta en tono pensativo:

—¿Por qué no lo hace usted?

—¿Hacer qué?

—Casarse.

—*¿Casarme?*

—Es mayor que ella, puede casarte.

—¿Se te ha ido la olla?

—Esta es, de hecho, una solución de lo más lúcida. La única forma de proteger a Anastasia y continuar en el poder a través del matrimonio.

—¿Crees que no lo he pensado? Pero ningún hombre de la hermandad me convertirá en su muñeca obediente. Preferiría morir antes que eso.

—¿Y si consigue convertirle a él en *su* muñeco obediente?

—¿A qué te refieres?

—No se case con un hombre para que gobierne en su lugar. Cásese con un títere a través del cual pueda gobernar usted.

—¿Y crees que existe un hombre así en la hermandad? Todos ellos están hambrientos de poder.

—Hay quienes, como usted, tienen a otros gobernando en las sombras en su nombre. Puede adoptar esa postura.

Oh. He oído historias sobre ello, pero siempre pensé que eran mitos.

—¿Y cómo podría estar segura de que esos hombres existen?

—Existen. Me he cruzado con varios de ellos, y es así como se me ocurrió este plan.

—Me gusta cómo piensas, Vlad.

Él gruñe y yo sonrío. Aunque es un poquito brusco (bueno, bastante), Vlad siempre piensa en lo mejor para mí. Si encontramos a alguien que cumpla los requisitos, resolvería los problemas de Ana y los míos. Puedo impulsar a mi marido títere hasta la cima y así no solo preservaré el legado de mi abuelo, sino que también protegeré a Anastasia de cualquier matrimonio absurdo.

—¿Algún candidato en mente? —le pregunto a Vlad con una sonrisa pícara.

—Lo investigaré y le traeré los informes completos.

Lo agarro de la barbilla con el pulgar y el índice.

—¿Te he dicho últimamente que eres el mejor?

—Más de lo necesario. —Él se aparta, murmurando entre dientes—: Estos estadounidenses y su necesidad de tocar.

—Te he oído, y soy tan rusa como tú, Vlad.

Se mantiene impasible.

—Si entra ahí, que sea para decirle a Sergei que está dispuesta a casarse.

Lo estoy.

«¿Lo estoy, en serio?».

Dejo escapar un profundo suspiro cuando los recuerdos de unos siniestros ojos azules invaden mi mente. A veces son la mejor parte de un sueño; en otras, lo más perturbador de una pesadilla que me despierta de un bote en mitad de la noche, sudando, con escalofríos y temblando.

No. Ya he superado a ese desgraciado.

Él me traicionó primero. Ahora es mi turno.

3

RAI

Abro las puertas del comedor de golpe y entro con la cabeza bien alta, justo como *dedushka* me enseñó.

Es fácil sentirse intimidada por los líderes del grupo de élite. La mayoría, incluido el tío abuelo, han estado en la cárcel. Mientras que en el mundo exterior eso se ve como una desgracia, para cualquier miembro de los *vory* supone un sello de honor.

El tío abuelo Sergei está sentado presidiendo la mesa. Es mayor, tiene unos sesenta años. Su pelo, que una vez fue rubio, ahora es completamente blanco, y está marcado por el paso del tiempo. Aunque el cáncer le ha echado años encima, no le ha hecho perder el pelo, probablemente por su cabezonería a la hora de negarse a recibir quimioterapia. Intento no mirarlo con odio ahora que sé que está intentando enviar a Anastasia con uno de estos hombres despiadados, capaces de comérsela viva.

Vlad se aleja de mi lado y se sienta a la derecha del tío abuelo, su lugar como *sovietnik*. A su izquierda se sienta Adrian, el *obshchak*. Ostenta el mismo nivel de poder que Vlad, pero en lugar de actuar como intermediario entre las brigadas y el *Pakhan*, desempeña un papel más crucial que implica proteger a la hermandad. Sabe a quién tiene que sobornar, y cuenta con una red de inteligencia que rivaliza con la CIA, probablemente porque tiene importantes conexiones dentro del propio Mosad.

A pesar de rondar los treinta y cinco, Adrian lleva con nosotros desde la época de *dedushka*, y siempre ha cumplido con su papel, sin falta. Es muy reservado y el más hermético de todo el grupo de élite. Por eso siempre siento que debo tener cuidado con él.

El hecho de que esté en esta reunión significa que es importante. Adrian rara vez asiste a reuniones o invita a alguien a su casa, pero siempre ha tenido vía libre por parte de *dedushka* y del tío abuelo debido a su papel decisivo. En resumen, nadie quiere enemistarse con Adrian, porque quienes lo hacen... Bueno, nadie sabe adónde demonios van a parar.

También es bastante callado y solo habla cuando es absolutamente necesario, que es cuando el jefe se dirige a él. Adrian es leal a los *vory*, pero es lo único a lo que debe lealtad. No dudaría en aplastarme si de alguna forma acabamos en bandos opuestos de una batalla.

Los cuatro reyes, también conocidos como brigadieres, ocupan el resto de las sillas: Damien, el viejo Igor, Kirill y el hijo de puta de Mikhail.

El último me fulmina con la mirada y yo hago lo propio, sin pestañear. A pesar de ser mayor, un poco más joven que Sergei, se mantiene erguido, y sus ojos azules son penetrantes a más no poder. No tengo ninguna duda de que fue él quien sugirió casar a Anastasia, probablemente con uno de sus hijos, que son todavía más repugnantes que él.

Ese gilipollas está a cargo de la parte más despreciable de los *vory*, la que he estado intentando erradicar de forma activa: el círculo de prostitución.

Quiere acabar conmigo porque sugerí con decisión delante de *dedushka* que la hermandad no necesita el círculo de prostitución y que estamos desperdiciando esfuerzos ahí cuando podemos obtener mejores ingresos por parte de V Corp.

Desde entonces, Mikhail me quiere ver muerta. Él fue quien respaldó a Ivan, el primo de mi madre, para que se convirtiera en *Pakhan* y acabara conmigo. Si piensa que voy a olvidarme de eso, es que no tiene ni idea de lo que conlleva mi apellido.

—¿Qué estás haciendo aquí? —dice con rabia, tal y como esperaba.

Lo ignoro, agarro la mano del tío abuelo, le beso los nudillos arrugados y la coloco sobre mi cabeza. Así es como todos los miembros de los *vory* saludan a su *Pakhan*. Puede que no tenga un título o un puesto oficial, pero soy uno de los pilares que sostienen esta organización, les guste o no admitirlo.

De pie, detrás de cada miembro de la élite está su mejor *boyevik*, que es básicamente un soldado o guardaespaldas de mayor rango y a quien confiarían sus vidas. Normalmente, estos líderes no se mueven sin una horda de soldados, pero en las reuniones con el *Pakhan*, solo se permite tener a uno por respeto al jefe.

Mi *boyevik* de mayor rango, Ruslan, me sigue y se coloca detrás de mi asiento cuando me siento al lado de Damien. Este último me dedica una sonrisa viperina. Le devuelvo la sonrisa y no me molesto en ocultar que es falsa.

No solo es un tipo escurridizo, sino que también es temerario como el que más. Damien es el tipo de rey que ordena eliminar a otras familias criminales dentro de nuestros territorios si nos han faltado al respeto de cualquier forma. Dice que es para enseñarles a agachar la cabeza cuando los miembros de la hermandad están cerca. Su naturaleza violenta y su ambición insaciable siempre lo han mantenido en mi lista de los que conviene no perder de vista.

Kirill se aclara la garganta desde su posición frente a mí. Tiene un físico similar al de Vlad en cuanto a corpulencia, pero es más tranquilo, como Adrian, probablemente debido a su habilidad para camuflarse. Sus gafas de montura negra le dan un aire astuto e inteligente, pero no ocultan la intensidad de sus ojos de zorro. Sonrío para mis adentros. Tengo algo contra ese imbécil, por lo que ahora no puede abrir la boca y mostrarse de acuerdo con Mikhail.

—¿Tiene algo para nosotros, señorita Sokolov? —pregunta Igor con un sereno, pero muy perceptible, acento ruso. Tiene la misma edad que Sergei, pero parece más joven porque lleva una vida sana y todavía entrena junto a sus soldados. La brigada de Igor es la más hermética y unida. Irían a la guerra por él con los ojos cerrados si hiciera falta. Después de la muerte de *dedushka*, fue uno de los que me ayudó a colocar a Sergei en el poder, pero también es conservador y sexista como los demás. Nunca se inclinaría ante una mujer.

—Sí, señorita Sokolov. ¿A qué debemos este placer? —Damien arquea las cejas, mirándome. Aunque sus padres son rusos, nació y creció en Estados Unidos, así que la mayor parte del tiempo habla sin acento.

Hablan en inglés cuando estoy cerca porque me tienen por una «yanqui» que no forma parte de ellos, a pesar de demostrar una y otra vez que soy igual de rusa.

—Sí —digo en ruso, mirando a mi tío abuelo—. Voy a presentar las cifras de V Corp correspondientes al último trimestre, así como la proyección del futuro beneficio neto.

—Eso puedes hacerlo en la empresa. —Mikhail no esconde su hostilidad—. Para ti no hay hueco entre los *vory*, Rayka.

Aprieto los dientes por la forma tan irrespetuosa en la que ha usado mi apodo, pero termino esbozando una sonrisa.

«Descolócalos con tu amabilidad, Rai. No dejes en evidencia a Sergei».

—Permíteme que discrepe, Mikhail. —Meto la mano en el bolso y saco el informe, luego empiezo a listar las cifras. Cuando termino, entrelazo los dedos sobre la mesa y lo miro con tanta templanza que siento que mi rostro se vuelve frío como el hielo—. La última vez que lo comprobé, tus burdeles no aportan ni la mitad que yo. La última vez que lo comprobé, el valor de un miembro se mide en la cantidad que él o ella aporte a la organización. A lo mejor deberíamos revisar quién tiene cabida en los *vory* y quién no.

Él se pone en pie, su cuerpo orondo casi rebota por el esfuerzo, y me señala con el dedo.

—Serás...

—Siéntate —ordena Vlad—. Muestra respeto ante tu *Pakhan*, Kozlov.

Mikhail balbucea una disculpa y se sienta a regañadientes, mientras sigue asesinándome con la mirada.

—Me alegro de que estés aquí, Rai. Tenemos varios asuntos que tratar. —Sergei habla por primera vez desde que entré. Tiene la voz ronca debido al cáncer, y pronto todos lo notarán.

—Yo también tengo asuntos que tratar, *dvoyurodnyy ded*.

Kirill refunfuña por lo bajo ante la forma cariñosa que tengo de llamar a mi tío abuelo.

Vuelvo mi atención hacia él.

—¿Tienes algún problema?

—Para nada, señorita Sokolov. —Hace una pausa y se recoloca las gafas con el dedo corazón—. De momento.

No se me escapa la amenaza que se esconde tras su gesto, así que respondo utilizando su sutil manera de actuar. Sin apartar la mirada, deslizo la taza de café que tengo delante y aplasto un terrón de azúcar dentro antes de que se disuelva.

—Está bien saberlo.

Arruga el entrecejo y su soldado más leal, Aleksander, se tensa detrás de él y se lleva una mano a la pistola. Tiene rasgos femeninos y complexión menuda para ser un guardaespaldas, pero es igual de cruel que su jefe directo.

No hará nada porque ambos saben que ante la mínima señal de peligro, no vacilaré en acabar con Kirill y con su toda su brigada.

Sergei se aclara la garganta y yo sonrío, fingiendo que me bebo el café sin prisa. Mi tío abuelo no quiere que provoque a nadie de la hermandad, ni siquiera cuando me menosprecian.

Así que lo hago a sus espaldas.

Ojos que no ven, corazón que no siente.

Damien me golpea el hombro con el suyo, sonriendo como si fuéramos amigos íntimos y quisiera compartir el secreto.

—¿Diversión en el paraíso? —Agarra el paquete de tabaco que tiene en frente y saca un cigarro. No lo enciende, sino que sostiene el mechero a un suspiro de distancia.

—No es asunto tuyo —contraataco.

El secreto de Kirill es mío y de nadie más. Si alguien más se entera, deja de tener sentido usarlo en su contra.

Adrian me observa por un momento, lo que significa que él también se ha dado cuenta de que está ocurriendo algo.

Vlad sacude la cabeza mirándome, e Igor sigue observándonos a Kirill y a mí por encima de su taza de té. Él único que está resollando como una damisela en apuros es Mikhail. Está tan empecinado en que no me quiere en esta mesa que no se ha dado cuenta de nada. El muy idiota.

Pero su *boyevik* no es estúpido. Mientras se mantiene recto como un palo detrás de él, escucha y observa todo para poder informar a su jefe más tarde.

—Estamos aquí porque hay una amenaza inminente por parte de los irlandeses —Sergei habla en ruso, usando un tono moderado—. Los hombres de Adrian han recopilado información que señalan su intención de atacar los territorios que gobernamos junto con los italianos.

—Putos irlandeses —dice con rabia Mikhail, como el lobo feroz que se cree que es.

Vlad se inclina sobre la mesa, con los dedos entrelazados.

—Rolan siempre se ha mostrado muy agresivo con nosotros desde que se convirtió en el jefe de los irlandeses después de la muerte de su hermano. Lo ha intentado en otras ocasiones, pero nunca se había acercado tanto. Esta vez parece que va a por todas, incluso ha traído a algunos de sus aliados de entre las pequeñas familias del crimen organizado de Europa del Este.

—No habríamos tenido ningún problema con ellos si no fuera por tu ataque irracional, Damien —dice Igor en tono grave y acusador.

Damien levanta las manos, con expresión incrédula.

—Que me detengan por proteger a mis putos soldados.

—Estabas protegiendo tu estúpido orgullo —musita Kirill.

—Siempre terminas arrastrándonos a la guerra —le acusa Igor.

—¿Qué hay mejor que una guerra cuando está bien merecida? —Damien se enciende el cigarro y le da una calada, luego expulsa una nube de humo—. No es mi culpa de que ya tengas una edad y no puedas con ello. ¿Por qué no dejas que tu hijo herede el puesto ahora que te has vuelto tan pelmazo?

—Se llama ser prudente.

Damien bosteza.

—Eso es solo un sinónimo de aburrido. Deberías probar a divertirte de vez en cuando.

—Y tú deberías dejar de ganarnos enemigos que no necesitamos —arremete Kirill.

—Que te den por culo. Rolan nos hubiera atacado de todas formas teniendo en cuenta que su hermano, cuñada y sobrino acabaron muertos por uno de nuestros ataques en la época de Nikolai. Pasó hace décadas, pero sigue buscando venganza.

—¿Y tú decidiste ofrecerle la oportunidad en bandeja de plata? —gruñe Igor.

—Solo estaba siendo un buen estratega y empecé la guerra antes de que pudieran hacerlo ellos. Deberíais darme las gracias.

—O un puñetazo —dice Kirill.

Se une a Igor contra Damien y se enzarzan en una discusión interminable en un ruso intenso. Mikhail solo interrumpe para hablar de cuánto dinero está malgastando la brigada de Damien, pero se le olvida mencionar que, a pesar de los ataques recurrentes, Damien sigue aportando más de lo que él hará jamás.

Sergei, Vlad y yo observamos en silencio. Adrian, por su parte, le da un sorbo a su café, sin siquiera fingir que les presta atención. Parece que este fuera el último lugar en el que le gustaría estar.

En eso coincido con él. Aunque no me gusta que me dejen fuera, esta batalla de testosterona siempre me pone de los nervios, básicamente porque no sacan nada útil.

—Ya basta. —Sergei por fin le pone punto final, y todos se quedan en silencio—. No importa de quién sea la culpa porque la realidad sigue siendo que estamos bajo amenaza.

—Y nuestros aliados italianos no se están dando mucha prisa en ayudar —añade Vlad.

—*Blyad* —maldice Mikhail—. ¿No decían siempre que odiaban a los irlandeses? Además, tenemos un trato.

Vlad hace una pausa antes de que su voz monótona llene el espacio:

—Dijeron que el trato no se mantiene porque lo hemos provocado nosotros.

Todas las miradas recaen sobre Damien, quien levanta las manos fingiendo inocencia.

—No es culpa mía que no fortaleciéramos la relación con los italianos antes de esto. Oye, Adrian, ¿no eran amigos tuyos?

Este último termina de beberse el café.

—¿Por qué iban mis amigos a ocuparse de tus problemas?

—Venga. Hazlo por la hermandad.

—Puedo consultarlo, pero probablemente no nos aseguren hombres suficientes como para mantener a raya a los irlandeses.

—¿Qué hay de las tríadas? ¿Y los japoneses? —sugiere Igor—. Nos deben un par de favores.

Kirill se rasca la barbilla.

—Esta no es su guerra, así que incluso si ofrecieran ayuda, sería mínima.

—Toda la que podamos conseguir es bienvenida —dice Damien alegremente, como si no nos hubiera metido a todos en esta mierda.

Vlad lo fulmina con la mirada antes de dirigirse al grupo:

—Los italianos siguen siendo nuestros mayores aliados. Si no los tenemos a todos de nuestro lado, podríamos perder territorios.

—Entonces deberíamos obligarlos a unirse —digo.

—¿Quién ha pedido tu opinión, *Rayka*? ¿No sería mejor que te dedicaras a vestir muñecas o algo así? —Mikhail me sonríe, y tanto Kirill como Damien se ríen con disimulo.

—Dejé de vestir muñecas el día que te superé en ingresos, *Mikel* —digo con una sonrisa. Como no deja de usar la versión irrespetuosa de mi nombre, lo llamo por un nombre equivocado, uno que es aún más diminutivo.

Vlad contrae los labios, pero no llega a sonreír. Damien me da un codazo en el hombro con una amplia sonrisa.

«Nota mental: no sentarme al lado de Damien en el futuro».

—¿Cómo deberíamos obligarles? —me pregunta Vlad, reconduciéndonos de nuevo al tema.

Coloco dos terrones de azúcar en el borde de la taza de café, uno más cerca del filo que el otro.

—Estos somos nosotros, porque los irlandeses han marcado la hermandad como su objetivo. Los italianos están aquí—. Señalo el otro terrón situado un poco por detrás—. Si vamos a hundirnos, más nos vale llevárnoslos con nosotros para que se lo tomen en serio.

—¿Y cómo propones que hagamos eso, pequeña genio? —pregunta Mikhail.

—No podemos convertir a los italianos en nuestros enemigos —Igor me lo dice a mí, pero mira a Adrian, ya que es él quien se encarga de la mayor parte de nuestras relaciones públicas externas.

—Vamos a hacer que se unan, no a enemistarnos con ellos. —Empujo el primer terrón de azúcar—. Si los irlandeses atacan a los italianos, aunque sea indirectamente... —Hago una pausa para darle efecto dramático y luego sacudo la taza, haciendo que el segundo terrón de azúcar caiga con un pequeño ruido al salpicar—. No tendrán más remedio que defender sus territorios y su honor.

—¿Estás sugiriendo que traicionemos a nuestros mayores aliados? —Kirill me mira como si hubiera matado a un miembro de su familia.

—Estoy sugiriendo que no recibamos el golpe cuando ataquen los irlandeses. Si los atraemos hasta los territorios italianos, las piezas del ajedrez se moverán solas. Podemos ir a ayudar una vez el daño esté hecho.

—De esa manera, podemos reforzar nuestra relación con los italianos mientras los arrastramos a la guerra con nosotros —explica Vlad.

—Exacto. —Empujo lejos el café porque ni de coña me voy a beber eso ahora que tiene tanto azúcar.

Igor, Adrian y Damien permanecen en silencio, pero Mikhail se aclara la garganta y Kirill hace una mueca. Saben que tengo razón y que mi plan es lo mejor que tienen, pero a sus egos de machito no les gusta que una mujer les supere en inteligencia.

—Igor —Sergei habla y todos los presentes en la mesa le prestan atención, incluido Adrian—. Encárgate de conseguir tantos hombres como sea posible de las tríadas y de los japoneses. Kirill y Mikhail, proteged los territorios, incluidos los compartidos. No sabemos dónde atacarán la próxima vez. Adrian, sigue negociando con los italianos.

Por un momento, creo que ha descartado mi plan por completo. Después de todo, sigue queriendo que Adrian juegue limpio con los italianos.

Pero entonces, mi tío abuelo fija la mirada en Vlad.

—Usa nuestro espía en territorio irlandés para averiguar dónde atacarán la próxima vez, y luego, tiéndele una trampa a los italianos.

—Sí, *vor* —dicen los hombres, y yo me siento más derecha en mi silla. Esta es la primera vez que Sergei se ha tomado en serio mis sugerencias. Desde que demostré mi valía en V Corp cerrando un acuerdo tras otro, Sergei ya no me ve como la nieta mimada de

Nikolai Sokolov a la que no debería haber permitido asistir a las reuniones de la hermandad.

Damien levanta la mano como un niño que solo busca llamar la atención en clase.

—Emm, ¿hola? ¿Y yo qué?

—Tú te quedas quieto y proteges tu territorio. —Sergei lo mira con sus ojos verde claro. Puede que siempre haya quedado en segundo lugar en comparación con *dedushka*, pero posee una sabiduría que fue adquiriendo a lo largo de los años que estuvo junto a mi abuelo. Sabe lo que hace y nunca ha permitido que su enfermedad le impida liderar la hermandad.

—Venga ya, *Pakhan*, yo también puedo hacer algo —discute Damien.

—Y empeorarlo más —musita Igor.

Damien chasquea la lengua. No siente ningún respeto por los veteranos de los *vory*. Tiene su manera de hacer las cosas y una visión un tanto extraña y alocada, y parece que con eso le basta.

—Si pierdes uno de tus territorios, se recortará de tu brigada, Orlov —Sergei se dirige a Damien por su apellido—. ¿Ha quedado claro?

—Cristalino —musita Damien.

—Rai. —Mi tío abuelo centra su atención en mí.

—Dime.

—Dirigirás los fondos necesarios a cualquier brigada que lo necesite.

—Solo después de ver sus cifras.

—No vas a ver mis putas cifras —Mikhail es el primero en protestar.

Yo le sonrío con dulzura.

—Entonces no recibirás ni un duro de parte de V Corp.

—No eres la dueña de V Corp.

—Y tú tampoco. No voy a estar repartiendo dinero como si fueran caramelos. Necesito los informes de contabilidad para estar al tanto de las necesidades de todos, y espero que todo el mundo devuelva los fondos en cuanto se vuelvan a generar beneficios. V Corp no es vuestro banco personal.

—¿Y si no lo hacemos? —Kirill eleva una ceja.

—Sencillo. Se os descontará la diferencia de vuestras acciones en la empresa. No sois los únicos accionistas de V Corp de los que tengo que ocuparme. El dinero no es vuestro para confiscarlo en cualquier momento y sin repercusiones.

—*¿Pakhan?* —Igor corta a Mikhail antes de que le dé tiempo a insultarme.

—Todos entregaréis a V Corp vuestras cifras para que cada brigada reciba un trato igualitario —dice Sergei—. Hablaremos sobre lo de devolver los fondos en otra ocasión.

Miro fijamente al tío abuelo, pero ya ha dado una orden y no va a retractarse. El gilipollas de Mikhail me sonríe como un niño consentido con taritas.

Por dentro estoy que echo humo, pero por fuera mantengo una postura rígida.

—Ahora que nos hemos puesto de acuerdo en esto, pasaremos al siguiente asunto. —Sergei se aclara la garganta para conseguir la atención de todos—. He servido a la hermandad con mi vida, sudor y sangre, igual que vosotros. Pero, como todo el mundo sabe, me estoy haciendo mayor. Llegará un momento en el que tenga que ceder el puesto de *Pakhan*.

Trago saliva cuando el peso de sus palabras cae sobre mí. ¿Por eso está todo el mundo aquí, incluido Adrian? ¿No estará pensando Sergei en contarles lo del cáncer, verdad?

—He decidido que el siguiente *Pakhan* será un miembro del grupo de élite. Consideraré minuciosamente a todo el mundo en los próximos meses, y cuando llegue el momento de elegir a alguien, será uno de vosotros.

Se enderezan en sus asientos; a algunos se les cubre la mirada con ansias de poder. El fuego que arde en mi interior amenaza con estallar como un volcán dispuesto a acabar con todo a su paso.

No me puedo creer que Sergei esté regalando el legado familiar a uno de estos lobos así como así.

—Sin embargo, quiero que mi hija se case con alguien de una de vuestras familias. Consideradlo una bendición por adelantado.

Mikhail se mueve en su asiento, listo para proponer a los gilipollas de sus hijos, pero le corto.

—No.

Vlad me sacude la cabeza, probablemente por el tono que he usado.

—¿Qué quieres decir con «no»? —La voz de Sergei tiene un tono que deja claro que él es el que manda. Puede que sea su sobrina nieta, pero la familia sabe que no conviene desafiarlo delante de los miembros de la hermandad.

—No, Anastasia no está lista para casarse todavía. —Suavizo mi tono—. No tiene ni idea de convertirse en esposa.

—¿Y quién tiene la culpa de eso? —musita Igor—. La has estado protegiendo como si fuera un gatito abandonado.

Eso es porque necesita que la proteja de este mundo, pero no lo digo, porque sin duda lo utilizarían en mi contra. No puedo permitirme ni una sola fisura, ni siquiera con Ana.

—Quieres que el apellido Sokolov perdure, ¿verdad? —Trago saliva—. Lo haré yo.

—¡Qué sorpresa! Pensaba que te quedarías soltera toda la vida. —Damien hace una pausa dramática, y luego imita una garra con la mano—. Cásate conmigo, tigresa.

—En tus sueños, imbécil.

—¿En serio vas a casarte? —pregunta Sergei, con tono dudoso.

—Sí, pero escojo yo.

Mi tío abuelo hace un gesto hacia delante.

—Escoge entonces.

—Pobrecito desgraciado —musita Kirill por lo bajo.

—Cuidado o puede que te elija a ti —le provoco, aunque eso no pasará jamás. Esta mesa está llena de machitos alfa que me encerrarían o me volverían loca, o las dos cosas.

—Ahórranos el suspense y elige. —Damien se frota las manos entre sí—. Aquí va una pista: es a mí.

—He dicho que tú no. —Recorro con la vista hasta que llego a Kirill. Él se queda quieto, probablemente pensando que seguiré adelante con mi amenaza—. Con Kirill tampoco, tengo *razones*. No podría conmigo.

Él se recoloca las gafas y me saca el dedo de forma discreta. Yo lo ignoro y continúo.

—Vlad, no. Es como mi hermano. Obviamente, Adrian tampoco porque ya está casado… A menos que nos mudemos a un país donde se permita tener otra mujer.

No altera su expresión.

—Me siento halagado, pero tengo que rechazar la oferta, señorita Sokolov.

—Una pena —finjo estar triste.

—Eso solo deja a los hijos de Mikhail y los de Igor —dice Sergei.

Miro a Mikhail a los ojos mientras sonrío.

—Tienes dos hijos, ¿verdad?

—Así es.

—Tenía entendido que eran niños.

—Han crecido. Mi mayor tiene treinta años.

—La edad no implica madurez. Siguen siendo niños. Me pregunto de dónde lo habrán sacado.

—Rai —me regaña Sergei—. Eso sin duda descarta a los hijos de Mikhail, lo que nos deja con los de Igor. Nos quedaremos con el mayor, Alexei.

—Espera… no. —A mi pesar, abro mucho los ojos. Alexei es incluso peor que Igor, y desconfío mucho más de él que de su padre. No puedo casarme con él. Es conservador y estricto a más no poder.

Me ahogará antes de darme cuenta.

Quizás debería haber elegido a uno de los hijos idiotas de Mikhail después de todo, pero eso significaría tener a ese imbécil como suegro. No, gracias. Ya me odia lo suficiente sin parentescos familiares. Maldita sea. ¿Cómo he acabado acorralada con Alexei? «Piensa, Rai, piensa». Tengo que salir de esta.

—Alexei no es mi mayor, *Pakhan*. —La voz calmada de Igor corta mis pensamientos—. Por fin he encontrado a mi hijo mayor perdido, al que creímos muerto en un accidente de coche. De hecho, quería presentároslo hoy. Está esperando fuera.

—Enhorabuena, Igor —dice Sergei con su habitual tono firme.

El resto le siguen, y él les da las gracias uno por uno, aunque no cambia la expresión.

—Que pase —ordena mi tío abuelo una vez han terminado.

Igor le hace un gesto a su guardaespaldas. Este asiente una vez, y sale de la habitación.

¿Hijo perdido? He oído historias sobre cómo Igor perdió a su primogénito hace treinta años durante uno de sus viajes a Europa. *Dedushka* me contó que aquello cambió al hombre para siempre. Había un Igor antes de perder a su hijo y otro después. No sabía que existía la posibilidad de que su primogénito siguiera vivo. ¿Significa esto que no sabe nada de la hermandad?

Esta es mi oportunidad de aferrarme a él y utilizarlo como marioneta, tal y como planeé con Vlad. Miro fijamente a este último y compartimos un momento de complicidad. Pronto rompo el contacto visual porque Adrian y Kirill nos están observando.

Sonrío tanto que siento que se me estiran las mejillas.

—Pues que sea el hijo mayor de Igor, *dvoyurodnyy ded*.

—Es un honor —dice Igor, más para Sergei que para mí.

La puerta se abre y entra el guardia de Igor, seguido del hijo de su jefe.

Mi sonrisa se desvanece cuando el *boyevik* se coloca detrás de su líder, revelando al recién llegado.

Siento cómo la sangre me abandona el rostro y mi sonrisa se desvanece al cruzar la mirada con unos ojos que pensé que nunca volvería a ver.

Pero aquí está.

El hijo de Igor, el marido que acabo de elegir voluntariamente, no es otro que el que me apuñaló el corazón y luego lo pisoteó.

El puto Kyle Hunter.

4

KYLE

Me quedo de pie frente al grupo de personas al que un día pertenecí. Las personas que me abrieron sus puertas cuando tenía veintiséis años porque Nikolai, el antiguo *Pakhan*, me guardaba un cariño especial.

Ahora es distinto.

Ahora la tensión corta el ambiente como un látigo listo para partirme la espalda en dos.

A la mayoría de estos hombres les caía bien porque, bueno, era el sicario más eficiente de la Bratva. Ninguno de sus soldados se acercaba a mis habilidades. Les hacía todo el trabajo sucio y aniquilaba a aquellos de los que había que encargarse.

Aunque antes les caía en gracia, el hecho de que me fuera durante años no les ha sentado bien. Nadie tiene permitido abandonar la hermandad, al menos, no vivo. La muerte es la única salida.

Deslizo la mirada desde quien preside la mesa, Sergei, el hermano menor de Nikolai, hasta el grupo de élite, quienes me miran de forma extraña, todos menos mi querido padre, Igor, porque él ya lo sabía.

Oh, y ella.

Giro la cabeza a un lado para tener una mejor vista de mi princesita de la mafia. Está sentada con el círculo íntimo. Es un progreso del que debería sentirse orgullosa.

Aunque Rai ya no es pequeña. Su rostro ha madurado y ha perdido los pocos restos de inocencia que conservaba en la época de su abuelo. Ahora parece una fría estatua blanca, con su cabello rubio claro y su piel pálida.

Los contornos de su rostro son afilados, pero eso es por el maquillaje. Parece que va disfrazada. Lleva los labios pintados de un color apagado y el delineado parece el adelanto de un maquillaje de bruja para Halloween. Su postura es recta, plana, casi como si no pudiera mover o controlar sus extremidades.

No se parece en nada a la Rai que solía corretear por todas partes y molestar a Nikolai para que saliera con ella al jardín; o a la Rai que solía incordiar a Vladimir y a mí para que la enseñáramos a disparar.

Es como si le hubieran sacado a la chica que había dentro y la hubieran sustituido por esta mujer fría.

Sin embargo, abre los ojos cuando se encuentra con mi mirada. Es la única reacción que muestra en estado de silencio, y es la única que necesito.

Los ojos de Rai siempre han escondido algo místico. Son azules, pero no del todo. Hay situaciones que se oscurecen como el mar en mitad de una tormenta, y otras veces que se iluminan como un cielo despejado de verano. Luego hay ocasiones, como ahora, que se encuentran en un punto intermedio, sin saber si quieren sembrar el caos o simplemente dejarlo pasar.

Poco a poco, los va cerrando y el azul de sus ojos se vuelve negro como el carbón. Sonrío para mis adentros. Por supuesto, Rai nunca elegiría dejarlo pasar. Es la personificación de la determinación y de una exasperante obstinación.

Su mitad rusa siempre se impone. No importa que pasara los primeros doce años de su vida con su padre estadounidense. En cuanto se unió a su abuelo, dejó atrás a la persona que era en el pasado y asumió por completo este estilo de vida.

—¿Qué estás haciendo aquí? —Damien es el primero en preguntar, con una agresividad sutil—. Huiste de la Bratva cuando sabías cuál era el castigo. —Se pone de pie y me apunta con una pistola en el pecho—. Si has venido a morir por tu propio pie, estoy encantado de concederte ese deseo.

Igor se levanta y se coloca delante de mí, bloqueando la pistola de Damien. Mi «padre» es mayor y tiene una rodilla fastidiada, que le molesta en los inviernos y cuando llueve, como solía quejarse a Nikolai, pero es alto y fornido, con una barba blanca que mantiene cuidada. Puede que Igor no sea el rey más famoso (básicamente porque a Damien le encanta acaparar toda la atención), pero tiene un carisma y una mente crítica que lo han mantenido en una posición de poder durante décadas.

Es el mejor no solo eligiendo sus batallas, sino ganándolas también. De tal forma que es el mejor aliado que puedes tener en la Bratva. El resto son escurridizos de cojones.

—Kyle es mi hijo. No tienes permitido tocarle.

—Solo porque sea tu hijo no significa que esté exento del reglamento. —Esta vez habla Rai, con un tono distante y frío—. Traicionar a la hermandad se castiga con la muerte.

Uf, eso ha dolido. Aunque esperaba esta reacción por parte de todos ellos, por alguna razón, nunca pensé que Rai expresaría sus pensamientos sobre mí de forma tan directa.

—Si le tocas un solo pelo —le dice Igor a Damien—, espero que estés preparado para una guerra interna.

—No va a haber ninguna guerra interna —interviene Sergei.

—Ya lo has oído —le susurro a Damien—. Así que, ¿por qué no te sientas de una puta vez?

Me fulmina con la mirada, con el dedo presionando el gatillo. ¿Sinceramente? Es tan impredecible que perfectamente podría dispararme aquí y ahora. Cualquier cosa que vaya acompañada de la palabra «guerra» para Damien es todo risas y entretenimiento en lugar de una amenaza. Ese subidón le excita más que a nadie en esta sala.

Después de mí, por supuesto.

—Siéntate, Damien —ordena Sergei.

Damien obedece, guardándose la pistola a regañadientes, porque dejarla fuera supone una falta de respeto para el *Pakhan*.

Igor se mantiene a mi lado, como si sospechara que uno de los otros se pondrá de pie y repetirá el numerito de Damien.

Desvío la mirada hacia Rai, quien me fulmina con tanta malicia como si hubiera matado a su familia y me hubiera comido los restos.

La ira está bien. La ira la mantendrá alerta cuando yo esté cerca, justo lo que tiene que hacer.

—Kyle —Sergei se dirige a mí.

Lo miro con una sonrisa.

—Sí, *Pakhan*.

—Yo no soy tu *Pakhan*.

—Tiempo al tiempo —sonrío.

Su expresión permanece seria.

—Te doy una oportunidad para que te expliques. Aprovéchala.

—Mmm, ¿por dónde empiezo? —finjo estar perdido en mis pensamientos—. Cuando Nikolai me trajo aquí, siempre había trabajado como sicario por mi cuenta. Llevo a cabo ejecuciones limpias y luego desaparezco hasta que llega el momento de mi siguiente trabajo. Era un trabajo independiente. Técnicamente no pertenecía a los *vory*, por lo que, *técnicamente*, no lo dejé.

Damien me maldice en ruso por lo bajo, y yo finjo que no lo entiendo.

—En inglés, por favor. Mi ruso es malo de cojones.

—¿Dónde has estado? —pregunta Sergei.

—Te estuvimos buscando durante mucho tiempo —afirma Kirill con un acento americano casi perfecto. Él y Mikhail no quieren ganarse una enemistad con Igor; por eso han mantenido el pico cerrado todo este rato. Es el cabrón de Damien al que se la suda todo el mundo.

—Emprendí un viaje de descubrimiento —digo con tono sereno.

—¿Un viaje de descubrimiento? —musita Rai con los dientes apretados—. ¿Te estás riendo de nosotros?

—Lo hice de verdad, princesa. —Rodeo con un brazo los hombros de Igor—. Estuve buscando a mi familia. ¿Quién iba a decir que estaba exactamente donde los dejé? Fue una absoluta coincidencia trabajar con la Bratva antes de saber quién era mi familia. Supongo que seguí los pasos de mi padre sin saberlo.

—Siento curiosidad —musita Kirill—. ¿Cómo acabaste en Inglaterra cuando eras joven?

—Ah, eso. Perdí los recuerdos de mi infancia y me adoptaron mis amigos los asesinos. —Señalo a Adrian—. Él conoce mi pasado, fue quien me investigó antes de que Nikolai me reclutara.

Adrian le da un sorbo a su bebida.

—Era un huérfano al que criaron unos sicarios de renombre.

Sonrío y chasqueo los dedos.

—Eso es. Pero siempre quise encontrar a mi verdadera familia.

—¿Y te llevó treinta años hacerlo? —pregunta Damien.

—Te sorprendería saber cuánto se tarda en seguir la pista de un accidente que ocurrió hace décadas, sobre todo porque no tenía mucha información útil y estaba ocupado matando y esas cosas. Hace siete años, decidí dedicar mi tiempo a encontrar a mi familia. Por eso me fui.

—¿Y has pasado siete años buscando a tu familia? —replica Rai.

—Es un viaje largo y tedioso. ¿Quieres que te lo cuente con pelos y señales?

Ella me ignora y le da un sorbo a su café, luego hace una mueca y lo aparta sobre la mesa.

Damien coge otro cigarro y se lo mete en la boca antes de hablar:

—Yo digo que no se acepte su regreso.

—Yo también digo que no puede volver a formar parte de la hermandad. —Ella le da la razón, y la mandíbula se me tensa detrás de una sonrisa cordial—. Esto no es un patio de recreo en el que pueda entrar y salir a su antojo. ¿Vlad?

Vladimir, quien ha permanecido en silencio observando la escena con Adrian, suspira.

—El antiguo *Pakhan* le otorgó a Kyle el título de *vor*. No podemos librarnos de él como si nunca hubiera existido.

—¡Vlad! —sisea Rai, pero él deja escapar un gruñido como respuesta.

—Eso, un *vor*. —Me señalo con un dedo—. Eso es lo que soy, ¿Recuerdas?

—Votemos —dice Sergei por fin—. Aquellos que deseen que Kyle sea castigado y exiliado, que levanten la mano.

Damien y Rai hacen lo propio al mismo tiempo. Sonrío por fuera, pero la necesidad de zarandearla me invade de repente. ¿Desde cuándo está de parte de ese imbécil?

Ella no deja de mirar fijamente a Vladimir, probablemente para que siga sus pasos, pero él no lo hace.

—Ahora, aquellos a favor de que Kyle regrese a la hermandad, levantad la mano —dice Sergei con calma y un acento ruso muy marcado.

Igor es el primero en levantar la mano, luego le siguen Kirill y Mikhail. Vlad y Adrian son los siguientes. Esos dos son los más inteligentes. Saben que mis habilidades son más importantes que el reglamento de la hermandad.

Sergei es el último en levantar la mano, aplastando a Rai y Damien en un seis contra dos. Cuando todos bajan las manos, dice:

—Bienvenido de nuevo a los *vory*, Kyle. Si te vas, esta vez recibirás un castigo.

Hago el gesto de una cruz y sonrío.

—Serviré a la hermandad hasta la tumba, lo juro por mi vida.

Rai se pone de pie, con la cara cada vez más roja bajo las gruesas capas de maquillaje.

—Si me disculpáis.

—Espera. —Sergei la detiene antes de que dé un paso—. Has aceptado casarte con el hijo mayor de Igor, y aquí lo tienes.

«Bingo».

—¿Has aceptado casarte conmigo? —Finjo estar sorprendido—. Pensé que sería con Anastasia.

—Rai se ha ofrecido voluntaria para ocupar el puesto de Anastasia —explica Igor.

Como suponía que haría. Cuando conseguí que Igor plantara la semilla en la cabeza de Sergei de casar a Anastasia, me imaginé que acabaría pasando esto. No hace falta ser un genio para saber que Rai se sacrificaría por la chica a la que lleva protegiendo desde que eran niñas.

—Yo... —Ella se queda callada, probablemente queriendo dar marcha atrás, pero se da cuenta de que el principio más importante en la hermandad es mantener tu palabra. Si pierdes eso, nadie te respetará.

—¿Has cambiado de opinión? —la presiono.

—No. —Ella me mira a los ojos con una mirada letal—. Soy una Sokolov y nosotros cumplimos con nuestra palabra.

Sergei asiente en señal de acuerdo con un atisbo de orgullo por su sobrina nieta.

—Está decidido entonces. Tráeme la dote, Igor.

—Así haré, *Pakhan*.

Rai parece estar a punto de vomitar, pero le besa los nudillos a Sergei y se marcha; el sonido de sus tacones resuena alto y seguro en el silencio de la sala.

Sonrío cuando la puerta se cierra detrás de ella. La segunda parte del plan está hecha. Es hora de pasar a la tercera.

Le lanzo una sonrisa a Sergei.

—Si me disculpáis, tengo que hablar con mi prometida.

5

RAI

Mi corazón está a punto de explotar como un volcán en erupción mientras camino por el pasillo.

Ruslan me dice que preparará el coche y yo asiento con la cabeza mientras va por delante. Me recuerdo a mí misma que debo saludar al personal cuando pase junto a ellos para no parecer una zorra arrogante. No me importa ser así con los miembros de la hermandad, pero el personal es otra historia.

Tanto papá como *dedushka* me enseñaron a respetar a los que están por debajo de mí y a quemar a los que tengo en contra.

Me paro en la esquina para calmar mi respiración agitada. El pecho me sube y me baja con tal intensidad que casi parece que venga de una carrera.

Solo que la escena que he presenciado ahí dentro era peor que una carrera. Era una maratón completamente catastrófica.

Me tiemblan las piernas a pesar de mis esfuerzos por mantenerlas firmes. Es como si se negaran a sostenerme más por hoy. Empiezo a ver borrosas las columnas bordeadas de dorado, y rápidamente oculto cualquier rastro de frustración de mi mirada.

Está hecho. Se acabó.

Formar parte de la hermandad implica cumplir siempre con tu palabra. No puedo librarme de este matrimonio aunque quiera.

Es una decisión firme, solo queda cerrarla.

¿Por qué siento como si hubiera algo rompiéndose y resucitando en mi corazón al mismo tiempo? No debería ser así. Debería estar tramando un asesinato cruel donde Kyle fuera la víctima. Tal vez entonces el fuego ardiente que llevo dentro al fin se apagaría. No solo eso, sino que también me libraría de este matrimonio.

Noto una presencia en mi espalda, su aroma cálido y suave mezclado con menta me envuelve desde la coronilla hasta los dedos de los pies. Antes de que pueda darme la vuelta, su aliento caliente acaricia el lóbulo de mi oreja mientras susurra con un acento británico grave y seductor:

—Has votado por el castigo. ¿Es eso lo que te gusta, princesa?

Me doy la vuelta y levanto la mano al mismo tiempo, dispuesta a darle una bofetada. Pero me agarra la muñeca antes de que pueda tocarlo.

Puede que hayan pasado siete años desde que se fue, pero no hay nada en el mundo que pueda hacerme olvidar lo que se siente al estar así de cerca de Kyle.

Ahora debe rondar los treinta y cinco, pero es el mismo hombre de veintiocho años que conocí una vez. El sicario que bromeaba con todo el mundo, pero que seguía resguardándose entre las sombras cuando era necesario. El asesino que mataba sin remordimiento y me enseñó a no titubear nunca.

Es más alto que yo, pero no tan fornido como Vlad o Kirill. Su cuerpo, aunque musculoso, es esbelto, ágil y está en buena forma, lo que le permite moverse silenciosamente como una pantera. Es imposible detectar sus movimientos a menos que él mismo se haga notar.

Las pantalones negros del traje se aprietan contra sus muslos definidos y complementan sus largas piernas. Viste una camisa blanca sin corbata. Nunca se ha puesto ninguna, ni siquiera en eventos oficiales o banquetes organizados por la hermandad. Es como si hubiera nacido para ser un rebelde y se sintiera orgulloso de ello.

Las facciones de Kyle son afiladas, con marcadas líneas rectas, como si fuera un modelo de revista. ¿Pero sus ojos? Aunque parecen azul cobalto, son apagados, insensibles, casi como si carecieran de color. Son una de las razones por las que me costó tanto confiar en él en el pasado. Siempre me dio la sensación de que detrás de esa fachada se escondía una fortaleza y que nunca dejaba ver su verdadero yo. O tal vez su verdadero yo es la persona que mata sin pestañear.

Él me sujeta la muñeca con la mano, acariciando suavemente la zona de mi pulso.

—Tan violenta como siempre, por lo que veo.

Quito la muñeca de un tirón.

—Y mortífera también, en caso de que quieras probar.

—Cuánta crueldad, princesa —dice arrastrando las palabras con ese acento que hace que todo suene seductor. No se le debería permitir a este gilipollas tener un acento tan bonito.

—Deja de llamarme así. Ya no soy ninguna princesita mimada.

—Mmm. Ya veo que has conseguido plaza en el grupo de élite. Estoy orgulloso de ti.

Se me queda el aire atascado en la garganta como un cuchillo oxidado listo para cortar. Unas emociones indescifrables intentan inundarme todas a la vez, pero las bloqueo.

—No necesito que te sientas orgulloso de mí.

—Eso no me hace sentir menos orgullo.

Tiene que dejar de decir esas palabras por las que llevo esperando como una tonta desde que *dedushka* murió. ¿Por qué tiene que ser él, de entre todas las personas, quien las dice?

Es un traidor. No es nadie.

—¿Conque matrimonio, eh? —Sonríe—. Esto promete, ¿a que sí?

—No.

—¿No?

—Todavía no lo has aceptado delante de Sergei. Puedes volver ahí dentro y decirles que no quieres casarte conmigo.

Se acerca hasta que su presencia se cierne sobre mí, arrebatándome cualquier tipo de espacio personal que pudiera tener.

—Pero sí que quiero casarme contigo.

—¿Y por qué coño ibas a querer?

—Mmm. —Me sujeta la barbilla entre el pulgar y el índice, y me levanta la cara ligeramente. Apenas me toca, pero se siente tan íntimo, como si estuviera abriéndose camino hacia mis partes más recónditas y oscuras—. Por esos ojos tan bonitos.

Da otro paso adelante, de modo que su pecho casi roza el mío. La sensación de ser absorbida me invade por completo. Es como perder el control de mis acciones, de mi emociones, y de todo lo demás.

No puedo perder el control. Es lo único con lo que consigo mantener mi postura para que nadie traspase mis barreras, y mucho menos me toque.

—Te odio. —Por fin le digo lo que llevo años tragándome—. Si por mi fuera, nunca me casaría contigo.

Kyle deja caer las manos a los lados.

—¿Te casarías con Damien? ¿O qué tal con Vlad?

—Encantada. Con cualquiera menos contigo.

Él esboza una sonrisa, pero en lugar de tentadora, resulta del todo siniestra, casi como si reprimiera algo detrás de ese gesto.

—Por desgracia, estás atrapada conmigo.

—No si le dices a Sergei que no.

—¿Por qué iba a hacer eso?

—¿No lo dirás en serio, no? —grito.

—Baja la voz. —Vuelve a acercarse a mí, esta vez colocando las manos a ambos lados de mi cara y arrinconándome contra la pared—. Y sí, hablo muy en serio. Voy a hacerte mi esposa.

—En tus sueños.

—Por mí, bien. ¿Pero te parecerá bien a ti?

—¿De qué estás hablando?

—Si no es contigo, será con Anastasia. He oído que se ha convertido en una jovencita encantadora.

—Ni se te ocurra, Kyle.

—Es sencillo. Ya has ocupado su lugar delante del resto, así que más te vale continuar.

—Mantén tus sucias manos alejadas de Anastasia.

—Con que manos sucias, ¿eh? —Me rodea el cuello con una mano y aprieta los dedos con firmeza, pero no demasiado, sobre mi garganta. Todavía puedo respirar, pero cada inhalación es una tortura, como si estuviera tomando prestado el aire de mi esencia vital.

La familiaridad del gesto me mantiene congelada en el sitio; es como si hubiera pulsado una especie de botón y no pudiera moverme aunque quisiera. Sus manos siempre han tenido algo especial. Sus dedos tienen apariencia larga y masculina, como los de un caballero, pero en realidad son los mismo dedos que han apretado incontables gatillos sin miramientos.

Las manos de un asesino. Y uno muy despiadado, además.

Inclina la cabeza para que sus labios ardientes se encuentren con mi oreja.

—No creías que fueran sucios cuando te enseñaron a matar.

—Suéltame. —Pretendía estallar, gritar, pero mi voz suena débil y quejumbrosa.

—Entonces supongo que estas manos tocarán todo el cuerpo de Ana.

—No si te mato antes. —Miro con furia a esos ojos insensibles e inexpresivos.

—¿Crees que puedes matarme? Eso sí que tiene gracia.

—¿No crees que sea capaz?

—No a menos que estés lista para que te arrastre conmigo. Me conoces, princesa, devuelvo lo que recibo.

—Igual que yo.

—¿En serio? ¿Y eso cómo es?

—¿Piensas que no me doy cuenta de que esto es un juego?

Él sonríe y, esta vez, lo hace con maldad.

—¿Qué tipo de juego?

—Un juego de poder. Dejaste los *vory* por un motivo, y has vuelto por otro.

—¿Qué clase de motivo?

—Todavía no lo sé, pero lo averiguaré.

—Hasta entonces, me casaré con Ana.

—Ni de puta coña.

Su cara se vuelve inexpresiva mientras me aprieta el el cuello con más fuerza, como si quisiera dejar claro el mensaje.

—Entonces haznos un favor a todos y deja de ser tan testaruda, joder.

Sostengo su mirada insensible con la mía, llena de rencor. Intento no enfadarme porque la ira me lleva a hacer tonterías. La ira me saca de mis casillas y le da ventaja a mi oponente.

Estoy acorralada en esta situación, por mucho que intente escapar de ella. No tengo ninguna duda de que Kyle irá a por Anastasia si lo rechazo. Su objetivo no soy yo, sino el poder que puede obtener al encontrar la manera de entrar en la familia Sokolov, y hasta que no lo consiga, no se detendrá. Jamás.

Así que, en lugar de luchar contra él en una batalla perdida, opto por retirarme para corregir mi posición.

—Está bien. Suéltame.

—¿Eso quiere decir que aceptas?

—Sí —consigo decir con los dientes apretados.

Me suelta, pero no se aleja cuando susurra:

—En lo bueno y en lo malo.

—Que te jodan.

Él suelta una risita, el sonido hace eco a nuestro alrededor como una sonata. Intento no dejarme llevar por lo guapo que está cuando se ríe, cuando sus rasgos angulosos se suavizan y parece un modelo de la portada de la revista GQ.

Cuando termina de atacarme, Kyle extiende una mano y me acaricia el labio inferior con un dedo.

—Voy a cuidarte bien, princesa.

El tiro le ha salido por la culata.

Voy a olvidar cualquier tontería que haya sentido por él en el pasado, porque eso no fue más que una gran mentira. En su lugar, voy a meterme bien profundo bajo la piel de Kyle Hunter, a explotar su poder y luego usarlo en su contra.

Cuando el huracán le golpee de la nada, entenderá por qué las tormentas llevan nombres de mujer.

6

KYLE

Me quedo mirando la espalda de Rai mientras sale de la casa. Sus pasos son seguros y largos, con un contoneo sutil de caderas que estoy seguro de que no se ha dado cuenta de que tiene.

Tras esa fachada fría como el hielo, se esconde una parte femenina que ella aplastó y quemó antes de que pudiera florecer.

Pero no está completamente muerta. Ni de lejos.

Contraigo los labios ante la perspectiva de meterme en su vida y explotar esas partes que esconde, las que mantiene guardadas bajo llave.

La sigo con la mirada hasta la salida aunque una de sus soldados más leales, Katia, se reúne con ella y la acompaña afuera.

Y sí, solo Rai escogería específicamente a una mujer como una de sus guardias más cercanas. Siempre hacía las cosas de otra forma mientras le sacaba el dedo al mundo.

Yo seré la excepción en ese mundo.

Piensa que puede empezar una guerra conmigo, pero lo que no sabe es que la guerra ya empezó hace mucho tiempo. Sus cartas ya estaban repartidas, y lo único que puede hacer es desempeñar su papel tal y como estaba previsto.

Sería una pena ver esos ojos de princesa derramar lágrimas, pero ¿qué es una victoria sin sacrificios, eh?

Aun así… Froto el pulgar contra el índice, deleitándome con la sensación de su piel contra la mía. Es muy suave, como seda pura, y a juzgar por las marcas rojas que quedaron en su cuello después de soltarla, parece que también se magulla fácilmente. No sé por qué me excita eso, pero lo hace. Podría ser mi naturaleza depravada o el simple hecho de que siempre me ha gustado romper cosas, destrozarlas, y luego ver cómo se hacen añicos después de arrasarlo todo.

Las personas se muestran tal como son, revelando sus tendencias más profundas y ocultas.

Rai se unirá a la lista como mi última adquisición. Por supuesto, no será fácil teniendo en cuenta cómo me ha apuñalado con esa mirada ensombrecida, como si fuese su deporte favorito.

La polla me aprieta contra los pantalones cuando recuerdo la sensación de su pulso bajo mi mano al agarrarla por el cuello. Puede que Rai fuese de sobrada, pero en ese preciso momento, se le entrecortó la respiración y vi un atisbo de sus deseos más ocultos.

Deseos que estaría más que encantado de explorar.

Me meto una mano en el bolsillo de los pantalones y me doy la vuelta; vuelvo en silencio al comedor. Me detengo en la esquina cuando veo a los cuatro reyes y a Vladimir salir junto a sus guardias.

Eso solo deja a Sergei y Adrian dentro, lo que significa que tienen entre manos algo interesante.

Espero hasta que no queda nadie en la puerta del comedor y me acerco despacio. No arrimo la oreja como un idiota frente a la sala; eso me delataría ante cualquiera de los guardaespaldas que están posicionados cerca.

En lugar de eso, me quedo frente al espejo del pasillo, saco mi pinganillo, lo introduzco hasta el fondo para que no se vea, y luego le doy un toque. Este aparato me lo proporcionó uno de los *hackers* más talentosos de mi amigo. Los guardias, que revisan diariamente en busca de micrófonos ocultos, no pueden encontrarlo por más que lo intentan, porque en realidad no existe. Parece un cable de lámpara normal.

Se oye un pequeño murmullo al otro lado antes de que lleguen las voces.

—¿Qué es tan urgente como para necesitar que se fueran todos? —pregunta Sergei en ruso, con voz grave y tono agitado.

—Eres el único en el que confío para compartir esta información, *Pakhan*, sobre todo teniendo en cuenta las circunstancias actuales. —Adrian, quien normalmente está tan callado que hasta olvidas su voz, continúa en el mismo idioma—: Alguien está robando en la hermandad.

—¿Qué? —sisea Sergei—. ¿Quién tiene las agallas de robarnos cuando saben que el castigo es la muerte? ¿Se trata de uno de los nuestros?

—Todavía no estoy seguro. Aún tengo que hacer comprobaciones de antecedentes para saber los números exactos. Lo que sí tengo claro es que, durante el último año, se ha transferido estratégicamente cierta suma de dinero de V Corp a varias cuentas en el extranjero. Al principio lo achaqué a algo sin importancia, pero el total asciende en torno a los cien mil dólares.

—¿No está relacionado con el blanqueo de dinero?

—No. Eso va aparte.

—¿Qué sugieres que hagamos? —Sergei deja la pelota completamente en el tejado de Adrian, lo cual no es tan sorprendente, teniendo en cuenta que es el encargado de la seguridad de la Bratva. No solo eso, también es la mente maestra de esta hermandad. La razón por la que siempre se escapan de las manos de la policía no es por la crueldad de los cuatro reyes, sino la inteligencia de Adrian y su pensamiento estratégico. Siempre encuentra a los hombres influyentes adecuados que les conceden inmunidad.

Pronostica soluciones a acontecimientos que aún no han ocurrido, y por eso es el mejor aliado que tengo en este momento. Sin embargo, eso no cambia el hecho de que se convertirá en mi peor enemigo en el futuro. Por mucho que se mantenga alejado de los focos, Adrian es leal a esta puta hermandad hasta la médula.

—Que Rai recopile los informes financieros de todas las brigadas y que luego me envíe una copia —le dice a Sergei—. Podré averiguar si es una cuestión interna.

—Hecho.

—También necesitaré las cifras de V Corp.

—¿Sospechas de Rai? —La voz de Sergei se endurece, ofendiéndose en nombre de su sobrina nieta.

—Sospecho de todos, *Pakhan*. La familia no está exenta de esto. Si mis sospechas son correctas, yo…

Corto la conexión cuando siento una presencia observándome desde la esquina, luego finjo abrocharme la camisa frente al espejo, silbando alegremente.

—¿Qué estás haciendo aquí? —Vladimir se planta enfrente de mí, intentando intimidarme con su figura alta y corpulenta.

El pobre Vladimir no sabe que podría apuñalarle la garganta en un segundo y no se daría ni cuenta.

Pero eso sería violencia innecesaria, sobre todo en un momento como este.

Así que le sonrío.

—¿Qué parece que estoy haciendo? Mirando lo guapo que soy mientras espero a mi padre.

—Igor se ha ido.

—¿No me digas? No lo sabía porque, ya sabes, estaba hablando con Rai.

Da un paso al frente y me agarra por el cuello de la camisa.

—Tócale un solo pelo y te arranco el corazón de cuajo.

Lo aparto de un empujón, todavía sonriendo.

—Veo que sigues siendo leal a los Sokolov… genial. Pero no hace falta que me amenaces. Pretendo cooperar con ella.

Él me mira con esos ojos espectrales entrecerrados.

—¿Cooperar en qué sentido?

Es mi turno plantarle cara.

—Es un asunto entre marido y mujer. No te metas.

No sé por qué he dicho eso. Mi misión es convertirme en el favorito de todo el mundo, no quiero provocar a Vladimir. Sin embargo, la forma en la que ella siempre estaba cerca de él (y, al parecer sigue estando,) me cabrea muchísimo.

Pregúntame por qué me cabrea. Venga.

La respuesta es que no tengo ni puta idea, lo cual me pone todavía de más mala hostia.

Paso por el lado de Vladimir para marcharme cuando dice:

—Todavía no es tu mujer.

Me detengo y enfrento su mirada inexpresiva con la mía.

—Lo será.

No solo digo las palabras, sino que las siento, porque no tengo ninguna duda de que será mi mujer. Ni siquiera es completamente por el plan.

Rai caerá de rodillas ante mí.

Al igual que todos los demás.

7

RAI

Me cuesta concentrarme durante el resto del día en el trabajo. No consigo centrar la cabeza por mucho que lo intente. Incluso me he tomado descansos para meditar, pero tampoco funciona.

Así que me siento en mi oficina, con la cabeza recostada en el respaldo de mi sillón de cuero mientras miro fijamente la biblioteca que tengo enfrente.

A pesar de haber tenido una pésima experiencia en la universidad, al tener que asistir a la mayoría de las clases desde casa, conseguí sacarme el título de administración de empresas. No necesité el apellido de *dedushka* para ello. Lo hice yo sola, con mi propio esfuerzo.

Me ha costado muchísimo llegar a donde estoy y, aun así, lo que todavía se espera de mí es que me case. O eso, o que Anastasia pague el pato. O eso, o que me arrebaten este puesto.

No soy tonta. Sé que solo ocupo un puesto tan alto porque mi tío abuelo está en el poder. En cuanto él no esté, me echarán o me degradarán, y no podré hacer nada al respecto por culpa de mi maldito sexo.

Me vibra el teléfono y lo cojo. Automáticamente se me dibuja una sonrisa en los labios cuando veo el nombre que parpadea en la videollamada. En estas circunstancias, ella es justo lo que necesito.

Me pongo recta y respondo con una sonrisa. La réplica exacta de mi cara me saluda. Bueno, casi exacta. Mi hermana gemela lleva el pelo suelto por los hombros y un pintalabios rosa, como la chica femenina que es.

—Hola, Rei.

—¡Hola, Rai! Mira quien quiere decirle hola a su tía. —La imagen se sacude un poco antes de que vuelva a estabilizarla con un ser humano pequeñito sobre su regazo.

Tiene el pelo claro como su madre, pero los ojos verdes como el bosque igual que su padre.

Reina le sonríe.

—Di hola, Gareth.

Me emociona que le haya puesto el nombre de papá. Es como si pudiera vivir otra vida después de su repentina y desgarradora muerte.

—Hola, tita. —Sonríe, mostrando sus dientes de bebé, y hace el sonido de un beso—. ¡Te echo de menos!

—¿Has oído al chico? —Reina frunce el ceño mirando a la cámara—. Han pasado exactamente seis semanas desde la última vez que te vimos.

—¿Llevas la cuenta?

—Ya te digo si llevo la cuenta. Eres la única familia que tengo, Rai.

—No es verdad. Tienes a Asher y a Gareth. Además, el padre de Asher te trata como si fueras su hija.

—Ninguno de ellos es mi hermana gemela.

—Ya sabes que no puedo quedar con vosotros tan a menudo, Rei. Es por tu seguridad y la de tu familia.

Ya están usando a Anastasia en mi contra, y como no puedo mandarla lejos debido a quién es su padre, al menos puedo salvar a Reina.

Nadie, salvo el tío abuelo y Vlad, sabe que existe. Bueno, no: Kyle me ayudó a salvarla del golpe de Ivan hace siete años, por lo que está al tanto.

Mierda. Esa es una razón más para mantener a Reina tan lejos como sea posible.

No me preocupaba su seguridad porque Sergei nunca le haría daño a la otra nieta de *dedushka*, pero Kyle es otra historia. Él no dudará en usar cualquier arma de su arsenal.

—Lo sé. —Deja escapar un suspiro, acariciando el pelo de Gareth mientras este pasea un coche de juguete por su muslo—. A veces me gustaría haber ocupado tu lugar.

—No digas eso. Ambas acabamos donde debíamos.

—¿Tú crees? Tal vez hubiera sido diferente si hubiera sido yo quien se fue con el abuelo.

Mamá y papá se separaron cuando nacimos porque *dedushka* no aprobó su unión con un estadounidense, aunque fuera un hombre rico de negocios.

Nuestros padres decidieron separarnos a mi hermana gemela y a mí. Yo me quedé con papá, y mi nombre de nacimiento era Reina Ellis. Mi madre se quedó con mi hermana, cuyo nombre de nacimiento era Rai Sokolov.

Mientras yo crecí en un entorno seguro y lleno de amor con papá, mi madre y mi hermana estuvieron huyendo de *dedushka* y sus hombres toda la vida.

Mamá no quería que viviera como una princesita protegida de la mafia, como le ocurrió a ella. Cuando cumplimos doce años, mamá vino y me sacó del colegio para que pudiéramos huir del país. *Dedushka* estaba cada vez más cerca de atraparlas, y ella sentía que mi padre no podía mantenerme segura.

Esa fue la primera vez que vi a mi madre y a mi otra mitad: mi hermana.

Pasamos un mes terrible huyendo, pero también fue de lo más emocionante. Pude conocer a Reina, entonces, Rai, y a mi madre, por la que siempre le había preguntado a mi padre.

Pero entonces nos encontraron. Aunque no solo eran los hombres de *dedushka*. Ivan también estaba ahí, y planeaba erradicar a todos y cada uno de los descendientes de los Sokolov para poder gobernar.

Mi hermana y yo estábamos corriendo cuando oímos el tiro que acabó con mamá. Ivan lo disfrazó de suicidio, pero yo sé que mató a mi madre.

En aquel momento, le cedí el nombre a mi hermana y le dije que se fuera con papá y viviera mi vida con él. Luego me coloqué frente a Ivan y Mikhail y les dije:

—Soy Rai Sokolov.

A pesar del miedo por lo que pudieran hacerme, nunca agaché la cabeza ni desvié la mirada. Papá me enseñó a nunca actuar como si estuviera equivocada cuando tenía la razón.

Ese fue el día en que mi hermana y yo intercambiamos lugares. Desde entonces, me convertí en Rai Sokolov y ella en Reina Ellis. Bueno, ahora es Reina Carson.

Ivan quería matarme igual que hizo con mi madre, pero un joven Mikhail me liberó de sus garras y le dijo que el *Pakhan* me quería viva. No hace falta decir que Mikhail debe arrepentirse cada día de haberme salvado.

Dedushka y yo no siempre nos llevamos bien. Más bien chillaba, gritaba y le arañaba la barba por haber mandado a sus hombres a matar a mi madre. Él decía que solo quería traerla a casa, y que nunca deseó que su única hija muriera. Tardé meses en creer en que no mentía, y quise contarle que Ivan fue quien mató a mi madre, pero no lo hice, porque no tenía ninguna prueba y un hombre práctico como mi abuelo solo creería en las evidencias. Además, Ivan me habría vendido en el mercado negro antes de tener oportunidad de poner en riesgo su posición de entonces.

Un tiempo después, mi abuelo se sentó delante de mí y me dijo las palabras que me despertaron de golpe:

—La única forma de protegerte a ti misma, a tu hermana y a tu padre es volverte poderosa.

Desde entonces, me di cuenta de que tenía que aprovecharme de su poder. Con el tiempo, comprendí cuánta razón tenía Nikolai Sokolov en realidad y cuánto le consumió el alma la muerte de mi madre. A menudo decía que se arrepentía de no haber sido la protección que ella necesitaba y que yo era su segunda oportunidad.

Y así, sin más, mi vida se volvió diferente, sobre todo de la de mi hermana gemela.

Cuando me mantengo alejada de ella, como ahora, a menudo dice tonterías, como que quizá debería haberse quedado con su apellido. Mi pobre hermana no sabe que en mi mundo se la comerían viva. No podría llevar un vida tranquila con el abogado de éxito que tiene como marido.

Me enderezo.

—Tan diferente como que estarías muerta, Reina.

—¿Me estás diciendo que tú no vas de camino a lo mismo? —Se le quiebra la voz, con los ojos llenos de lágrimas—. Estoy preocupada por ti.

—No lo estés. Puedo cuidar de mí misma.

—¿Y qué pasa si te ocurre algo y no puedes? ¿Quién te cuidará entonces?

—Tengo a mi hombre y a mi mujer. Tú los conoces.

—Ruslan y Katia son tus guardias, no tu familia.

—Oye, que sí. No insultes a mis manos izquierda y derecha.

Ella resopla.

—No sé si debería encontrar divertido o triste que consideres a los guardias tu familia.

—Es porque son leales, Rei.

Ella sacude la cabeza. Justo entonces, Gareth salta de su regazo y corre hacia la puerta por la que entra su padre.

El marido de Reina es alto y guapo, con el pelo oscuro y una complexión robusta que conserva desde que jugaba al fútbol en el instituto. Lleva un traje *beige* que le da un aire cercano, pero firme.

La cámara se mueve un poco cuando Asher agacha la cabeza y atrapa la boca de Reina con un beso. No es un simple pico o un mero roce de labios. Él entra de lleno, haciéndola gemir cuando lo aparta, con las mejillas encendidas.

—Ash, estoy hablando con Rai.

Asher sonríe a la cámara, con los ojos verdes brillantes.

—Buenas, Rai.

—Hola, Asher —digo en un tono que sugiere que no me ha afectado en lo más mínimo su demostración pública de afecto, pero, a veces, me remueve por dentro de una forma que no sé explicar.

De lo único de lo que estoy segura es de que tengo que proteger la escena que tengo delante: a Reina y a su familia feliz. Al menos una de nosotras debe tener eso. Una de nosotras tiene que amar con todo su corazón, como papá nos enseñó.

Reina ha sufrido durante años para encontrar su final feliz, y mi misión es asegurarme de que siga así.

Alguien llama a la puerta antes de que entren Vlad junto a Ruslan y Katia. Cierto, convoqué una reunión.

—Escucha, tengo que irme —digo, luego cuelgo antes de que Reina pueda decir nada. Ahora que Asher anda cerca, no se centrará tanto en darme la tabarra para que les haga una visita.

Me uno a los otros tres en los asientos frente a mi escritorio. Ruslan se mantiene de pie porque se toma demasiado en serio esa regla ridícula de respetar la jerarquía. No es necesariamente por mí, sino por Vlad. Nunca, y quiero decir jamás, se sienta en su presencia.

Katia se acerca al armario para servirnos unas bebidas. Es una mujer alta y en forma, con el cabello castaño oscuro siempre recogido en una cola de caballo.

Sus pómulos marcados y mejillas pecosas le dan un aspecto distintivo, que podría ser adorable si abandonase su expresión seria. Ruslan y ella están cortados por la misma tijera.

—No tienes que servir las bebidas —le digo.

—Permítame, señorita.

Sacudo la cabeza mientras me dejo caer frente a Vlad. La razón por la que les confío mi vida a estos dos no es porque sean unos guardias que *dedushka* escogió por mí. No.

Ruslan lleva conmigo desde la época de mi abuelo, pero solo porque lo escogí yo misma en los combates. Entonces solo tenía veinte años, dos más que yo, y ganaba todas las peleas. Solía ir con *dedushka* a ver peleas clandestinas y siempre estaba pendiente de «La Máquina», como lo llamaban. En uno de los combates, sufrió una lesión en la cabeza y su entrenador estaba a punto de sacrificarlo como a un perro. Sin embargo, intervine y le di un puñetazo en la cara al entrenador y le dije que si no respetaba a sus luchadores, no se merecía formar parte de la hermandad. *Dedushka* estuvo de acuerdo. Echaron al entrenador. Ruslan se retiró y le preguntó a *dedushka* si podía convertirse en mi guardia.

Katia llegó después de la muerte del abuelo. La trajeron de contrabando desde Rusia en un contenedor sucio con drogas metidas en el culo y estaba destinada a convertirse en una de las putas de los burdeles de Mikhail.

Dado que me había fijado como objetivo interceptar los cargamentos de Mikhail y liberar a tantas mujeres como pudiera, Katia resultó ser una de esas mujeres a las que conseguí ayudar.

Para poder salvarla de las manos podridas de Mikhail, la mantuve cerca. Luego la vi por casualidad entrenando kung-fu y descubrí que era cinturón negro. La vendieron a la mafia por una deuda que su padre fallecido no pudo pagar.

Desde entonces, estos dos han sido los pilares en los que me apoyo, aparte de Vlad, cuando no está gruñendo como ahora.

—¿Ahora qué? —pregunto.

—¿Vas a casarte con Kyle de verdad?

Trato con todas mis fuerzas mantener la calma, aunque se revuelve todo en mi interior ante la mención de su nombre.

Ahora que ha vuelto, es todavía peor.

Si soy sincera conmigo misma, la razón por la que hoy no he podido trabajar en condiciones hoy no es solo por la propuesta de matrimonio. Es sobre todo por la forma en la que ha invadido mi espacio, me ha tocado, y me ha envuelto el cuello con sus manos como si tuviera todo el derecho de hacerlo. Esos dedos largos y finos…

—Rai.

—¿Qué? —Me obligo a salir del aturdimiento al escuchar la fuerte voz de Vlad. Casi nunca me llama por mi nombre de pila, y cuando lo hace, es porque es algo serio.

—Te estaba preguntando si de verdad te vas a casar con ese desgraciado.

—No tengo otra alternativa. O lo hago, o va a ir a por Ana.

Vlad toma una bocanada de aire, pero se abstiene de comentar. Es de los que no les gusta entrometerse en los asuntos de los demás a menos que se le ordene.

—Él no es ningún títere que puedas manejar como planeamos.

—Lo sé mejor que nadie. *Dedushka* lo nombró mi guardia en un momento dado, ¿te acuerdas?

—Sí. También recuerdo que me dijiste que no volviera a mencionar su nombre después de que se fuera.

—Sigo prefiriendo no hablar de él.

—Eso no va a hacer que desaparezca.

—Puedo fingir que sí.

—No sé lo que pasó entonces para que le guardes tanto rencor, pero ahora que es el hijo de Igor, la cosa cambia.

—¿En serio crees que es hijo de Igor?

—¿Tú no?

—No lo sé. Me parece sospechoso que venga tan decidido, incluso reclamando lazos familiares. ¿Por qué precisamente ahora?

—Si alguien puede averiguarlo, esa eres tú.

—Oh, ya te digo. Él piensa que casándose conmigo va a conseguir vía libre a todo, pero no sabe que se envenenará en el proceso.

—No descubras tus cartas.

—No hace falta que le recuerdes a la serpiente que es venenosa, mi querido Vlad.

—No me llamo Vlad.

—Lo que tú digas.

Gruñe en respuesta.

—El *Pakhan* me ha ordenado que te consiga todos los informes financieros de las cuatro brigadas.

—Hola, pesadilla de Mikhail. —Miro a Ruslan por encima del hombro—. ¿Cuánto te apuestas que encontraremos algo sospechoso ahí dentro?

—Cien —dice, con su acento ligeramente sofisticado.

—Qué poco —me burlo.

—Quinientos. —Katia nos coloca la bandeja de café delante y da un paso atrás para situarse al lado de Ruslan.

Sonrío.

—Ya empezamos a entendernos. Lo veo.

Vlad le da un sorbo al café.

—Tú también tienes que entregar los informes de V Corp.

—¿A quién?

—A todos. Sergei quiere que en este asunto se haga todo público.

—¿Por qué ahora?

—Puede que Adrian tenga algo que ver. Fue el último que estuvo con él.

Apoyo el codo encima de la rodilla y me doy golpecitos en la barbilla con el índice.

—¿Crees que está tramando algo a nuestras espaldas?

—Seguramente. Recuerda que solo mostró su apoyo a Sergei cuando sabía que Ivan estaba muerto y no podía ser *Pakhan*. Tienes que ser extremadamente cuidadosa con ese.

—¿Por qué? ¿Has oído algo?

Se detiene con la taza a medio camino hacia su boca.

—Tal vez.

—¿El qué?

—Mis espías me dicen que se reunió con Igor y con Kyle antes de la asamblea de hoy.

—Hijo de puta. —Aprieto los puños. Si Kyle tiene a Adrian de su parte, estoy más que jodida—. Si lo sabías, ¿por qué demonios votaste para que se quede? ¿Y el resto? No entiendo por qué *dedushka* le favorecía tanto, y ahora incluso Sergei.

—Sencillo. Es eficiente. No puedes negar que mientras estuvo con nosotros, nadie se atrevió a acercarse a la hermandad. Sabían que los mataría mientras dormían.

—Sigue siendo un asesino.

—Todos lo somos.

—Nosotros matamos por necesidad, para proteger nuestro honor y a los nuestros. Él mata por ocio y por dinero. La gente como él, que no sigue ningún código de honor y no muestra lealtad, son en los que menos habría que confiar.

—Nadie confía en él. Solo usamos sus habilidades.

Me detengo ante las palabras de Vlad, el significado detrás de ellas me pesa por algún motivo.

«¿Sabes por qué soy una sombra, princesa? Porque cuando no estoy, nadie lo nota».

Alejo las palabras de Kyle, negándome a darles importancia.

Aunque se quedan en mi mente.

Crecen y se magnifican hasta que son lo único en lo que puedo pensar, porque yo sí noté cuando no estuvo.

No solo lo noté.

Me desgarró por dentro, y todavía no estoy segura de si esa herida sanará algún día.

Ahora tengo que casarme con él y hundir más el cuchillo con mis propias manos.

8

RAI

Hoy es el día de mi boda.

Podría ser también el de mi funeral.

No sé por qué siento como si algo dentro de mí lucha por respirar, asfixiándose en la nada y muriendo poco a poco. Puede que haya estado muerto desde hace tiempo y que solo ahora me esté dando cuenta.

Durante toda mi vida, nunca he sido de las que soñaban con cuentos de hadas y bodas. Prefería las historias de monstruos y demonios. Me parecían más realistas que esas cursilerías de príncipes encantadores.

Reina creía en su caballero de brillante armadura y en su cuento de hadas. Amaba a Asher en secreto desde que eran niños, y esos sentimientos solo se fortalecieron mientras crecían. Pintó su propio cuento de hadas y no paró hasta que tuvo un final feliz.

Bueno, el proceso no fue precisamente de cuento de hadas, pero lo que cuenta es el resultado. Llevan felizmente casados muchos años e incluso tienen al pequeño Gareth.

¿Yo? Siempre pensé que ese tipo de vida no estaba hecha para mí.

Pero incluso con mi falta de confianza en ese tipo de cosas, nunca pensé que me casaría de esta forma, como ganado vendido al mejor postor.

Sacudo la cabeza mientras me miro fijamente en el espejo del tocador. Llevo un sencillo vestido blanco que me llega hasta los pies. El encaje está abotonado hasta el cuello por delante y por detrás, y me cubre los brazos.

El cabello lo llevo recogido en un elegante moño en la parte baja de la cabeza. El maquillaje es recargado, como de costumbre, pero he optado por pintarme los labios de rojo, porque el diablo debe estar guapo para atraer a sus presas.

Si fuera por mí, habría cambiado el color del vestido a negro, pero eso dañaría la reputación de mi tío abuelo y de la hermandad en general, así que reprimí ese impulso y me decidí por este *look*.

La expresión que me recibe es calmada, serena, casi como si fuera el día de mi boda de verdad.

No lo es. Hoy es el día en el que doy un paso más hacia mi objetivo.

Alguien llama a la puerta y yo me aclaro la garganta.

—Adelante.

Sergei entra con pasos cautelosos mientras intenta no presionar demasiado su resistencia. Lleva el pelo blanco impoluto y muy bien peinado, y viste el traje que reserva para ocasiones especiales. No sé si debería sentirme halagada o triste porque piense que esta es una ocasión especial para mí.

Me levanto y le beso los nudillos. Él coloca su otra mano sobre mi pelo, acariciándolo con suavidad antes de soltarme.

—Nikolai estaría orgulloso de ti.

Se me cierra la garganta al escuchar el nombre de *dedushka*. Hoy es el peor día para mencionarle a él o a lo mucho que lo echo de menos, o a lo mucho que desearía que estuviera a mi lado.

Contengo mis emociones y digo:

—Si estuviera aquí, ni Anastasia ni yo habríamos tenido que comprometernos.

Sergei suspira, y el sonido sale un tanto rasposo, como si le costara respirar.

—Habría pasado de todas formas. Ni Nikolai ni yo podríamos protegeros para siempre.

—Pero al menos podrías proteger a Anastasia. La tuviste con cuarenta años, ¿es que ella no significa nada para ti?

—Ella es mi mundo, pero nació en la hermandad y seguirá el reglamento. —Se detiene—. Igual que tú.

—Ya, ya, porque una mujer no puede llegar muy lejos. —Trato de contener la burla en mi voz.

—¿Quién ha dicho que no puede?

—Tú y todos los demás. Eso es lo que llevan diciéndome desde que era una niña.

—Eso es porque queríamos protegerte.

—No necesito protección. Los demás necesitan protegerse de mí.

—De eso no me cabe duda, terremoto. —Sonríe un poco y un ataque de tos se apodera de él. Cada vez es más sonoro y más intenso hasta que se desploma. Corro hacia el tocador, cojo unos pañuelos y se los pongo en las manos. Tose sangre en ellos y el color blanco se vuelve rojo.

Se me sube el corazón a la garganta mientras continúa tosiendo.

—Ded... —Le llamo por el término que solo usaba para llamar a *dedushka*—. Respira, respira...

Deja de toser de forma pausada pero nada elegante. Los pañuelos están empapados de sangre cuando sacude la mano y los tira a la papelera. Saca unos nuevos para limpiarse a boca. Cuando intento ayudar, levanta una mano para detenerme.

Aunque sea mayor y esté enfermo, el tío abuelo sigue siendo un Sokolov y el *Pakhan*. No le gusta que nadie, incluida su familia, vea su debilidad.

—¿Te encuentras bien? —pregunto con cautela—. ¿Deberías ver a un doctor?

—Los médicos no sirven para nada. —Se acerca despacio, luego coloca ambas manos en mis hombros, haciendo que levante la mirada hacia él. Cuando habla, su voz suena un poco ahogada—: Aquellos que dicen que las mujeres no pueden llegar lejos en este mundo tienen miedo de lo que pueden hacer las personas como tú. Por eso tienes que tener cuidado y ser inteligente, porque tus enemigos son más de los que puedes contar o ver. No veas este matrimonio como algo triste; míralo como una oportunidad para mantenerte en una posición de poder, incluso entre bambalinas. Esa es la única forma en la que puedes protegerte a ti y a tus seres queridos.

Sus palabras me llegan muy hondo, no solo por su consejo, sino sobre todo porque cree en mí. Cree en lo que soy capaz de hacer a pesar de todo lo que se me ha echado encima.

Sé que mi tío abuelo no me lo pondría en bandeja. No solo pondría en peligro su posición y lo debilitaría, sino que también me colocaría en una situación terrible. Al parecer, no me gusta que me pongan las cosas fáciles. Prefiero ir a por ellas.

—Gracias, *ded*. —Vuelvo a besarle los nudillos, y me toca la cabeza como una muestra de aceptación antes de ofrecerme su codo.

Me palpo debajo del amplio vestido, asegurándome de que llevo la pistola bien sujeta al muslo.

—¿Lista? —pregunta.

No, pero no se lo digo, porque tengo que estarlo. El dolor, ya sea físico o emocional, solo es una fase. Eso es lo que nos solía decir mamá a Reina y a mí.

—Lista. —Coloco la mano enguantada en el hueco de su brazo y dejo que me guíe fuera de la habitación.

La ceremonia tiene lugar en una iglesia ortodoxa porque... Bueno, por tradición. Y luego la recepción se celebrará en el recinto principal de la hermandad, donde viviremos.

Kyle aceptó de inmediato vivir con nosotros, en lugar de que yo tuviera que mudarme a casa de Igor, lo cual es sospechoso de la hostia. Normalmente, los hombres están deseosos de marcar a las mujeres como su propiedad, y eso implica tener a su esposa en su propia casa.

Kyle tiene un comportamiento extraño, pero como no tengo pruebas que respalden mis sospechas y prefiero quedarme con Sergei y con Ana, no he comentado nada al respecto.

Ha pasado exactamente una semana desde que volvió desde alguna parte, y durante todo este tiempo lo único que ha hecho es insertarse de nuevo en la hermandad como si nunca se hubiera ido, como si no hubiera abierto una herida que nunca permitió que se curara.

Aparte del primer día en el que me acorraló, solo nos hemos visto dos veces, ambas en la mesa de desayuno de Sergei, con el resto de los líderes, para hablar de estrategias y de la amenaza de los irlandeses.

Kyle apenas miraba en mi dirección ni me prestaba atención, ni siquiera cuando Damien y yo nos uníamos para atacarle.

No es que quisiera que lo hiciera, pero nos íbamos a casar en poquísimo tiempo. ¿No podría haber hablado sobre ello o algo? No sé... Porque si esperaba que fuera yo la que abordara el asunto, podía esperar sentado.

Claro, podía haber retrasado la boda, ¿pero qué sentido tiene retrasar lo inevitable? Además, Sergei quería que esto ocurriera más pronto que tarde debido a la amenaza de muerte a la que nos enfrentamos.

Se hicieron preparaciones para medidas de seguridad críticas. Yo quería un evento pequeño y sin importancia, pero Sergei dijo que sería una deshonra para el apellido de nuestra familia.

No escatimó en gastos e invitó a todos los jefes más importantes de todos nuestros aliados dentro de la mafia, la política y los negocios.

El aire está cargado por la cantidad de guardias que han venido a proteger a sus jefes. No hace falta decir que nuestros hombres están comprobando cada persona y cada cosa con ojos de halcón. Sergei dio instrucciones específicas de que quería que todo fuera sobre ruedas hoy y que no se permite ningún error.

Incluso Ruslan y Katia están colocados en diagonal al pasillo, medio camuflados por los arreglos florares. Sacudo la cabeza internamente. Como si nada pudiera esconder la constitución de Ruslan.

Suena música tradicional rusa mientras Sergei me acompaña por el pasillo. La gran sala se queda en silencio. Algunas mujeres se giran para mirarme. Reconozco algunas caras de las familias de la Camorra, las tríadas, la Yakuza, e incluso algunos socios comerciales de la Bratva.

Aunque no han venido por mí. Han venido por Sergei y por el poder que representa. Su presencia no significa nada para mí. Si Reina estuviera aquí, sería otra historia. Tal vez me sentiría menos reacia a lo que está por venir.

Así es mejor. Al menos está a salvo y puedo protegerla desde la distancia. Ni de coña iba a meter a mi gemela en medio de toda esta gente peligrosa, que no dudarían en hacerle daño con tal de llegar hasta mí.

Las caras de los asistentes empiezan a volverse borrosas cuando miro hacia delante, con expresión calmada, incluso serena.

Pasamos por el lado de Kirill, quien sonríe, probablemente pensando que lo estoy pasando mal ahora mismo. Lo ignoro, porque aunque puede que ese sea el caso, *dedushka* me enseñó a nunca mostrar mi dolor al mundo.

«Si piensan que eres fuerte, nadie se atreverá a atacarte».

Sus palabras son mi mantra y la razón por la que soy capaz de hacer esto. Después de todo, nadie puede ganar si no ha empezado una guerra.

Damien se sienta al lado de Kirill, puesto que son los únicos que siguen solteros dentro del grupo de élite, sin contar a Vlad. Damien me mira sin emoción alguna, ahora en silencio, después de expresar abiertamente que no piensa que este matrimonio sea buena idea. Lleva la camisa por fuera, con una chaqueta arrugada, como si hubiera venido directamente después de levantarse.

Igor, Mikhail y Adrian también se sientan con ellos. Los dos primeros vienen acompañados de sus esposas, mientras sus hijos se sientan detrás, pero la esposa de Adrian no está. Vlad está entre bastidores, ya que es el encargado de la seguridad del evento.

Anastasia se coloca al lado de Adrian en el extremo derecho, y me sonríe con alegría. Le dije que es lo que quería, y como se cree todo lo que le cuento, piensa de verdad que es un acontecimiento feliz.

Al menos una de las dos se lo cree.

Por lo menos tengo a Ana aquí, ya que era impensable que Reina pudiera venir.

La música se detiene cuando llego al altar, delante del sacerdote. Va vestido con la tradicional vestimenta religiosa rusa, y su sombrero tiene una cruz dorada en la parte superior.

La multitud estalla en murmullos cuando es evidente que el novio no ha llegado todavía. Se suponía que saldríamos a la vez, porque dije que no quería todo este asunto de que él esperara por mí.

Me tiemblan los labios y una oleada de diferentes emociones me golpea al mismo tiempo: ira, odio, traición y, sobre todo, tristeza.

No puede herir mi orgullo por segunda vez consecutiva.

Esto no puede estar pasando.

Y aun así, mientras miro la multitud, la realidad se cierne sobre mí despacio y sin previo aviso.

Ruslan me mira a los ojos y niega con la cabeza. Fue él quien me dijo que había visto a Kyle por ahí antes.

Entonces ¿dónde cojones se ha metido ahora?

Mientras Kirill suelta una risita y Damien sonríe, la realidad me da un bofetón en toda la cara.

Kyle me ha abandonado. Otra vez.

Solo que esta vez lo ha hecho en el altar y delante de todo el mundo.

9

KYLE

Me tumbo boca abajo y observo a través de la mira de mi rifle.

Por mucho que Vladimir se mostrara inflexible con respecto a la seguridad, no pudo reforzarla lo suficiente como para deshacerse de los soldados ocultos en los tejados, especialmente en los lugares más apartados.

Además, la iglesia es tan baja que todos los edificios del alrededor podrían servir como nidos de francotirador.

Después de todo, esto es Brooklyn, su arquitectura alta es una forma segura de llevar a cabo las misiones.

Ajusto el enfoque de la mira hacia el altar, donde una mujer preciosa está de pie al lado de Sergei. Acerco la imagen hasta tenerla completamente a la vista.

El blanco le sienta bien, majestuoso, casi como si se tratara de una especie de ángel caído que ha venido a torturar a los humanos.

Aunque la expresión de Rai dista mucho de ser angelical. A pesar de estar escondida bajo incontables capas de maquillaje, no puede ocultar el temblor de sus labios ni el rubor de su delicado cuello, que pide a gritos que lo rodee con mis dedos.

Se ha convertido en una experta en contener la ira, pero no lo suficiente como para engañarme. Al fin y al cabo, estuve a su lado mientras intentaba deshacerse de esa personalidad impulsiva, o al menos mantenerla bajo control. La verdad del asunto es que es imposible que se haya convertido en alguien dócil y obediente, al menos no en esta vida.

Rai nació para conquistar y aplastar a cualquiera que la desafíe o suponga un riesgo para su familia. Nunca ha frenado ni dudado, le ha importado un carajo su género.

Esa mujer es más obstinada que la mayoría de hombres que he conocido.

Y por eso supone un peligro para mi misión.

Sería facilísimo apretar el gatillo y quitarla de mi camino. De todas formas, ¿quién es? Aparte de un peón insignificante que causará más problemas que otra cosa.

No muevo el dedo. No puedo.

No sé cuándo empezó, si fue después de volver a verla o si ya lo sentí hace siete años. Lo único que sé es que no puedo pegarle un puto tiro a Rai Sokolov, aunque sea mi peor enemiga.

Apunto con el rifle hacia el edificio opuesto a la iglesia, donde están apostados los guardias de las otras organizaciones criminales. ¿Quién diría que mi boda iba a ser un nido de víboras para los rostros criminales con peor fama de Nueva York? No son solo los italianos, los chinos y los japoneses; también los armenios y los ucranianos. Aunque la mayoría son enemigos clásicos de la Bratva, no están fuertemente ligados al periodo de reinado de Sergei. Podrían casarse entre ellos para fortalecer sus relaciones, pero la mayoría de los clanes son demasiado conservadores como para entregar a sus hijas a alguien de fuera.

Por suerte para mí, Sergei no lo es en absoluto.

La sed de sangre corre por mis venas mientras apunto con mi rifle a tres guardias que están en la parte trasera del edificio. Se me tensan los músculos, pero mi cuerpo permanece inmóvil, tranquilo, casi como si estuviera dormido con los ojos abiertos.

El cielo nublado es mi único límite.

No hay viento ni distracciones. Solo la necesidad del caos.

Aprieto el gatillo y acierto en la frente del primer guardia. En el momento en el que los otros dos se giran hacia él con las armas levantadas, ya es demasiado tarde. Disparo a uno en el corazón y al otro en el hueco del cuello.

Los tres caen unos encima de otros sin hacer ruido ni formar escándalo. Limpio. Rápido. Eficiente.

Primera parte de la misión completada.

Todavía boca abajo, me deslizo hacia atrás y guardo el rifle en su funda, luego quito los ladrillos que quité hace una semana cuando me decidí por esta localización. Después, escondo el arma entre las piedras.

Cuando termino, me arrastro hasta la entrada y solo me pongo de pie cuando sé que nadie puede verme desde las azoteas de los otros edificios.

Me abrocho la cremallera de la sudadera, con una máscara y unas gafas de sol, mientras bajo los escalones de tres en tres.

—Objetivo uno eliminado. —Le digo a mi segundo francotirador a través del intercomunicador que llevo en el oído—. Encárgate de Kai y de Lazlo.

—Recibido —responde con su tono aburrido. Lo he traído conmigo desde Inglaterra, y no estoy seguro de si es la idea más brillante que he tenido.

Pero lo cierto es que Flame fue quien me enseñó a disparar con precisión. No hace falta decir que si alguien puede encargarse de esto, es él. Sin embargo, sigue sin gustarme que se entrometa en mis asuntos. Aunque pertenecíamos a la misma organización, él solo se preocupa por sí mismo.

—Y no le toques ni un pelo a Rai —añado.

—¿Ya te tiene dominado?

—Que te den por culo.

—No me va mucho. Pero ya que estamos hablando, ¿vas a contarme por qué quieres ir concretamente a por Kai y Lazlo?

—Porque Kai es el equivalente de Adrian para los japoneses, y Lazlo es el equivalente de Sergei para la familia Luciano.

—Vas a matar a las mentes pensantes… muy listo.

—Ya lo sé.

—Siempre tan arrogante, Kyle. Supongo que la expulsión tan poco honorable del grupo no te ha cambiado en nada.

Ignoro la pullita a mi pasado y digo:

—Colócate en posición.

Puede que Flame sea de un rango superior al mío, pero como él mismo ha dicho, ya no pertenezco a ese grupo, por lo que no tengo ninguna obligación de respetar la jerarquía.

Pulso el botón y salgo del edificio con el mismo sigilo con el que entré. Como todo esto es nuevo, las cámaras no están del todo operativas todavía, así que puedo colarme por sus puntos ciegos más fácilmente que en otros edificios.

Después de colarme por la puerta trasera, me deshago de la máscara, de las gafas, del bigote postizo y de la sudadera con capucha y me quedo con el traje negro. Luego lo tiro todo en una papelera.

Subo dos calles hasta mi Porsche. En cuanto entro, me quito las deportivas y me coloco los zapatos de cuero. Me miro en el espejo retrovisor.

Parezco listo para una boda.

Me lleva un minuto llegar a la iglesia. Veo a Vladimir en la puerta con expresión seria y los nudillos blancos. La tensión no se disipa cuando me ve. Si acaso su furia sale a la superficie como un volcán en activo.

Sosteniendo una pequeña caja, salgo del coche y le lanzo las llaves de repuesto a uno de los guardias. Siempre llevo otra conmigo por si acaso hay alguna emergencia.

Tengo a Vladimir delante en una fracción de segundo.

—¿Dónde cojones has estado?

Sacudo la caja frente a él.

—Buscando los anillos. Casi me los olvidaba.

Me mira con los ojos entrecerrados, pero no dice nada, así que lo empujo al pasar y entro, fingiendo estar nervioso por llegar tarde.

Las caras de Sergei y de Igor se relajan al verme. Si no hubiera aparecido, no solo hubiera sido un insulto hacia Rai, sino para la hermandad al completo. Puede que me hayan perdonado antes, pero si abandonara a la sobrina nieta de Sergei en el altar, me arrancarían la cabeza con sus propias manos, o probablemente dejarían que lo hiciera Rai.

No hay perdón para la deshonra.

Mientras en la iglesia el ambiente se calma con mi entrada, Damien, el cabrón que se merece una bala en el cráneo, me fulmina con la mirada, claramente disgustado por haber aparecido.

Debe haber estado esperando, aguardando el momento, planeando llevarse a Rai, pero no sabe con quién se está enfrentando. No tiene ni idea de que seré su peor pesadilla.

La expresión de Rai no cambia, no muestra ni alivio ni aprensión, pero ese brillo que no abandona su mirada. Mi futura mujer parece lista para arrancarme la cabeza. Yo sonrío ante la idea de lo que voy a hacerle esta noche.

Después del espectáculo que he preparado, no le quedará más opción que venir a mí.

Solo a mí.

Mientras camino hacia ella no puedo evitar fijarme en la forma en la que su sencillo vestido blanco se amolda a sus pechos en la parte superior. El escote, aunque parcialmente camuflado por el encaje, deja entrever lo suficiente como para dejarme con ganas de más. La tela se ciñe a sus curvas y le cae hasta los pies. Es sencillo, elegante, como todo en ella.

¿Quién diría que alguien que se parece tanto a un ángel podría albergar un demonio en su interior? Y yo tengo el gusto de conocerlo. Después de todo, me he criado entre demonios desde los cinco años.

Algunos dirán que yo mismo me he convertido en uno, pero me estoy desviando del tema.

Cuando llego hasta Rai, ella bufa por lo bajo y se aleja de mí. Es Sergei quien coloca su mano sobre la mía.

—Cuida de ella —me dice en un tono bajo que solo yo puedo oír.

«Voy a hacer mucho más que cuidarla, viejo. Destruiré todo tu imperio usándola a ella».

—Sería un milagro que se cuidase él mismo —murmura ella por lo bajo.

Sergei se aclara la garganta, le besa la cabeza y luego le ofrece su mano. Ella la besa, y luego estoy obligado a hacer lo mismo para mostrar respeto y toda esa puta mierda.

En cuando se aleja de nuestro lado, Rai mira al sacerdote con expresión cerrada, pero hay algo que se escapa de su control: sus ojos. Se oscurecen y brillan con la promesa de una batalla que se avecina en la distancia.

Me inclino para susurrarle al oído:

—¿Qué es lo que ha enfadado a mi preciosa mujer?

Me da un codazo con la fuerza de un luchador. Joder, lo hace tan fuerte que casi me saca el aire de los pulmones.

—Tu existencia.

—Me hieres, princesa —bromeo.

—Te mereces mucho más que una herida. —Me mira a los ojos por primera vez hoy, y no me gusta lo que encuentro. No se trata de la rabia que viste como una armadura, o la frustración que acompaña su incapacidad para infligir violencia. Es todo lo demás: desde el ligero temblor de su barbilla, hasta las lágrimas que brillan en sus ojos. No importa lo mucho que intente achacarlo a la rabia, no es así. Ni por asomo.

—No planeabas presentarte, ¿por qué lo has hecho? ¿Es porque te doy pena?

Le rodeo la cintura con un brazo, acercándola a mi lado. He pasado mucho tiempo alejado de esta mujer, tanto que se ha vuelto blasfemo poner incluso más distancia entre los dos.

—He venido porque vas a convertirte en mi esposa. —Trata de zafarse, pero la mantengo quieta en el sitio mientras sonrío al viejo sacerdote—. Por favor, proceda.

Se aclara la garganta y habla en inglés, pero con un característico acento ruso.

—Estamos hoy aquí reunidos para unir en santo matrimonio a Kyle Hunter y Rai Sokolov.

Continúa perorando sobre la importancia del matrimonio, Dios, sus adorables ángeles y todo lo demás. Sus palabras me entran por un oído y me salen por el otro. Tengo toda mi atención puesta en Rai, que está demasiado absorta en las tonterías del sacerdote.

Cuando está en modo concentración, junta las cejas y separa los labios un poco, dejando ver la sutil forma de lágrima de su labio superior.

Puede parecer delicada y suave, incluso frágil, hasta que habla o entra en acción. Es entonces cuando la gente se da cuenta de que se enfrenta a una persona combativa y sin pelos en la lengua, de esas contra las que es casi imposible ganar porque están entrenadas para no perder nunca. O ganan o destruyen.

—¿Qué miras? —suelta entre dientes sin perder la concentración en el sacerdote.

—A ti, princesa.

—Céntrate.

—Me centraré luego cuando consumemos nuestro matrimonio.

—¡Kyle! —sisea.

—¿Qué? La que me está tentando eres tú.

—Ya te tentaré menos cuando te meta un puñetazo en los huevos.

—Qué traviesa… me encanta. —Bajo la voz—. ¿Eso significa que puedo usar juguetes?

—Si son juguetes para asfixiarte, tal vez.

—Tengo otros en mente. Ya sabes, de los que te hacen gritar pidiendo más. —El sacerdote se aclara la garganta, y yo le hago un gesto para que continúe—. No nos haga caso, padre. Estamos sentando las bases de nuestro «santo» matrimonio.

Nos lanza una mirada extraña, como si estuviera pensando que no hay nada santo en este matrimonio. No estaría equivocado, pero tampoco creo en las cosas sagradas de por sí, así que no se me aplica.

Después de terminar con su monólogo, el sacerdote se dirige a mí con una versión de los votos rusos.

—Kyle Hunter, ¿aceptas a Rai Sokolov como legítima esposa de hoy en adelante, en lo próspero y en lo adverso, en la riqueza y en la pobreza, en la salud y en la enfermedad, hasta que la muerte os separe?

—Sí, acepto. —Las palabras salen mucho más fácil de lo que esperaba, aunque esté mirando fijamente su rostro inexpresivo. Creo que es por la última parte. Me gusta.

«Hasta que la muerte nos separe».

Sí, definitivamente me gusta.

Se gira hacia ella.

—Rai Sokolov, ¿aceptas a Kyle Hunter como legítimo esposo de hoy en adelante, en lo próspero y en lo adverso, en la riqueza y en la pobreza, en la salud y en la enfermedad, hasta que la muerte os separe?

Silencio.

Un largo silencio.

Los segundos van pasando, pero parecen años mientras me mira fijamente, y justo entonces, su rostro inexpresivo se rompe, mostrando un atisbo de la chica que conocí hace siete años. Aunque no muestra vulnerabilidad, deja ver algo, una herida, u otra emoción que no logro reconocer.

Entonces veo su espíritu libre, el que se niega a que nada ni nadie lo ate.

«Joder». Va a salir corriendo.

—¿Rai? —dice el sacerdote.

Su expresión vuelve a ser hermética, y espero a que eche a correr justo en este momento, como en una película de novia a la fuga. A diferencia de esas cosas tan moñas, estoy dispuesto a seguirla hasta los confines de la tierra y secuestrarla si es necesario.

—Sí, acepto —dice las palabras como si le pesaran.

Tanto el sacerdote como el público respiran aliviados. Sigo observando sus gestos, sin saber si es una estratagema o si cambiará de opinión en cualquier momento.

No tengo ni idea de por qué, pero siento que no puedo sentirme aliviado todavía.

El sacerdote nos pide que intercambiemos los anillos. Coloco la mano de Rai sobre la mía y le acaricio el dorso despacio, de manera sensual, casi como si lo estuviera viendo por primera vez.

Puede que así sea. No recuerdo que tuviera las manos tan suaves. Tiene la piel muy clara y casi se le traslucen las venas. Deslizo el anillo por su dedo tan lento como puedo y luego la miro con una sonrisa.

Ella se pone a la defensiva de inmediato.

—¿Qué?

—Si me vas a golpear en las pelotas con esas manos, me apunto.

Es rápido, casi imperceptible, pero se le encienden las mejillas cuando retira la mano y toma la mía con fuerza.

Conteniendo una sonrisa, me inclino y murmuro contra su oreja:

—Es la otra mano.

—Ya lo sé —me suelta, y cambia a la izquierda.

«Joder». ¿Quién me iba a decir que alguna vez vería a Rai ponerse nerviosa y que iba a disfrutarlo tanto?

Desliza el anillo, luego se detiene a mitad de movimiento, con la expresión congelada. Espero a que se eche atrás ahora, pero me mira fijamente la mano.

Sigo la dirección de su mirada, y es entonces cuando veo lo mismo que ella. Tengo una mancha de sangre en el lado del dedo anular. No está seca. «Mierda». Debo habérmelo hecho cuando sometí a la fuerza a algunos guardias antes de subir al tejado del edificio. Fui lo suficientemente cuidadoso como para no apuñalar a nadie y mantenerme limpio, así que ¿cómo ha acabado esa sangre ahí?

Rai levanta la mirada, con una pregunta, pero le agarro la mano y deslizo el anillo hasta el final.

—Por el poder que me confiere la iglesia, yo os declaro marido y mujer —dice el sacerdote—. Puedes besar a la novia.

Rai intenta poner la mejilla, pero yo le rodeo la cintura con el brazo y estampo mis labios contra los suyos. Al principio protesta, pero en el momento en que muevo mi boca contra la suya, se queda quieta como una estatua.

Saco la lengua y le lamo el labio superior, luego me deleito con el inferior. Sabe a adicción y a malas decisiones, y aun así, volvería a por un chute cada día.

Rai me pone una mano en el pecho, dejando escapar una protesta, pero aprovecho la oportunidad para meterle la lengua dentro de la boca. Sus quejas se convierten en un gemido cuando muevo la lengua alrededor de la suya.

Abre mucho los ojos ante los sonidos que se escapan de su boca, y desearía parar el tiempo en este momento para poder volver a él todos los días.

¿Quién diría que nuestro primer beso sería aquí?

No la suelto, ni siquiera cuando se escuchan murmullos entre la multitud, ni cuando el sacerdote continua aclarándose la garganta como si tuviera una mala tos.

Que les follen.

La única persona que me importa en esta sala está entre mis brazos, ardiente, molesta, y es mía, joder. Ahora tengo que mantener mi promesa sobre la parte de la consumación.

El cristal de la iglesia se rompe y los gritos llenan el espacio.

Me quedo congelado por una fracción de segundo.

«Ah, joder».

Estaba tan perdido en mi nueva esposa que por un momento me he olvidado de la misión. Nunca me había pasado.

Me separo de los labios de Rai a regañadientes y la agarro del brazo para ponerla detrás de mí mientras todos sacan sus armas.

Que comience el caos.

10

RAI

Los gritos llenan el ambiente.

Poco después, una afluencia de diferentes idiomas se mezcla y sube de volumen hasta que prácticamente ninguno resulta inteligible.

Las mujeres chillan mientras los líderes espetan órdenes a sus guardias. Las pistolas se alzan en el aire y el sonido de tiros en el exterior capta la atención de todo el mundo.

Al resto de los *vory* y a mí nos lleva un segundo darnos cuenta de quién podría estar detrás de esto.

Los irlandeses.

Todo el mundo se refugia, incluidos los lideres de las familias criminales y sus acompañantes.

Kyle me arrastra por donde el sacerdote ha desaparecido. Retuerzo la mano para liberarme de él, me levanto el vestido y corro en dirección a Sergei y Anastasia. Ni de coña voy a dejar que mi familia muera mientras yo me salvo el culo.

Tengo a Ruslan y a Katia a mi lado al segundo, con expresión de alerta y las pistolas en la mano.

Encuentro al tío abuelo cubriendo a Anastasia, mientras Igor, Mikhail y Kirill los rodean en un círculo, empuñando las armas con los músculos tensos. Al menos conservan lealtad para proteger a su jefe.

Por el contrario, Adrian está junto a los italianos. Aunque lleve la pistola desenfundada, la deja caer a un lado, como si supiera que no tendrá oportunidad de usarla.

84

Estoy a punto de gritarle por no venir a proteger a Sergei, pero me detengo al ver sangre. A Lazlo, el cabecilla de los Luciano y uno de los líderes más importantes de la Camorra, le han disparado.

No tengo tiempo para concentrarme en eso mientras agarro a Sergei por el hombro. Anastasia también se pone de pie, con expresión asustada y la piel pálida, pero no está llorando como solía hacer cuando era pequeña.

—Venga —le animo—. Vamos a sacarte de aquí, *ded*.

—Y una mierda te lo vas a llevar de aquí —me dice con rabia Mikhail en toda la cara, con pinta de querer apuntarme con la pistola.

—El exterior no es seguro todavía —dice Igor, coincidiendo con él—. No podemos sacar al jefe antes de que vuelvan Damien o Vladimir.

—No voy a llevármelo. —Hago un gesto hacia donde ha huido el sacerdote—. Las iglesias antiguas tienen escondites. —Echo un vistazo a mi espalda, pensando que Kyle ha desaparecido, pero en el fondo, una parte irracional de mí alberga la esperanza de que no sea así.

—Así es. —Su voz llega veloz y calmada desde mi lado mientras comprueba su arma—. Seguidme.

Mikhail gruñe, pero cede cuando nuestros guardias y nosotros formamos un círculo alrededor de Sergei, Anastasia y las mujeres de Mikhail y de Igor, cada uno mirando hacia un ángulo diferente mientras nos movemos en grupo hacia el escondite.

Kyle trata de empujarme dentro, pero yo me levanto el vestido, saco el arma de la funda que tengo atada al muslo y le hago un gesto con la barbilla. Él sacude la cabeza, pero no sigue intentando empujarme.

Giramos varias veces, siguiendo sus órdenes, y luego bajamos por unas escaleras viejas y estrechas por las que solo caben dos personas a la vez. El bullicio del exterior se va apagando poco a poco a medida que descendemos lentamente.

Cuando llegamos a una habitación apartada en el sótano, Sergei está jadeando. Ha palidecido, y sé que es porque se está aguantando la tos. Si le da un ataque y sangra delante de los demás, no será bueno.

Encontramos al sacerdote rezando en silencio en un rincón. Ayudo a Sergei a sentarse en una silla a su lado sin que se note demasiado.

Anastasia se une a él, agarrándose a su brazo como si fuera un salvavidas.

La mujer de Mikhail tiembla visiblemente. Sin embargo, la mujer de Igor, Stella, parece que tiene la situación completamente bajo control. Está junto a ella y la coge de la mano, susurrando lo que asumo son palabras de consuelo. Stella siempre ha parecido una mujer dura que, aunque no debería pertenecer al mundo de la Bratva, ha logrado adaptarse completamente al estilo de vida de Igor.

Su marido está hablando con sus guardias en un ruso seco y conciso pero consigo ver los breves momentos en los que le lanza miradas furtivas, como si se estuviera asegurando de que esté sana y salva. Stella asiente discretamente y, aunque no intercambian ninguna palabra, es como si se hubiera producido toda una cadena de mensajes entre ellos.

Es admirable ser testigo de primera mano de su conexión. *Dedushka* siempre decía que Igor era el más afortunado de su generación, pero ahora entiendo perfectamente lo que quería decir. *Dedushka*, Sergei y muchos otros perdieron a sus esposas, ya fuera por enfermedad o por asesinato, pero Igor protegió a la suya con su vida.

El sonido de los tiros reverbera por encima de nosotros, cada vez más cerca, como si vinieran de dentro de la iglesia.

—Quedaos aquí —dice Kyle—. Kirill y yo vamos a ir a ver qué está pasando.

No han dado ni un paso hacia la puerta cuando me ven unirme a ellos. Aleksander permanece al lado de su jefe, con expresión vigilante.

Kyle se detiene en seco y se gira hacia mí.

—¿Qué crees que estás haciendo?

—Yo también voy.

—No, ni hablar.

—Sí, sí que voy. Esos desgraciados no van a disparar a mi familia en mi propia boda y esperar que me quede escondida.

—Yo me encargo —musita.

—Será más fácil si estoy cerca.

—Joder, Rai. —Me agarra del hombro y me susurra al oído—: Llevas puesto el puto vestido de novia.

Lo levanto y me lo ato para que ya no roce el suelo.

—Puedo correr con un vestido.

—Rai… —La advertencia de su tono no se me escapa, pero mantengo el contacto visual sin ceder.

—Si ya habéis acabado de tontear… —Kirill pone los ojos en blanco detrás de sus gafas.

Yo salgo primera, y Ruslan y Katia se colocan a ambos lados.

—Quedaos y proteger al tío abuelo —les digo a ambos, sin esperar su respuesta.

No les gusta que les deje fuera de la acción, sobre todo cuando estoy metida en medio, pero su papel con Sergei es más importante.

Tomo el camino de vuelta por donde vinimos. Kyle y Kirill me siguen detrás, cubriéndome a mí y entre ellos.

Para cuando llegamos a la iglesia, está vacía, salvo por los italianos, que están protegiendo a su hombre herido.

Adrian no está donde le dejamos.

Se oyen demasiados disparos procedentes del exterior. Dada la aleatoriedad de los tiros, no puedo determinar con exactitud de dónde provienen.

—Vamos a separarnos. —Kirill se sube las gafas por la nariz—. Yo iré por detrás. Kyle, por delante. Rai, quédate aquí.

Aleksander y él se marchan antes de que ninguno pueda mostrarse de acuerdo.

—Yo iré por delante —le digo a Kyle—. Tú quédate aquí.

—Qué graciosa.

—No estoy de broma. Tú tienes mejor puntería que yo y serías capaz de derribar cualquier objetivo desde dentro.

—No.

—Entonces voy contigo. —No espero a que me diga que sí porque sé que no lo hará. Con la espalda pegada a la pared y lejos de las ventanas, me acerco con sigilo a la entrada.

¿Kyle, por el contrario? Cruza la puerta como si nada, en pleno tiroteo.

No tengo ni idea de si es que es muy valiente o que no valora nada su vida… o ambas. Casi se me sale el corazón del pecho cuando los disparos continúan y él se mete de lleno en medio.

Encuentra a algunos de los hombres de Igor, les hace un gesto y salta la verja hacia el aparcamiento. ¿Dónde coño va?

Sacudo la cabeza mientras introduzco las balas en la recámara de mi pistola y salgo lentamente. Unos cuantos disparos perdidos resuenan a mi alrededor, y yo respondo con dos propios. Me quedan cuatro.

Kyle es quien me enseñó a contar las balas, sobre todo cuando no me queda munición. Decía que no hay nada más estúpido que morir por tus propios errores. Es irónico cómo sus palabras se me quedaron grabadas, especialmente en situaciones críticas.

Me cuelo por detrás de nuestros hombres hacia donde se dirigió Kyle, asegurándome de que Vlad no me vea. Si lo hace, me agarrará a la fuerza y me enviará de vuelta con Sergei.

Los coches, en su mayoría alemanes, llenan el aparcamiento, pero no hay rastro de Kyle. Uso los vehículos para camuflarme mientras trato de ubicar por dónde se ha ido.

Siempre tiene la puta manía de desaparecer de golpe hasta que es casi imposible encontrarlo. Y entonces, cuando alguien lo localiza, ya ha acabado con varias personas y vuelve todo cubierto de sangre como si fuera lo más normal del mundo.

Puede que todos seamos asesinos, pero la diferencia entre Kyle y yo es que yo solo mato cuando es absolutamente necesario, mayormente en defensa propia o para proteger a mi familia. Él es un pirado sin sentimientos que lo hace como pasatiempo. No solo eso, sino que además no lleva refuerzos. Es un lobo solitario hasta la médula.

Levanto la cabeza por encima de un BMW para analizar el entorno, pero me topo cara a cara con la boca del cañón de una pistola.

«Joder».

—Tira el arma detrás de ti —dice el hombre que sujeta la pistola, con un acento indescifrable, pero no me hace falta adivinar de dónde proviene. Sus ojos asiáticos y su pelo abundante lo delatan como chino o japonés.

—Soy Rai Sokolov, la sobrina nieta de Sergei Sokolov.

—O tiras la pistola al suelo o lo harán tus sesos.

«Mierda».

Alejo la pistola despacio, asegurándome de lanzarla lo bastante lejos y de lado para que no se dispare.

Me hace un gesto con su arma.

—Sal con las manos detrás de la cabeza.

Sigo sus instrucciones hasta que quedo de pie al descubierto delante de él.

—¿No sabes quién soy? Estás cometiendo un grave error.

—A lo mejor lo ha cometido usted, señorita Sokolov. — La voz cortés que llega desde mi derecha me pilla por sorpresa, sobre todo porque la reconozco perfectamente.

El hombre de la pistola agacha la cabeza en señal de respeto... hacia su jefe.

Kai Takeda.

Está a unos pocos pasos de mí, es más alto que su guardia, pero más delgado y desprende un aura de asesino encubierto. Ha perdido la chaqueta en alguna parte, porque recuerdo que la llevaba al principio de la ceremonia, y ahora solo lleva una camisa blanca y unos pantalones. Sus ojos son asiáticos como los de su guardia, pero más oscuros y misteriosos. Tiene el pelo grueso, teñido y peinado hacia atrás, que le llega hasta la nuca. Sus facciones son más duras que las de la mayoría de sus compatriotas, y posee una belleza serena que encaja con su papel.

Kai es el cerebro de la Yakuza, y una persona muy peligrosa. Sin embargo, lo cierto es que es uno de nuestros aliados y un inversor implacable en V Corp.

Dejo caer los brazos a los lados.

—¿Qué estás haciendo, Kai?

Hace una breve pausa antes de hablar en voz baja con un acento estadounidense impecable.

—Debería preguntarte lo mismo.

—¿De qué estás hablando?

—Tengo que admitir que no te creía capaz de llevar a cabo un golpe en tu propia boda, pero es un error que no pienso volver a cometer.

—¿Un golpe?

Señala su costado, y es cuando distingo la sangre brotando de su camisa. Como la tela es negra, no me había percatado antes.

—O vuestro francotirador ha fallado, o tal vez… ¿le has pedido que lo haga a propósito? ¿Cuál es tu mensaje, señorita Sokolov? ¿Crees que puedes amenazarme?

La postura del guardia se vuelve más rígida ante las palabras de su jefe, y agarra el arma de forma letal. No tengo ninguna duda de que me disparará en cualquier momento.

La idea de morir así me paraliza, pero me aferro a la lógica, porque Kai solo respeta eso.

—No tenemos ningún francotirador.

—Claro que sí.

—El único francotirador del que hacemos uso en la hermandad estaba junto a mí en el altar.

—Podría haber sido un francotirador diferente, uno a sueldo.

—¿Y crees que lo contraría en mi boda para aterrorizar a mi familia?

—Al principio creía que no, pero cada vez se va volviendo más plausible.

Una sombra aparece detrás de Kai y le apunta con una pistola a la nuca. Se me corta la respiración al ver la cara de Kyle. Está bien plantado, agarrando la pistola con firmeza, casi como si no tuviera un arma mortal entre las manos.

—Dile a tu guardia que tire la pistola.

La expresión de Kai no cambia, como si su vida no estuviera en la cuerda floja.

—No sin que la señorita Sokolov confiese.

—Entonces tu guardia recogerá tu cadáver.

—Y tú el de tu mujer.

—Yo no lo he hecho. —Miro a los ojos negros neutrales de Kai—. Nunca pondría a mi familia en riesgo y lo sabes.

—Podrías sacrificar a un miembro por un bien mayor.

—En la hermandad no creemos en eso. Somos uno para todos y todos para uno.

—Había un francotirador —insiste Kai—. ¿Lo niegas?

—No. —Yo misma vi cómo se rompía la ventana. Hasta un niño sabría que había un francotirador en la escena.

—¿Quién crees que ha sido?

—Los irlandeses —digo con confianza—. Van detrás de los italianos y de nosotros. Lazlo y Sergei eran sus objetivos. O bien te viste envuelto en el fuego cruzado por pura casualidad, o bien también te están metiendo en el ajo por ser aliado nuestro.

Kai le hace un gesto a su guardia con dos dedos, y este baja el arma. Kyle no se mueve de detrás de él, probablemente porque Kai puede mandar a sus secuaces a dispararme en cualquier momento.

—¿Qué opción crees que es? —me pregunta Kai—. ¿Fue por accidente o intencional?

—Intencional. —No dudo ni un segundo—. No habrías tenido tanta suerte si hubiera sido un accidente.

Contrae los labios mientras se acerca a mí, sin intentar detener la sangre que brota de su costado. No es mucha, claro, pero sigue siendo una herida.

—Haré una visita a V Corp.

—¿Y a Sergei no? —pregunto, desconcertada.

—A Sergei no. —Me señala la cintura y sigo su mirada hasta encontrar sangre en mi pecho y en mis muñecas. Debo de habérmelo hecho al moverme a escondidas—. Felicidades por la boda.

Me tiende una mano, probablemente para estrechármela, pero Kyle se cuela entre los dos, bloqueándome la vista de Kai.

—No vas a tocarla después de amenazarla de muerte. Lárgate.

—Me parece justo. —No veo la cara de Kai, pero escucho en su tono que sonríe—. Hasta la próxima.

El guardia agacha la cabeza en señal de respeto y sigue a Kai. En el momento en el que desaparece, Kyle se da la vuelta tan abruptamente que doy un respingo hacia atrás.

Nunca he visto esta expresión en su cara. Tiene una mirada feroz y la máscara que suele llevar puesta ha desaparecido por completo, lo que me permite vislumbrar al hombre real que hay en su interior. Y lo que veo es más complicado de lo que cualquiera podría descifrar.

—¿Qué *cojones* estás haciendo aquí?

Me lleva un segundo intentar zafarme de su atracción magnética.

—Te dije que iba a ir contigo.

—Y yo te dije que te quedaras quieta.

—Solo porque estemos casados, *apenas*, no te da derecho a dictar mis acciones.

—Maldita sea, Rai. —Le da una patada al coche y la alarma se activa—. ¿Y si te llega a disparar, eh? ¿Te habría salvado tu cabezonería?

—No lo habría hecho. Kai es nuestro aliado.

—¿Y si decide dejar de serlo? ¿Y si te mata para mandarle un mensaje a Sergei?

—No haría eso.

—¿Y si lo hubiera hecho?

—Me habría librado.

—No puedes librarte de la muerte. En cuanto la bala entra, no hay marcha atrás. ¿Lo entiendes?

No sé si sigue hablando de esta situación o de otra cosa completamente diferente, pero asiento de todas formas. Incluso yo me doy cuenta de que tenemos diferentes niveles de habilidad y esto podría haber terminado muy mal para mí.

Me rodea la espalda con un brazo y yo grito cuando me levanta en brazos al estilo nupcial.

Me agarro con los dedos a su camisa para estabilizarme.

—¿Qué estás haciendo?

—Consumar nuestro matrimonio, princesa. Ya es hora.

11

RAI

¿Acaba de decir que va a consumar nuestro matrimonio?

Sip, me parece que lo ha hecho.

Sus palabras me dejan atónita durante un largo rato, se me tensan las extremidades y aflojo el agarre que tengo sobre su camisa.

Por alguna razón, mi pecho sube y baja pesadamente, y no tiene nada que ver con la descarga de adrenalina de antes. Lo miro a la cara mientras me lleva en brazos, lo miro *de verdad*; a las líneas afiladas de su mandíbula, a la nariz recta con una ligera curvatura que lo hace imperfecto en muchos sentidos, al hombre que se ha convertido en mi marido porque yo he aceptado.

En el momento en el que el sacerdote me preguntó si sería su mujer hasta que la muerte nos separe, el pasado se estrelló contra mí y lo único que quise hacer era correr y no volver jamás.

Mi corazón sangra todavía por lo de entonces, y no confiaba en poder dejar que se desangrara esta vez. Porque ahora tengo la sensación de que, si se lo permito, me hará un daño irreparable.

Para cuando me obligo a salir de mi ensimismamiento, hemos llegado a su coche y ha abierto la puerta del copiloto.

Me retuerzo en su agarre, necesito poner la mayor distancia posible entre los dos.

—Suéltame.

—No.

—Tengo que volver para comprobar cómo están Sergei y Ana.

—Están bien. Vladimir y el resto se han encargado de los irlandeses que aparecieron.

—Aun así...

Me agarra por la nuca con su mano áspera y fuerte, obligándome a quedarme quieta. Tengo su cara a un suspiro de la mía mientras sus ojos intensos se clavan en los míos.

—Deja de preocuparte por todo el mundo el día de tu boda.

—Esta no es una boda de verdad. —Quería que mi voz sonara decidida, pero es casi un suspiro.

—Sí que lo es. Has dicho «sí, acepto» delante de Dios y todos sus santos súbditos.

—Tú no crees en cosas sagradas.

Sonríe.

—Te acuerdas. ¿Tan obsesionada estabas conmigo?

Bufo, girándole la cara, pero su mano en la nuca me mantiene inmovilizada.

—No te hagas ilusiones. Solo recuerdo las cosas que pueden ser de utilidad.

—También recuerdas lo que te enseñé.

—No —contesto, con el pecho subiendo y bajando otra vez pesadamente—. Ese no es el punto.

—¿Entonces cuál es? —Su voz se vuelve más grave—. Oh, ¿es la parte en la que digo que no creo en las cosas sagradas?

—Sí.

—Tú sí. Eso es lo que cuenta.

—¿Quién dice que crea?

—Tú crees en cualquier cosa en la que crea la hermandad. Una princesa de la Bratva de la cabeza a los pies.

Le golpeo en el pecho con el puño. Él me lo permite, luego finge un quejido dramático.

—¿Con ganas de jugar a estas horas de la tarde? Voy a tener trabajo contigo esta noche, ¿no?

—No si quieres conservar la polla en su sitio.

Él suelta una risita, y las arrugas alrededor de sus ojos se vuelven más claras y brillantes.

—Oh, se va a quedar en su sitio y tal vez la use para callar esa boca tan testaruda de una vez por todas. —Me acaricia la piel con los dedos, provocando una especie de descarga desde el fondo de mi estómago—. No tendrás mucho que decir cuando tengas los labios alrededor de mi polla, ¿verdad?

Un escalofrío me recorre todo el cuerpo al escuchar sus palabras explicitas, y suelto algo para camuflar mi reacción:

—Tal vez cuando estés en un ataúd.

—Es un mal presagio imaginarte siendo una viuda cuando estás vestida de novia, princesa. —Acerca la boca a mi oreja hasta que su aliento cálido es lo único que siento en la piel—. Puede que se haga realidad antes de lo que piensas.

Me aparto, sus palabras me golpean como una descarga eléctrica.

—¿Q-qué quieres decir?

Me deja en el suelo solo para poder empujarme hacia el asiento del copiloto. No protesto, porque solo puedo pensar en lo que ha dicho. ¿Qué quiere decir con que me quedaré viuda antes de lo que creo?

Kyle se sube al asiento del conductor y yo me giro completamente hacia él.

—¿Qué es lo que acabas de decir?

Inclina todo el cuerpo hacia mí, envolviéndome en su inconfundible aroma a limpio mientras me abrocha el cinturón. Su boca queda a penas a unos centímetros de la mía cuando se detiene y apoya la palma de la mano sobre mi estómago, justo donde hay una mancha de sangre.

—Nuestra vida juntos ha empezado con sangre —dice en tono calmado—. ¿Cómo esperas que acabe?

Me trago el nudo que se me ha formado en la garganta sin previo aviso.

—¿No me dijiste que eligiéramos nuestro propio destino?

—Mentí. Siempre está decidido de antemano. Cada acción que llevamos a cabo solo nos devuelve al camino que siempre estuvimos destinados a seguir.

Me lleva un segundo, pero lo veo: la determinación en su mirada. No es la normal, no es como la mía frente al espejo cada mañana. Es más oscura y ardiente, con la clara intención de conseguir su objetivo, aunque eso signifique arrasar con todos… incluido él mismo.

«¿Qué te ha pasado durante estos años, Kyle?».

Me odio a mí misma por hacerme esa pregunta, por plantearla en mi mente siquiera cuando me prometí que nunca volvería a perderme en su laberinto.

—¿Por qué te has casado conmigo? —murmuro la pregunta que he querido hacerle durante la última semana.

—Porque quería.

—Eso no es una respuesta.

—Es la única respuesta que necesitas. Me he casado contigo porque quería. Ahora eres mi esposa, y nada ni nadie lo cambiará. Ni siquiera tú.

—Más te vale estar preparado para el infierno en el que convertiré tu vida, entonces.

—Oh, estoy más que preparado. —Me besa en la frente y me quedo paralizada ante el inesperado gesto dulce e íntimo. Por un segundo, no mueve los labios como si estuviera saboreando el momento y la novedad que supone. Kyle nunca me ha besado en la frente, tampoco se lo hubiera permitido, pero ahora parece decidido a hacer lo que le plazca.

Se aparta antes de que pueda protestar, pero la huella de sus labios permanece en mi piel, ardiendo como una hoguera.

Kyle se estira hasta la parte de atrás del asiento y saca una botella medio vacía de Jack Daniel's, le da un sorbo y luego me la ofrece.

—Por el infierno que desatarás, princesa.

—Brindo por ello. —Le quito la botella de entre los dedos y le doy un sorbo generoso. Kyle sonríe, mostrándome su perfil mientras sale del aparcamiento.

No pasamos junto a los demás, así que no veo a los guardias ni a Vlad. No obstante, los disparos han cesado, lo que significa que el ataque ha terminado.

Si no fuera por el animal que tengo a mi lado, estaría escoltando a Sergei y Ana de vuelta a la casa.

Me sorprendo a mí misma mirando su rostro y su sonrisa otra vez. Parece sincera, incluso feliz, pero todo forma parte de la fachada que tan bien se le da mostrar. Puedo contar con los dedos de una mano las veces que ha sonreído de verdad.

Sus labios se mueven, pero no sus ojos, como si no formaran parte del mismo rostro.

—Sé que soy atractivo y que no puedes evitar mirarme, pero resérvalo para cuando no estemos en público, princesa.

—No sé de qué hablas. —Bebo otro sorbo de la botella, permitiendo que el líquido ardiente se deslice por mi garganta.

—Me encanta cuando te haces la inocente. Curiosamente, te sienta bien.

—Cállate. —Doy otro sorbo más grande esta vez, haciendo una mueca por el regusto.

—Buscando valentía en el alcohol. —Me guiña un ojo—. Genial.

—¿Quién dice que busque valentía en el alcohol? A lo mejor me quiero acabar la botella para poder metértela por el culo.

—Traviesa de nuevo. No sabía que pensabas tanto en mí de forma sexual, pero relaja con la bebida, sé que eres de las que se emborrachan rápido.

—*Era*. En pasado. Ya no me emborracho rápido.

Levanta una ceja, desviando brevemente la atención de la carretera hacia mí.

—¿En serio?

—Soy capaz de terminarme la botella. —Doy el sorbo más largo de mi vida, intentando no hacer una mueca por el ardor y el fuerte regusto.

—Si tú lo dices.

Saco la barbilla en su dirección, y continúo con mi misión. Mientras conduce por las calles de Brooklyn, considero la botella de Jack Daniel's mi batalla actual y bebo un sorbo tras otro.

Kyle me mira con curiosidad de vez en cuando antes de volver a centrarse en la carretera.

Para cuando el coche se detiene, me la he terminado. Dejo colgando la botella vacía delante de su cara.

—Está acabaaada —balbuceo y me termino riendo.

Me estampo una mano en la boca para ahogar el sonido.

Maldita sea. Estoy borracha.

Soy de esas personas que, más o menos, pierden las inhibiciones cuando beben. Por eso no me permito llegar nunca a ese punto. Una vez fui al club de Kirill y terminé tan borracha que ni siquiera pude volver a casa. Fue una de esas noches en las que todo se me hacía un mundo y necesitaba algo que me ayudara a olvidar. Lo que no esperaba era lo que presencié en el club de Kirill aquella noche.

Una de las pocas veces que beber valió la pena. Pero esto es completamente distinto.

Ahora tengo la cabeza flotando en las nubes, y la piel me arde, como si alguien me hubiera lanzado de golpe al verano.

Kyle sacude la cabeza.

—Te dije que eras de las que se emborrachaban rápido.

—Que no, gilipollas. —Sacudo otra vez la botella vacía en su cara—. Me la he terminado entera, muchas gracias.

Kyle se baja y yo miro con los ojos entrecerrados el lugar desconocido al que me ha traído. Nos rodean árboles altos por todas partes. A mi derecha hay una casa que parece una cabaña y, a lo lejos, se ve el reflejo del agua.

Espera… ¿eso es un lago?

Mi puerta se abre y Kyle me desabrocha el cinturón de seguridad.

—¿Qué es este sitio? —Levanto un dedo—. No es mi casa.

—Pasaremos la noche aquí. Es más seguro —dice con toda la calma del mundo.

—Noooo. Quiero ir a casa y asegurarme de que Sergei y Ana están bieeeen.

—Lo están.

—¿Cóóóómo lo sabes? —arrastro las palabras con un tono más agudo.

Él suspira, saca el teléfono y me enseña la conversación con Igor.

Kyle da toquecitos sobre la última línea para atraer mi atención hacia ella.

Igor: El *Pakhan* y Anastasia ya están a salvo en la casa principal.

—¿Ya estás contenta?

—No. Sigo queriendo irme a casa. Llévameee.

—Iremos por la mañana. —Me tira con suavidad de un brazo y yo me estremezco.

Es el alcohol. Definitivamente es el alcohol.

Cuando salgo, tiro para soltarme el brazo.

—Puedo caminaaar yo solita. —En el momento en el que doy el primer paso, me tambaleo y caigo contra un pecho duro. Suelto una risita y murmuro—: Ups.

—¿Qué decías? —Levanta una ceja y me mira a los ojos mientras sigo con la espalda pegada a su pecho. No sé si es el alcohol o el sol del atardecer, pero parece que le brillan más los ojos, como si de verdad le preocupara o algo así.

Me doy la vuelta, todavía agarrando la botella vacía, y apoyo la barbilla en su pecho para mirarlo de cerca. Su aroma me envuelve en una burbuja, y me siento en paz y... ¿a gusto?

No. Está mal. El alcohol está jugando con mi mente.

—Te odio —murmuro.

—Lo sé.

—No, no sabes lo *muuuuucho* que te odio.

—¿Por qué no me lo dices?

—Odio tu cara.

—Serás de las pocas, princesa.

—Odio tu acento.

—Sigues perteneciendo a una minoría.

—Odio tu actitud descarada cuando no vas en serio.

Me coloca un mechón de pelo detrás de la oreja con una caricia y cierro los ojos entre parpadeos.

—¿Entonces te gusta cuando lo hago de verdad?

—Que te follen, Kyle —digo sin abrir los ojos.

—Vamos a meterte dentro y nos ponemos a ello. —Vuelve a llevarme en brazos, y esta vez no protesto mientras me aferro a su cuello. Apoyo la cabeza en su pecho y empiezo a quedarme dormida. Percibo vagamente cómo se abre una cerradura, pero sus pasos son tan silenciosos y ágiles como siempre. Ni siquiera distingo la distancia.

Pero entonces me deja sobre una superficie blanda. Parpadeo para abrir los ojos y me encuentro en una habitación acogedora. La cama sobre la que estoy tumbada está en el centro. Las dos lámparas de las mesitas de noche proyectan una luz suave. Hay una gran ventana en frente con cortinas translúcidas corridas.

Hace calor aquí, o tal vez soy yo. Me faltan un par de horquillas en el pelo así que me arranco las demás hasta dejarlo suelto, luego me quito los tacones de una patada. *Uuf*. Mucho mejor. Me siento erguida y me llevo una mano a la cremallera del vestido para bajarla, pero se queda atascada a la mitad. Gruño y la suelto.

Miro hacia delante para buscar una solución. Kyle se quita la chaqueta y la pajarita, y los coloca sobre la silla opuesta a la cama, luego se remanga la camisa hasta los codos. Por un momento me quedo embobada observando la escena, no solo por la forma tan meticulosa en la que se desarrolla, sino también por el anillo que lleva en el dedo... el que yo misma le he puse, a pesar de llevar sangre en la mano. Sí que empezamos con sangre, y ya no hay forma de que eso cambie.

—Kyyyyle.

—Dime, princesa.

—Quítamelo.

—¿Que te quite qué?

—El vestido. Hace caloooor.

—¿Vas a darte una ducha?

—Ahora no.

Camina hacia mí con pasos lentos y se sienta a mi lado, luego me agarra del hombro y me da la vuelta. Suelto una risita y me retuerzo al sentir su piel sobre la mía.

—Quédate quieta —me regaña.

—Vaaale, vaaale.

—Si hubiera sabido que te pondrías así de encantadora, te habría emborrachado antes.

—A mí nadie me emborracha, lo hago yo sola, y no me digas que estoy encantadora.

—Te diré lo que me plazca, *esposa*. —Su voz se vuelve más grave mientras me baja la cremallera por la espalda, pero en lugar de soltarme, pasa un dedo por mi columna.

Un escalofrío se apodera de todo mi cuerpo mientras me acaricia la piel con la punta de los dedos, arriba y abajo, arriba y abajo, como si no le bastase.

—Un tatuaje de serpiente —susurra—. Interesante.

—Es una víbora.

—Una víbora… Una elección incluso más interesante. ¿Cuándo te lo hiciste?

—Cuando no estabas. —Me separo de él y me bajo el vestido por los hombros, luego lo empujo con el pie hasta que cae al suelo, hasta quedarme solo con un sujetador y unas bragas negras.

Me señalo a mí misma.

—El negro significa que no te acerques ni de coooña.

Se moja el labio inferior con la lengua y yo sigo el movimiento con la mirada como si estuviera hambrienta y esa fuera la comida más deliciosa del planeta.

—¿Quién lo dice?

—Lo digo yo. El negro es de luto.

—Pues te ha salido mal la jugada porque me encanta el negro. —Me agarra de la muñeca y yo chillo cuando acabo de espaldas sobre la cama. Él se sube encima de mí y me sujeta ambas muñecas por encima de la cabeza—. Y a ti también.

12

KYLE

Espero a que Rai me dé en las pelotas como prometió que haría. Ya estoy preparado para pararle la rodilla.

Pero eso era la Rai sobria.

La Rai ebria me mira con una tristeza tan profunda que me apunta directo al pecho.

No tengo ni idea de por qué he dejado que se emborrache, sabiendo perfectamente que se vuelve incluso más impredecible y suelta cuando bebe. Ha perdido algunos de sus grilletes de camino aquí, y veo un atisbo de la chica desenfadada que era cuando Nikolai vivía, la chica a la que no le podría importar menos los lazos tradicionales o lo que el mundo piense de ella.

—¿Cómo sabes que me gusta el negro? —murmura, sin intentar liberar las muñecas de mi agarre.

—¿Crees que lo he olvidado solo porque me fui?

—Deberías. Así es como se supone que debe ser —jadea, cerrando los ojos con fuerza antes de volver a abrirlos. Esta vez, las lágrimas le cubren los párpados inferiores.

Le paso un dedo por debajo de los ojos, llevándome sus lágrimas. Todo lo que le pertenece a ella ahora será mío, ya sean sus lágrimas, su rabia o incluso su obstinación visceral.

Cuando vi al sicario de Kai apuntándole a la frente, estuve a punto de matarlos a los dos en ese mismo instante. Por un segundo, me olvidé de mi misión y del hecho de que, para que mi plan funcionara, Kai y Lazlo debían acabar heridos, no muertos. No me serviría de nada eliminar a dos de los líderes más fuertes, cuyas organizaciones no dudarían en tomar represalias.

Sin embargo, en ese momento, ansiaba la mirada vacía de Kai, y lo deseé aún más cuando intentó tocarla. Necesité reunir una paciencia descomunal para aferrarme al objetivo final y solo amenazar a ese desgraciado.

—Nunca olvidé nada de ti, princesa. —Y no es porque no quisiera, joder. Nunca he podido borrar a Rai de mi mente, por mucho que lo intentara.

Es como sentir un picor al que no llegas y que tampoco sabes exactamente dónde está.

Aprieta los puños, y si tuviera las manos sueltas, probablemente me daría un puñetazo.

—Mentiroso. Gilipollas.

—Me da igual cómo me llames, ¿pero sabes lo que no me da igual? —Mi voz se va volviendo afilada mientras le envuelvo la garganta con la mano que tengo libre—. Que te pongas en peligro o que corras directa a él como has hecho hoy. Vuelve a hacerlo y te castigaré.

—Tú... Tú no puedes castigarme. —No me pasa desapercibida la forma en la que su voz, lenta por el alcohol, baja al escuchar la palabra castigo.

—Oh, ya te digo que sí puedo y lo haré si sigues teniendo tan poco respeto por tu puta seguridad. Además... —Le aprieto más el cuello, no tanto como para cortarle el oxígeno, pero lo bastante firme como para mantener su atención en mí—. No dejes que otros hombres se te acerquen. No los toques, ni seas amable, ni hables con ellos más de lo necesario.

—¿Y si no qué? —pregunta con un deje provocador—. ¿Vas a castigaaaarme?

—Lo haré.

—¿Cóóómo?

—Tengo mis métodos.

—¿Por qué no me los enseñas?

—¿Eso quieres?

—Sip. —Suelta una risita y luego me susurra, como si no quisiera que nadie más lo oyera—: *Castígame.*

«Me cago en la puta».

La polla se me aprieta contra los pantalones con la necesidad de arrancarle la ligera lencería y follármela contra el colchón tan fuerte que me recuerde durante días. De cubrir su piel clara de mordiscos hasta que le quede claro a quién pertenece.

Lo único que me impide hacerlo es el estado ebrio en el que se encuentra. Puede que no tenga moral, pero no soy ningún violador. Conociéndola, se acordará más bien poco o nada de esto por la mañana, y no pienso quedarme grabado en su mente como quien la folló cuando estaba borracha.

Además, la quiero completamente entregada en el acto, y tengo claro como el agua que quiero que me recuerde al día siguiente. Después de todo, no es divertido si no grita.

—¿Por qué no lo haces? —Se sacude contra la cama, pero le aprieto el cuello con la mano y la mantengo en el sitio. Ella gruñe, con las mejillas calientes por el esfuerzo—. Antes lo hiciste.

—¿Cuándo?

—En la boda.

—No, qué va.

—Sí que lo hiciste. Así. —Levanta la cabeza y le concedo un poco de margen para ver lo que hace. Rai pega sus labios a los míos. Es breve, casi como un pico, antes de que intente alejarse. La dejo, pero no permito que separe sus labios de los míos.

«A la mierda». La devoro igual que hice en el altar; lamiendo y mordiendo. Cierra la boca por una fracción de segundo antes de volver a abrirla con un gemido, dejando que me la coma entera.

Pone los ojos en blanco mientras la beso fuerte y duro. No me detengo para que ninguno de los dos respire. No me detengo cuando gimotea y su cuerpo se va relajado debajo de mí.

La beso como si fuera nuestra primera y última vez, como si me hubieran privado de esto durante toda mi vida, y puede que así sea. ¿Por qué cojones no estaba besando a esta mujer antes?

Hago acopio de toda mi fuerza de voluntad para separar mi boca de la suya. Ella está jadeando, mirándome con los párpados pesados y pidiendo guerra, algo que estoy más que dispuesto a darle.

Le suelto el cuello para poder besar la delicada piel de su garganta.

Rai arquea la espalda en la cama mientras unos ruiditos de necesidad escapan de sus labios. Es la primera vez que la escucho así de excitada y me pone cachondísimo, joder.

La devoro más rápido, lamiendo y mordiendo, haciendo que jadee y gima al mismo tiempo, como si no supiera cuál de las dos cosas encaja mejor en esta situación. A pesar de su pétrea apariencia exterior, su piel sabe a puta miel.

Su aroma, una mezcla de rosas y cítricos junto con alcohol, me embriaga y me emborracho de ella. No del licor, sino *de ella*.

Su sabor y su aroma me impactan directamente en la cabeza, y el animal que hay en mí se rebela, pidiendo salir a jugar.

Muerdo y succiono su piel, imaginando cómo se sentiría si poseyera cada centímetro de su cuerpo aquí y ahora.

—K-Kyle... —Su gemido también me golpea la cabeza, como un doble disparo. Luego hace algo que la Rai sobria no haría nunca. Desliza su vientre arriba y abajo sobre mi polla, frotándose contra mí lentamente, incluso de forma seductora.

«Hostia. Puta». Podría correrme en este preciso instante como un maldito adolescente.

Ella no detiene el movimiento de arriba abajo, manteniendo un ritmo constante.

—¿V-vas a castigarme, Kyle?

—Sí, lo haré —rujo contra su garganta.

—¿Ahora? —la incertidumbre de su voz hace que me detenga.

Con un último lametón a su cuello, suelto su piel a regañadientes y me alejo de ella, haciendo que deje de frotarse.

He estado demasiado cerca de dar un paso irrevocable.

Rai me mira parpadeando, con su cuerpo semidesnudo todavía extendido ante mí, tentándome a follármela hasta que no haya marcha atrás.

Saco las sábanas de debajo de ella y la cubro hasta la barbilla.

—¿Y qué hay del castigo? —No esconde la decepción en su tono.

—No me apetece.

—Que te foooollen. —Se obliga a cerrar los ojos y una lágrima se desliza por su mejilla.

Poco después, su respiración se estabiliza y deja escapar un profundo suspiro dolorido. Le seco las lágrimas y la atraigo hacia mí mientras me tumbo boca arriba.

Mis labios encuentran su frente, y ella gimotea con suavidad, envolviendo mi pierna con la suya.

—Voy a posponer lo de castigarte y poseerte, princesa.

Porque cuando eso pase no habrá vuelta atrás.

13

RAI

La luz me ciega y parpadeo con una mueca de dolor.

«Que alguien apague las luces».

—Katia… —Gruño cuando siento un dolor punzante en la parte de atrás de la cabeza—. Katy, ven aquí.

Normalmente aparece a mi lado en una fracción de segundo. ¿Qué pasa hoy? ¿Y por qué tengo la cabeza a punto de explotar?

—No sabía yo que tirabas por ahí.

Me detengo al escuchar la voz potente que viene de mi derecha. Está cerca. Demasiado cerca, como si…

«Madre mía».

Levanto la vista despacio y, en efecto, tengo la cabeza apoyada sobre un bíceps musculoso. El de Kyle.

—¿Qué coño haces en mi habitación? —Mi voz se resiente por intentar ignorar el dolor de cabeza.

—Estás en mi habitación, princesa. —Me levanta la mano para que vea el anillo de diamantes que hay alrededor de mi dedo y la alianza en el suyo.

Los anillos. La boda. El ataque. De repente, recuerdo todo a la vez, y la cabeza me da vueltas. «Mierda. Joder». Me emborraché estando con Kyle en la noche de nuestra boda. ¿En qué estaba pensando?

Cierro los ojos e intento recordar lo que hice anoche, pero lo único que percibo es un severo dolor de cabeza. Levanto las sábanas para mirarme el cuerpo y me encuentro con que estoy en ropa interior. Eso debería ser buena señal, ¿no?

Me incorporo, desenredándome del abrazo de Kyle. Aunque su aroma embriagador me sigue envolviendo. No creo que haya manera de librarme de los rastros que deja en mí.

Me paso la lengua por los labios secos e intento hablar con mi tono más sensato.

—¿Qué pasó anoche?

Kyle se recuesta de lado sobre el codo para mirarme con atención, como si fuera su próxima presa. Y puede que así sea, madre mía.

Solo lleva una camisa y un pantalón. Recuerdo vagamente que se quitó la chaqueta y se enrolló los puños sobre sus brazos fuertes y venosos antes de tocarme y... ¿qué más? ¿Por qué no logro recordar lo que pasó después?

—¿Qué crees que pasó?

—No lo sé. Por eso pregunto.

Levanto una ceja.

—¿Qué es lo que hacen las parejas la noche de bodas?

—¿M-me has...? —Odio que se me traben las palabras, odio lo insegura y confundida que sueno.

—¿Tú qué crees?

No siento dolor entre las piernas, así que dudo que lo haya hecho, ¿no? A menos que me haya hecho otras cosas. ¿De quién fue la brillante idea de emborracharme? Ah, sí... mía. «Idiota».

—Que no —digo, más para mí que para él, pero no rompo el contacto visual. Quiero que me mire directamente a los ojos cuando me lo diga.

—No lo hice porque estabas borracha. —Agarra el borde de la sábana antes de que pueda sentirme aliviada en condiciones y me descubre el cuerpo—. Pero ahora no.

—¡Kyle! —quiero regañarle, pero en lugar de eso, su nombre sale como un grito de sorpresa.

—¿Qué? Se me prometió que hoy podría castigarte.

Me sujeto la sábana contra el pecho mientras él trata de quitármela de nuevo. Por encima de la tela tenemos una guerra de miradas.

—Yo no he prometido tal cosa.

—La Rai borracha sí, y yo no subestimo su palabra.

—Estás mintiendo. Yo *jamás* te haría tal promesa. —«¿Verdad?».

—Tus palabras exactas fueron... —baja la voz, imitando la mía—: «¿Vas a castigarme, Kyle? ¿Ahora?».

—Cierra el pico. Yo no he dicho eso. —No puede ser. Pero por otra parte, teniendo en cuenta todo lo que llevo encerrado en mi interior, es posible que dejara a un lado mis inhibiciones después de ponerme hasta el culo de Jack Daniel's. Nota mental: no volver a beber nunca, especialmente si estoy con Kyle.

Me acaricia la mejilla con la punta de los dedos.

—Entonces, ¿por qué te estás sonrojando? ¿Estás jugando el papel de amnésica para no reconocer que anoche me deseabas? Me refregaste el coño por toda la polla, pidiéndome que te «castigara», y cuando no lo hice, estabas tan decepcionada que te dormiste de morros.

Puedo sentir las llamas encendiéndome toda la cara al escuchar sus crudas palabras, por la insinuación de lo que podría haber pasado. Un recuerdo del momento exacto me golpea de lleno.

«¿Vas a castigarme, Kyle? ¿Ahora?».

Es mi voz... Soy yo.

Se me va olvidando el dolor de cabeza a medida que voy abriendo los ojos. Kyle tiene razón... Casi le supliqué a ese cabrón que lo hiciera.

Mi parte borracha y la sobria ya no son amigas.

Separo los labios, pero no sale nada. De todas formas, ¿qué se supone que voy a decir? ¿Que no lo decía en serio? Nunca me creería. Joder, ahora mismo no me creería ni yo.

Sin saber qué decir, me llevo las sábanas conmigo y salgo de la cama dando tumbos. Me tropiezo con el vestido sucio que está en el suelo, pero recupero el equilibrio en el último segundo y corro hacia la única otra puerta disponible en la habitación. Por suerte, es el cuarto de baño.

Me encierro dentro y apoyo la espalda en la puerta, cerrando los ojos con fuerza y respirando con dificultad, como si acabara de salir de entrenar.

«No vas a volver a emborracharte, Rai. Nunca más».

Alguien llama a la puerta, sacándome de mis pensamientos.

—Abre.

—Vete.

—No vas a huir de mí encerrándote. Es parte de las normas que tienes que seguir ahora que eres mi mujer.

—No vas a decirme lo que tengo que hacer. Es parte de las normas que tienes que seguir ahora que eres mi marido.

Espero a que me conteste, dado que no le gusta que tenga la última palabra, pero no sucede. «Mmm». Ha aprendido cuál es su sitio.

El baño no es tan pequeño como esperaba, teniendo en cuenta el tamaño de la habitación. Es sencillo, con azulejos grises, un lavabo, un váter y una ducha lo bastante grande como para que quepan tres personas, todo de color negro.

A alguien le gusta el negro. Como a mí.

Kyle no me ha dicho si este sitio es alquilado o si es de su propiedad. Como ha estado desaparecido los últimos siete años, me decanto por la primera opción.

Dejo caer la sábana, luego me desabrocho el sujetador y deslizo las bragas por mis piernas hasta el suelo, para que se unan al resto de ropa.

Algo en el espejo capta mi atención, y no es solo el cabello suelto y enredado que enmarca mi rostro, haciéndome parecer más joven y guapa, con un aire dócil, como el de Reina. Es la marca violácea en el hueco de mi cuello, que destaca de forma violenta sobre mi piel clara, casi como si alguien hubiera tratado de arrancarme un trozo de carne.

¿Me ha... me ha dejado un chupetón el muy imbécil?

Acerco los dedos y lo toco con cuidado, como si esperara que desapareciera si aprieto más fuerte. Aunque no duele, la marca es una clara evidencia de anoche, de cuando él me tocó y yo... lo toqué a él.

Lo toqué. Hubo un momento en el que no quería parar.

Obligando a mi mente a apagar ese pensamiento, dejo de mirarme el chupetón y me dirijo a la ducha. Después de probar el agua con los dedos, me meto bajo el chorro caliente.

La marca me escuece con el agua, y me encuentro inclinando la cabeza como si quisiera que escociera más.

Siento los pechos pesados, y cuando miro hacia abajo, mis pezones se van endureciendo lentamente. Se me encoge el vientre como si pidiera algo. No sé el qué.

Es por el agua. Solo es por el agua.

Cierro los ojos, apoyando la cabeza contra la pared para distraerme de lo que quiera que esté pasando en mi cuerpo. Tato de pensar en lo que voy a hacer hoy para distraer mi mente: ver cómo va todo en casa, el informe de V Corp, hablar con Vlad sobre el ataque y...

Un cuerpo caliente aparece a mi espalda y una mano me rodea el cuello por detrás. Jadeo, abro los ojos de golpe, pero no intento moverme.

«No puedo».

Es como si se me hubieran bloqueado todos los músculos y fuese incapaz de dar un solo paso.

—Abriré cada puerta que cierres, así que ahórrate el esfuerzo para la próxima.

Empuja con las caderas hacia delante y mi pecho se agita al notar algo muy duro y dispuesto contra mi culo.

—Ahora, sobre el castigo... ¿Por dónde debería empezar? —Me separa los glúteos y me pongo de puntillas cuando desliza la longitud de su polla sobre mi entrada—. ¿Por aquí?

—P-para. —Mi voz suena débil, poco sincera, incluso para mí.

—¿Por qué? ¿Te asusta el dolor? No te preocupes, te prepararé para que puedas meterte mi polla en este culo virgen como una buena princesita.

Se supone que sus palabras sucias deberían hacer que me revolviera y peleara, que le arañara el pecho y le diera un puñetazo en la cara, pero su agarre me inmoviliza por completo. Mis pezones se endurecen hasta el punto de dolerme, y esta vez, estoy del todo segura de que no es por el agua.

—Pero empezaremos por aquí. —Me separa las piernas, y estas se abren por sí solas, como si siempre hubieran estado destinadas a ello.

No sé por qué le permito que me haga esto, tratarme como si tuviera ese derecho divino, pero en lo más profundo de mí, creo que siempre he deseado que llegara el momento en que Kyle me reclamara con la misma brutalidad que lo define.

Porque la verdadera persona detrás de las sonrisa y las rápidas habilidades… esa persona solo se muestra ante mí, y ahora mismo lo único que quiero hacer es clavarle las uñas, provocarla y dejar que se manifieste en todo su esplendor.

Reina siempre me decía que me sentía atraída por el peligro, y quizá tenga razón porque se me hace la boca agua al pensar lo peligroso que es Kyle Hunter, a pesar de lo mucho que le odio.

Desliza la punta de su pene por mis pliegues, provocando una fricción tan intensa que me tiemblan las piernas.

Se detiene en mi entrada y me tenso.

—No llevas condón.

—¿Y eso es un problema porque…? —Me da un mordisquito en el lóbulo de la oreja.

—Porque la has estado metiendo sabrá Dios dónde y no estoy dispuesta a pillar una ETS.

—Esa boquita tuya era mucho más obediente cuando estabas borracha. —Continúa con su movimiento arriba y abajo, dejándome aturdida. Me olvido de lo de estar borracha, ahora mismo está disipando todos mis pensamientos. Lo único en lo que puedo concentrarme es en la estimulación contra mis pliegues sensibles y el anhelo constante que siento en lo más hondo.

Me aprieta el cuello con la mano al mismo tiempo que reemplaza su polla con dos dedos y los introduce en mi interior. Jadeo bajo el agua y me arranca un gemido desde la garganta que retumba en el aire.

«Hostia. Puta».

—Esto solo es el calentamiento para tu castigo —me dice al oído, y me mordisquea la oreja y el lóbulo—. Este coño será mío.

Entra y sale de mí, y yo cierro los ojos, avergonzada por el sonido de mi excitación.

—¿Lo oyes? Eso es lo mucho que deseas lo que te hago. No importa si estás borracha o sobria.

¿No puede callarse? Cuando más habla con ese acento áspero británico, más sensible me vuelvo y más ansío sus caricias.

Su polla continúa con una deliciosa fricción entre mis nalgas, sincronizada con el ritmo que sigue sobre mi coño.

—Este culo también será mío.

No sé si es por el doble asalto o porque es él, Kyle, al único que no he podido echar de mi fortaleza, pero la sobreestimulación me convierte en gelatina. Es como si todas mis terminaciones nerviosas estuvieran a punto de explotar al mismo tiempo.

El agarre implacable de su mano alrededor de mi garganta incrementa esta estimulación abrumadora.

Con el pulgar me acaricia el clítoris mientras acelera el ritmo, entrando y saliendo de mí como si fuera un hombre con la misión de destruirme.

Y lo consigue.

—Aaah… ¡Kyle! —gimoteo cuando el orgasmo me golpea con una fuerza brutal. Mi cuerpo cae agotado entre sus brazos mientras me tiemblan las piernas con tanta intensidad que no puedo mantenerme en pie.

Es el cuerpo fuerte de Kyle quien lo hace. Me sujeta contra la pared y saca los dedos, pero no la polla.

Jadeo cuando embiste con su longitud entre mis piernas, parece que va a entrar. Agarrándome del cuello, me esfuerzo por girar la cara hacia él por primera vez desde que me ha asaltado.

Su rostro pecaminosamente hermoso parece sacado de una sesión de fotos, con el agua pegándole el cabello oscuro a las sienes y formando riachuelos por su cuello y pecho. Me distraen momentáneamente los contornos marcados de sus músculos y la tinta que asoma por encima de su abdomen.

Como me cubre completamente la espalda con su pecho, no puedo ver todos sus tatuajes. Esa pequeña distracción me devuelve a la razón por la que me di la vuelta.

—¿Q-qué estás haciendo?

—No voy a follarte —gruñe mientras acelera el ritmo.

—¿Entonces qué…?

Me callo cuando empuja con las caderas hacia delante, y la sensación casi me hace llegar al orgasmo de nuevo. Me penetra entre los muslos y contra mi centro una, dos veces, antes de gruñir, con el pecho tensándose en mi espalda. Su semen me cubre la parte interior de los muslos antes de que el chorro de agua se lo lleve.

—¡Joder! Me cago en la puta —maldice con esfuerzo, y aunque apenas me mantengo en pie, me doy cuenta de que acaba de hablar con un acento diferente al de siempre.

Sigue sonando británico, pero no es inglés, es más bien… ¿irlandés? ¿De Irlanda del norte?

Es la primera vez que lo escucho hablar con ese acento, y por algún motivo, me da la sensación de que no ha sido aposta, más bien como si le hubiera salido solo.

—¿Qué acabas de…? Ooh… —Mis palabras terminan en un gemido cuando pega sus labios a la delicada piel de mi nuca.

«Dios. Santo».

¿Es normal que ese punto sea tan placentero?

Kyle succiona mi piel mientras se deja llevar por su orgasmo, y yo me quedo quieta, como si cualquier movimiento pudiera estropear el momento. Me suelta la garganta y me agarra del pelo con el puño hacia un lado para tener mejor acceso a mi cuello.

Con la otra mano me sujeta posesivamente por la cadera y me mordisquea en la misma marca que me dejó ayer. El pinchazo comienza en el cuello pero acaba justo entre mis piernas.

—K-Kyle…

—¿Qué, princesa? ¿Quieres más?

No contesto, no quiero admitir el efecto que tiene en mí. Porque sí, quiero más. Sin importar que acabe de correrme o que todo parezca demasiado.

—Dilo. —Me tira del pelo.

—¿Que diga qué?

—Di que deseas cada puta cosa retorcida que te hago. Di que te gusta estar a mi merced cuando estamos a solas.

Cierro los labios con fuerza, negándome a admitir lo ciertas que son sus palabras.

—¿Vas a decirlo o no? —Me muerde más fuerte en el punto sensible, provocando que haga una mueca de dolor y gimotee al mismo tiempo.

¿Por qué consigue que sienta todas estas emociones opuestas a la vez?

Me tira del pelo hasta que vuelvo a mirarlo a los ojos. Tienen aspecto glacial a pesar de estar en llamas. Es un puto sinsentido, de verdad.

—Di las palabras, Rai. Admítelo. —Remarca la última palabra.

Lo miro a los ojos, desafiante, negándome a ceder. Debe ver la determinación en mi cara porque entrecierra los ojos.

—Voy a hacer que lo grites.

—Jamás —musito.

Me suelta y yo me tambaleo al perder su peso. De repente, siento el cuerpo vacío y desolado. Me doy la vuelta para enfrentarlo, pero ya está saliendo de la ducha.

Kyle me mira por encima del hombro y desliza su mirada hambrienta sobre mi figura desnuda como si estuviera grabándosela en la memoria.

Me cuesta la misma vida quedarme inmóvil. Nunca pensé que estar desnuda me haría estar tan expuesta frente a él y, aun así, esta estúpida timidez no desaparece.

—Sal. Tenemos que irnos. —Y con eso, sale por completo.

Ahora tengo vista completa de su espalda musculosa de hombros anchos.

Lleva tatuada una daga en el medio que gotea sangre sobre un charco debajo de ella. Es al mismo tiempo hermoso y horripilante, y muy propio de Kyle.

El asesino cuyos orígenes nos son desconocidos para todos, así como la identidad de quien le enseñó a ser una perfecta máquina de matar.

La única vez que me permití ser curiosa y le pregunté, desapareció durante siete putos años.

Sacudo la cabeza y me concentro en lavarme el pelo aunque aún sienta cosquillas en el cuerpo por el orgasmo que me ha arrancado.

Cuando termino, me envuelvo el cuerpo con una toalla y enrollo otra sobre mi cabello.

Aunque siempre me he enorgullecido de no dejarme intimidar por los hombres, Kyle obviamente ha echado por tierra esa regla, como todas las demás de mi repertorio.

Lo encuentro de pie frente a la ventana; la luz de la mañana forma un halo a su alrededor.

Lleva unos pantalones negros y una camisa blanca. Desliza los dedos sobre los puños de las mangas y abrocha los botones con movimientos firmes. Los mismos dedos que estaban dentro de mí hace no mucho y...

Intento no centrarme en él y mantenerme ocupada recogiendo mi vestido del suelo. Justo en ese instante, se da la vuelta, y yo me quedo congelada como si fuera una niña a la que han pillado robando galletas.

—No te pongas eso otra vez. Está sucio y lleno de sangre.

—¿Sugieres que salga con la toalla, genio?

—Mi mujer no iría a ningún sitio con una puta toalla.

Quiero insultarle por hablar con tanta posesividad, pero por dentro me derrito por la forma en la que ha dicho «mi mujer».

«Cuerpo, cálmate».

Abre un armario que creí que era para guardar sábanas y saca una camiseta lisa negra y unos pantalones de chándal.

—Ponte esto.

Suelto la tela y me coloco delante de él. Son unas cuantas tallas más grandes, pero mejor eso que un vestido cubierto de sangre.

Aparta la ropa en el último momento, antes de que llegue a cogerlas.

—No tan rápido.

Le lanzo una mirada perpleja.

—¿Qué?

Me agarra de la muñeca y tira hasta que queda sentado en la cama y yo entre sus piernas.

No tengo ni idea de lo que está pasando hasta que tira la ropa detrás de él y abre el cajón de la mesita de noche para sacar un aparatito.

—Primero el castigo, princesa.

14

RAI

Me quedo a cuadros mirando el objeto que Kyle sostiene en la mano. Lo he visto bien desde el primer momento.

Sí que es un juguete sexual.

La forma es extraña: largo por un lado y corto por el otro. Siempre me ha bastado con mis propios dedos y nunca he usado vibradores, así que no tengo ni idea de para qué sirve.

Lo único que sé es que ni de coña voy a tener cerca ese aparato.

—Estás como una puta cabra si piensas que voy a dejarte usar esa *cosa* conmigo. —Trato de apartar a Kyle de un empujón, pero él me mantiene atrapada entre sus piernas sin esfuerzo, agarrándome con firmeza por la cintura.

—Es el castigo que pediste, aunque no es realmente un castigo ya que te dará placer.

—¿En serio creías que iba a dejar que me castigaras? ¿*A mí*? ¿A Rai Sokolov?

Curva los labios en una sonrisa mientras me recorre el costado con el dedo, y aunque una toalla separa su piel de la mía, es casi como si me acariciara directamente. Es suave, pero lo noto áspero, salvaje, y con la intención de estimular mis partes más profundas y oscuras. Tampoco ayuda que siga terriblemente sensible después del orgasmo.

—Te gusta que te castiguen. Solo que no quieres admitirlo. Si metiera la mano por debajo de la toalla, creo que encontraría la prueba de lo mucho que te afecta la palabra «castigo».

El aire deja de entrar y salir de mis pulmones, y siento que me asfixio mientras me tenso. ¿Qué pasa si de verdad comprueba bajo la toalla? Lo último que quiero ahora mismo es quedar atrapada en la órbita de Kyle después de lo mucho que me ha costado salir de ella.

Aunque ¿he salido en realidad si no deja de arrastrarme de vuelta? ¿Si provoca sin esfuerzo partes de mí que no sabía ni que existían?

—No lo hagas —digo en tono severo.

—¿Que no haga qué?

—No me *toques*.

—¿Tanto miedo te da que tu cuerpo te traicione?

—Es solo que no quiero tener tus sucias manos encima.

Se le contrae un músculo en la mandíbula y me agarra más fuerte de la cintura, hasta que me hace daño. En una fracción de segundo, su humor pasa de relajado a brutalmente serio.

—Te has corrido como una zorra con estas manos tan sucias, princesa. Así que ¿por qué no dejas ya esa actitud de superioridad?

—Tú aceptaste casarte conmigo, con defectos y todo, así que me da que tienes que aceptarme como soy.

—Igual que tú a mí… Manos sucias y todo.

Nos miramos el uno al otro durante apenas unas fracciones de segundo que parecen años y décadas. No pretendía insultar sus orígenes. Es un mecanismo de defensa que tengo para crear distancia entre los dos. Aunque ha sido un absoluto fracaso hasta ahora.

En muy poco tiempo, Kyle se las ha arreglado para acercarse a partes de mí que me he esforzado por ocultar al mundo, y eso es peligroso. En realidad, es más que peligroso. Puede destruir lo que llevo construyendo durante tantos largos y dolorosos años.

—No vas a meterme ese juguete dentro. —Lo miro de frente—. No puedes obligarme.

Se detiene por un segundo como si se estuviera planteando hacer justo eso, pero entonces habla con una calma que me toma por sorpresa:

—Hagamos un trato, dado que te gustan tanto.

—¿Qué tipo de trato?

—Usarás cualquier juguete que yo quiera a cambio de información sobre el próximo ataque de los irlandeses.

Entrecierro los ojos.

—¿Y por qué ibas a saber tú eso?

—Tengo un espía.

—¿El espía de la hermandad?

—No, uno *propio*. Algo así como un colega.

—Vlad también tiene un espía. Él lo averiguará.

—Su espía no es de un rango tan alto como el mío.

—¿Cómo de alto es el rango del que estamos hablando?

—Lo bastante como para que pueda reorganizar las cosas para que los irlandeses ataquen justo donde la Bratva quiere. ¿Recuerdas ese plan tuyo de usar a los italianos como cabeza de turco?

—Se supone que debes hacerlo sin recurrir a negociar conmigo. Ahora formas parte de los *vory* y es tu deber ayudar.

—No si no me beneficia.

—Se lo diré a Sergei.

—Y yo simplemente lo negaré. ¿Tienes alguna prueba de la existencia de mi espía?

«Agh». Gilipollas exasperante. Me ha dado justo donde más me duele. No dejaría escapar esta oportunidad de oro por nada del mundo, y Kyle lo sabe mejor que nadie.

—¿Qué eliges? Mi oferta expira en tres...dos...

—¡Está bien! —suelto con dificultad—. Termina ya con esto.

Él sonríe de oreja a oreja.

—Encantado de hacer negocios contigo.

—Seguro que sí —murmuro para mis adentros. Él tira de la toalla, pero yo le planto una mano encima—. No hace falta quitármela.

—Eso lo decidiré yo, y digo que tiene que ir fuera. —Dice, y con un movimiento rápido de la mano, me arranca la toalla y la deja caer a mis pies. Estoy completamente desnuda frente a él, otra vez.

Se me endurecen los pezones y me digo a mí misma que es por el aire. Solo por el aire.

Respiro por la nariz y lo suelto por la boca. Despacio.

«Dentro».

«Fuera».

No va a afectarme si no se lo permito. Lo único que tengo que hacer es fingir que todo esto no significa nada.

Kyle pasa los dedos por mis pliegues en lo que parece una caricia suave, pero no hay nada remotamente suave en él. Puede parecer un caballero elegante, pero todo en él son bordes afilados y un poder que hierve por dentro, esperando el momento de arrasar con todo.

Sus dedos acarician mi entrada; lo bastante cerca como para introducirse en el interior, pero sin llegar a hacerlo.

—Pensaba prepararte, pero ya estás mojada.

Aprieto los labios para no dejarme atrapar por la sensación de sus dedos cerca de mi entrada.

—Mira cómo tu coño pide que meta dentro mi mano sucia. —Me sonríe, y ahora estoy segura de que su contacto tiene el objetivo de enfadarme.

—Hazlo de una vez —consigo decir, apenas conteniendo un gemido.

—Paciencia. —Sigue provocándome sobre mi entrada, desliza la parte superior del juguete entre mis pliegues mojados. Me pongo de puntillas por la sensación. Aunque no es exactamente lo mismo, es parecido a lo que me hizo con la polla antes, y ahora no puedo apartar la imagen de cuando me arrancó ese orgasmo como un animal implacable.

Le clavo las uñas en los hombros porque siento como si estuviera a punto de perder el equilibrio en cualquier momento.

Kyle desliza el juguete hasta mi entrada, donde se encuentra con sus dedos, y luego vuelve de nuevo a mi clítoris. Dejo escapar un gimoteo, él me mira con un brillo ardiente que es demasiado íntimo y feroz, como el beso de un villano.

—¿No vas a...? —Se me cortan las palabras cuando lo introduce de un tirón.

Me tambaleo y uso sus hombros para mantener el equilibrio.

«Hostia. Puta».

No sé si voy a correrme o a vomitar. O ambas.

—Qué apretada estás, ¿no? —musita—. Si no puedes con este juguete, ¿cómo vas a poder con mi polla?

¿Es más grande que esto? Claro que he sentido el bulto antes, pero nunca he llegado a vérsela de cerca.

Debo de llevar escrita la pregunta por toda la cara porque Kyle sonríe como un sádico.

—Cuando esté dentro de ti, voy a hacerte gritar tanto de placer como de dolor. Mientras, quiero que camines con este consolador dentro y te imagines que soy yo.

—No puedes controlar mi imaginación.

—Acabo de hacerlo. — Él se afana con algo hasta que la pequeña parte del vibrador queda encajada entre mis pliegues.

No es del todo incómodo, pero sigue siendo extraño, algo que nunca había imaginado, y mucho menos me había planteado probar.

—Le gusta, señora Hunter.

—No soy la señora Hunter. Ya te dije que no voy a cambiarme el apellido. —Soy una Sokolov y seguiré siendo una Sokolov hasta el fin de mis días.

—No importa. En mi cabeza, ya eres la señora Hunter.

—Eso no significa nada.

—Para mí, sí. —Recoge la ropa y me la da—. Ahora, vístete.

—Espera… ¿pretendes que salga con esto dentro?

—Por supuesto. ¿Qué te pensabas?

—Creía que jugarías con él aquí.

—Así pierde la gracia.

—No voy a salir con esto.

—Sí, lo harás. Lo llevarás a las comidas y las reuniones, e incluso a V Corp. Cada vez que te muevas, recordarás que estoy contigo en cada paso.

—Estás enfermo.

—Gracias.

—No era un cumplido.

—Yo me lo tomo como tal. Ahora, ¿vas a cumplir con tu palabra?

Sabe perfectamente qué teclas tocar para que cumpla con sus estúpidos juegos. Le quito las prendas de la mano, pero me aseguro de decirle:

—Te odio.

Kyle se levanta de forma abrupta, y me sobresalta cuando me roba un beso breve.

—Pero te encantarán mis juegos, princesa.

15

RAI

Intento no andar de forma extraña al entrar en casa, pero la cosa que me ha metido Kyle se mueve con cada paso que doy, generando una fricción que me gustaría considerar incómoda, pero es de todo menos eso.

Hicimos una parada en el centro comercial porque ni de coña iba a dejar que nadie me viera sin maquillar y con ropa ancha nada favorecedora.

Ahora llevo puesto un vestido liso gris, con el pelo recogido y con el maquillaje impecable. Tuve que comprar un collar de perlas porque ni con una base cubriente conseguía disimular el chupetón del cuello, que ahora se ha vuelto de un tono azul oscuro.

Kyle me lanzó una mirada desaprobatoria cuando salí. ¿Qué derecho tiene de mirarme así después de la sensación insoportable que me está haciendo sentir con el juguete ahora mismo?

—¿Hay algo que te perturbe, princesa? —me susurra una voz grave al oído, y tengo que hacer acopio de todas mis fuerzas para no darme la vuelta y cruzarle la cara solo para borrar ese tono engreído. Se lo está pasando genial atormentándome.

—Aléjate de mí.

—Va a ser que no. Nos casamos ayer, ¿Recuerdas?

¿Cómo iba a olvidarlo? Todavía siento un cosquilleo en los labios por la forma posesiva en la que me besó delante de todo el mundo, como si siempre hubiera sido su propósito en la vida, como si reclamarme frente a todos hubiera sido su misión, su destino y su fuerza impulsora.

—Que estemos casados no significa nada. —Trato de hablar como si nada, en un intento desesperado por acabar con la cadena de pensamientos que se está formando en mi mente.

—Solo porque te niegues a admitirlo, no quiere decir que no signifique nada. Pero te acostumbrarás.

Habla con demasiada arrogancia, como si conociera el futuro y estuviera provocándome con él.

Me doy la vuelta, haciendo que los dos nos detengamos.

—No creas que eres alguien solo porque Igor, de alguna manera, decidiera hacerte su hijo. Siempre serás el perro callejero que *dedushka* acogió y convirtió en alguien.

Su expresión no cambia, pero se mete la mano en el bolsillo como para evitar hacer algo.

—Cuidado, señora Hunter. Cuanto más me insultes, más fuerte te arrastraré por el cuello.

Le apunto al pecho con un dedo.

—No te tengo miedo.

Me sujeta la mano, y cuando intento zafarme, la mantiene prisionera en un agarre tan firme que es imposible soltarme. Inclina la cabeza hasta tenerla a meros centímetros de la mía. La máscara que tan meticulosamente lleva se tambalea un poquito, y logro ver un atisbo de su verdadero yo.

Tiene los ojos… vacíos. Desolados.

Dedushka solía decirme que no hay nada más aterrador que un hombre que no tiene nada que perder.

Y ahora estoy mirando directamente al alma de uno.

—Deberías —dice con una calma escalofriante que me cala directamente en los huesos—. Créeme cuando te digo que deberías.

Permanecemos así por lo que parecen horas, simplemente mirándonos el uno al otro mientras sus palabras se asientan.

Incluso hace mucho tiempo, Kyle siempre se las arreglaba para robar mi atención y encarcelarla detrás de barrotes de hierro. Siete años después, sigue teniendo ese efecto en mí, y lo peor es que se muestra más firme, más duro, como si se tratase de un golpe final.

Alguien se aclara la garganta y rompe la conexión. Parpadeo una vez mientras la máscara inmaculada de Kyle se coloca en su sitio y me afloja la mano.

Doy un paso atrás, sorprendida, con el corazón latiéndome a un ritmo extraño.

Tardo unos segundos en volver a centrarme y ver a Sergei bajando las escaleras, acompañado de Anastasia. Me mira a mí, luego a Kyle y luego de vuelta a mí con una sonrisa de oreja a oreja. Esta chica siempre ha sido una romántica empedernida.

Controlo mi expresión, me acerco a ellos y agarro a Anastasia de la mano.

—¿Estáis bien?

—Estamos bien. —Sonríe como una tonta—. Cuéntame sobre *ti*.

—No hay nada que contar. —Dirijo mi atención hacia Sergei—. ¿Cuántas bajas hemos sufrido? ¿Hemos perdido a algún hombre? ¿Qué pasó después de que terminara el ataque?

—Las preguntas de una en una, Rayenka. —Sergei me llama por el apodo que nunca usaría delante de otros hombres porque significaría una muestra de favoritismo hacia mí.

—Dímelo.

—Ven conmigo. —Hace un gesto con la cabeza hacia Kyle—. Tú también.

Anastasia le da un beso en la mejilla, luego se acerca de puntillas y me susurra al oído:

—Ya me contarás lo bien que te lo pasaste anoche, ¿vale?

La empujo de broma, y ella suelta una risita mientras sube otra vez por las escaleras.

Uno de los guardias le abre a Sergei la puerta del comedor, y entramos los tres.

Nos recibe una discusión acalorada en ruso entre los cuatro reyes. A Adrian y a Vlad no se los ve por ninguna parte. No es una sorpresa en el caso de Adrian, ya que acudir a las reuniones no es un hábito que mantenga, pero la ausencia de Vlad es preocupante.

—¿Dónde está Vlad? —le pregunto a Sergei.

—Se está ocupando de todos los trámites con la policía para que no nos salpique nada —me cuenta, lo bastante bajo como para que el resto no nos escuche—. El ataque ha causado un gran revuelo.

—Todo esto es por tu conducta temeraria —acusa Igor a Damien.

—¿La mía? —Damien se ríe—. Claro que sí, Igor, cúlpame a mí de tu incompetencia, ya que estás.

—La has cagado, Orlov. —Kirill lanza su propia acusación—. Nos has metido de lleno en una guerra que no necesitamos.

—Deja de ser tan nenaza, Kirill. Esto no son arcoíris ni putos unicornios. Esto es la Bratva.

—Ha muerto uno de mis hombres —dice Kirill, con rabia—. ¿Vas tú a llevarle las noticias a su madre?

—No, pero le daré su puta medalla de honor por morir por sus hermanos.

—Dos de mis hombres han salido heridos también —dice Mikhail, dando sorbos a su copa de vodka. De hecho, todos ellos salvo Igor tienen vasos de licor delante de ellos. Si están bebiendo alcohol a primera hora de la mañana, es que se está liando una buena.

—Oh, cállate de una puta vez, abuelo. —Damien pone los ojos en blanco—. A tus hombres les vendría bien un repaso.

—¿Estás diciendo que mis hombres son unos incompetentes, Orlov? —A Mikhail se le pone la cara roja por el esfuerzo.

—Exacto. ¿Tratar con nenazas te ha convertido en una?

—Serás hijo de… —Mikhail se levanta, probablemente para darle un puñetazo a Damien, pero la presencia de Sergei hace que todos guarden silencio.

Poco a poco vuelve a sentarse en su sitio con expresión neutral.

Intento sentarme al lado de Damien, pero Kyle se me adelanta y me roba el sitio, por lo que me veo obligada a sentarme al lado de Igor.

—Culparos los unos a los otros no os llevará a nada —dice Sergei como respuesta indirecta a la disputa que acabamos de presenciar—. Somos hermanos y ayudamos a los nuestros cuando lo necesitan.

Gruñidos y carraspeos inundan la sala mientras Damien les lanza a los otros tres una mirada engreída.

—A Lazlo y a Kai les dispararon ayer —dice Igor—. Eso podría o bien acercar a los italianos y a los japoneses, o separarlos por completo.

—Tenemos que tantear el terreno con ambos —digo.

Mikhail chasquea la lengua.

—¿No deberías estar de luna de miel o algo?

Sonrío.

—¿Y dejarte aquí para que la cagues?

Damien se ríe por lo bajo y yo le lanzo una mirada de apreciación.

—¿Tantear el terreno? —pregunta Sergei.

—Kai cree que nosotros estuvimos detrás de esto, así que, si les demostramos que no es así, traerá todo el arsenal japonés.

—Igual que los italianos —interviene Kirill—. Sobre todo porque están al tanto de la amenaza de los irlandeses.

—Deberíamos enviar a personas de alto rango a ambos bandos —apunta Igor, retomando la sugerencia que hice antes.

—Yo me reuniré con Kai —digo—. Parecía dispuesto a dialogar a... yer.

Se me quiebra la voz al final cuando algo se mueve dentro de mí. El juguete está vibrando.

«Me cago en todo».

No hace ruido, pero la estimulación está ahí.

Abro mucho los ojos y miro a Kyle, al otro lado de la mesa. Está sentado, con una de las manos agarrando la bebida y la otra escondida debajo de la mesa, sin duda causando esto.

Siento las bragas completamente mojadas en cuestión de segundos, y con cada movimiento que hago, la fricción no hace más que aumentar.

—¿Te encuentras bien? —pregunta Igor con preocupación genuina, claramente notando que no paro quieta. «Por favor, no me digas que tengo la cara roja».

—E-estoy bien —consigo musitar.

Intento mirar a Kyle a los ojos, pero finge estar extremadamente interesado en Sergei. Sus rasgos afilados se muestran relajados, incluso indiferentes, mientras habla:

—Kai parecía convencido. Sugiero que Kirill sea el que se asegure de ello, ya que tiene mejor relación con la Yakuza que ninguno de los que estamos aquí.

—Puedo mirarlo —acepta Kirill.

Trato de concentrarme en él y no en la vibración dentro de mí, pero es casi imposible con la estimulación. Es como volver a la ducha con los dedos de Kyle en mi interior y...

«No. Sal de mi mente».

—Mientras tanto, permitidme que les haga una visita a los italianos —le dice Kyle a Sergei—. Como era mi boda, puedo disculparme con el Don y hacerme una idea de lo que piensan.

—Con los italianos suelen funcionar las disculpas —dice Igor.

—Exacto. —Kyle sonríe a su padre y luego desvía la mirada hacia mí, despacio y sin prisa, antes de curvar los labios en una sonrisa de suficiencia.

«Para» le digo con los labios, sujetándome al borde de la mesa.

Su sonrisa se ensancha antes de ocultarla y fingir que no me está torturando en una sala llena de hombres.

—Llévate a Adrian contigo —dice Sergei, y Kyle asiente.

—Yo también voy —hablo bajito, conteniendo un gemido.

—No, tú no vienes —dice Kyle.

—Sí que voy. Era *nuestra* boda. Se mostraran más receptivos si vamos los dos.

—O se cerrarán en banda porque eres una mujer —manifiesta Mikhail.

—Con Adrian y conmigo será suficiente. —Kyle me mira a los ojos mientras la vibración se intensifica.

Me tiemblan los dedos y tengo que hacer acopio de todo mi autocontrol para no gemir ni gimotear ni soltar ningún sonido embarazoso. En mi vida me habían estimulado así, y el hecho de no poder aliviarme me está volviendo loca.

—Rai —Sergei dice mi nombre, y se cuela a duras penas entre el zumbido de mis oídos—. ¿Estás indispuesta?

—Eso, ¿lo estás? —Kyle se coloca a mi lado en dos segundos y me toca la frente como un marido complaciente. Quiero darle una patada en los huevos, pero no puedo dejar de centrarme en la vibración de mi interior.

Cierro los labios con fuerza cuando una gota de sudor se desliza por mi sien. Ni siquiera puedo hablar porque si abro la boca, lo único que saldrá ahora mismo es un sonido vergonzoso y necesitado.

—Mis disculpas, *Pakhan*. Parece que anoche la dejé agotada.

Puedo sentir cómo se me contraen los nervios y cómo se me va el color de la cara mientras sus palabras caen sobre la habitación como una maldición.

Sergei e Igor se aclaran la garganta. Damien y Kirill sueltan una risita, y Mikhail parece que le gustaría tener nuestras cabezas sobre la mesa delante de él.

No me puedo creer que acabe de decir eso.

«No ha sido capaz, ¿verdad? Por favor, dime que lo he oído ha sido producto de mi imaginación».

—La llevaré a descansar. —Kyle me coge en brazos sin esfuerzo. No podría resistirme aunque quisiera, porque esa cosa sigue vibrando y tengo las piernas como gelatina.

Pero, al mismo tiempo, detesto lo familiar que se ha vuelto estar entre sus brazos, como si fuera lo normal.

Antes de salir, la vibración aumenta. Dejo escapar un chillido y luego escondo la cara en su hombro, ahogando el sonido mientras el juguete vibra contra mi clítoris.

Le muerdo fuerte la camisa cuando la ola me golpea de la nada.

«Pues bueno».

«Creo que acabo de correrme».

16

RAI

Amortiguo mi grito con la tela de la camisa de Kyle mientras me saca de la sala como si nada. Apenas percibo los murmullos del interior, ni las excusas confiadas y seguras de Kyle, y por último, al guardia cerrando la puerta después de salir.

Eso no acaba de pasar.

No acabo de tener un orgasmo delante de mi tío abuelo y de los líderes de la hermandad.

Justo cuando estoy pensando en la mejor forma de librarme del cuerpo de Kyle, el zumbido se intensifica entre mis piernas.

—Para… —mi voz se va apagando al oír el gemido que se me escapa. Nunca me había oído tan excitada.

—¿Que pare qué? —Se detiene despacio a los pies de la escalera y me murmura al oído—. ¿De darte placer?

El calor de su aliento y la sutil barba incipiente de su mandíbula contra mi oreja despierta un tipo diferente de fricción que comienza en mi sentido auditivo y se dispara entre mis piernas.

No, esto no está ocurriendo otra vez. Otra vez no.

Me contoneo para que me suelte, pero eso solo aumenta el nivel de intensidad sobre mi clítoris.

—Me cago en la puta… —Exhalo, clavando las uñas en su camisa.

—¿Te gusta? —Sonríe.

—Que te follen —consigo musitar.

—Todavía no, pero mientras tanto puedo mantenerte satisfecha con mis juguetes. —Desliza la lengua por el lóbulo de mi oreja, jugueteando y mordisqueando como si se estuviera deleitando con la mía—. No esperaba que fueras tan sensible. Me muero de ganas por verte la cara cuando te clave la polla hasta el fondo en este coño apretado.

No puedo contener el quejido que se me escapa entre los dientes apretados. Me digo a mí misma que solo es por la estimulación del juguete, pero sus palabras añaden más leña al fuego.

Las dice con total certeza, como si estuviera escrito que va a ocurrir. Para él la pregunta es cuándo, y por algún motivo, siento un vuelco en el pecho ante esa promesa, ante el placer explosivo que sé que me espera en el futuro.

—Vas a correrte más de una vez, ¿verdad? —musita, soltándome el lóbulo de la oreja solo para que le vea relamerse.

Intento ignorar la imagen mientras sacudo la cabeza frenéticamente. Antes muerta que dejar que tenga poder sobre mí otra vez.

—Sí que lo harás. ¿Me estás imaginando dentro de ti, recibiendo mi polla como una buena princesita mientras te penetro fuerte, rápido y duro?

Aprieto los muslos ante la imagen que ha dibujado en mi cabeza. No podría librarme de ella aunque lo intentara. Es tan cruda, tan explícita, que mi cuerpo responde a ella de formas que nunca creí posibles.

—¿Rai?

Jadeo en silencio al oír la voz de Vlad detrás de nosotros. No puede verme así. Ni él ni nadie. Es la forma más segura de echar por tierra la imagen que he construido durante años y por la que tanto me he sacrificado.

Y aun así no puedo, por más que lo intento, detener la tormenta que se está formando a lo lejos. Siento que el aire en mi interior cambiando, calentándose, preparándose para el impacto que arrasará conmigo y no me dejará ir.

—¿Va todo bien? —La voz de Vlad suena más cerca, lo que significa que viene hacia nosotros y no va a dejarlo estar.

Él, de entre todas las personas, sabe que nunca dejaría que nadie me cargara en brazos a menos que estuviera enferma, herida o algo por el estilo. ¿Por qué se ha vuelto algo tan normal que Kyle me lleve así? Pero no podría detenerlo aunque quisiera. Las piernas me fallarían y Vlad vería mi debilidad.

—Mándalo a tomar por culo —murmura Kyle.

—Cállate —siseo.

—Entonces tal vez debería soltarte aquí y ahora para que pueda ver lo zorra que es en realidad su princesita de la mafia. —Su voz se va ensombreciendo con cada palabra.

—K-Kyle... —Abro mucho los ojos mientras niego con la cabeza—. N-no...

—Pídemelo por favor.

—Por favor, vete a la mierda —musito.

—No es la mejor actitud cuando me necesitas. —Empieza a soltar las manos con la que me tiene sujeta mientras la cosa que llevo dentro aumenta la vibración.

«Mierda». Voy a correrme.

Le clavo las uñas en la camisa para que no me suele.

—¡No! Por favor, *por favor*.

—Perfecto. Ahora dile a tu caballero de brillante armadura que, como te he dicho antes, se vaya a tomar por culo.

—E-estoy bien, Vlad. —Me tiembla la voz y me muerdo el labio inferior para impedir que se me escape ningún otro sonido.

—No lo parece. —Vlad se detiene en mi visión periférica, y yo me escondo en la camisa de Kyle. Preferiría morirme antes de que Vlad me viera la cara ahora mismo. Una cara que no reconocería.

—Solo está un poco indispuesta. —Kyle habla con el tono agradable con el que normalmente consigue todo lo que quiere—. La llevaré a nuestra habitación.

¿Nuestra habitación? ¿Cuándo coño se ha convertido en *nuestra* habitación?

—Déjame verla. —Vlad se coloca delante de nosotros.

—¿Por qué cojones ibas a mirar a mi mujer? —Toda la indiferencia de Kyle se desvanece—. Ya no es la Rai a la que tenías libre acceso. Ahora está unida a mí, casada conmigo, y se comprometió a estar conmigo, así que mantén tus putos ojos y tus putas manos lejos de ella.

Vlad gruñe, pero se hace a un lado. Nadie se entromete entre un marido y su mujer en la hermandad. Nadie, ni siquiera el mismísimo *Pakhan*. La relación es más sagrada de la que existe entre nosotros.

Por eso ni siquiera Vlad insiste.

—De verdad que estoy b-bien, Vlad. —Repito para tranquilizarlo sin levantar la cabeza.

Para cuando Kyle por fin sube las escaleras, no puedo seguir reprimiendo la violenta sensación que se está formando dentro de mí.

Le rodeo el cuello mientras dejo que el orgasmo me golpee. Aunque la estimulación se da mayormente entre mis piernas, todo mi cuerpo se tensa y tiemblo incontrolablemente entre los brazos de Kyle.

—Eso es —susurra—. Enséñame esa cara de rendición. Cuando eres libre de verdad.

Levanto la cabeza para mirar su expresión porque, de algún modo, siento como si se hubiera desprendido de la máscara.

Las siluetas de Katia y Ruslan en la puerta de mi habitación detienen mi curiosidad. Se acercan a toda prisa hacia nosotros, o hacía mí, para ser más específicos.

Escondo la cara en la camisa de Kyle para que no me vean así. Me verán como alguien débil, y los débiles no sobreviven dentro de los *vory*.

—Rai se encuentra un poco mal. Voy a meterla en la cama —explica Kyle por mí, y estoy muy agradecida por ello, aunque él sea el motivo por el que estoy así.

—¿Deberíamos llevarla al hospital? —pregunta Katia.

—Traeré el coche. —Ruslan se apresura a irse.

—No es necesario. —Kyle les hace un gesto—. Deberíais ir abajo. Os llamará si os necesita.

Parece que dudan, pero después de dedicarles un leve asentimiento, obedecen y se dirigen a las escaleras.

Él abre la puerta de mi habitación y echa un vistazo para asegurarse de que no hay nadie dentro. En efecto, está vacía.

Mi habitación es sencilla. Hay una cama de matrimonio, un tocador y dos puertas alineadas simétricamente. Una lleva al baño y la otra al vestidor.

La puerta del balcón está cerrada, como siempre. *Dedushka* me enseñó desde niña a ser precavida con los francotiradores. Por eso cada ventana en esta casa está hecha de vidrio antibalas. Costó una fortuna instalarlo, pero cuando vives una vida peligrosa como la nuestra, no puedes confiarte.

Dedushka no debería haber traído a este asesino que me lleva en brazos después de haberme enseñado a tener cuidado con ellos. Así no es como deberían ser las cosas.

Kyle me deja de pie para cerrar la puerta con pestillo. Me alejo de él de un empujón y me sujeto contra la pared para mantener el equilibrio porque, incluso ahora, esa cosa sigue vibrando en mi interior, exigiendo más orgasmos.

Agarrada a la pared, me meto una mano sudorosa y temblorosa por debajo del vestido y cierro los ojos con vergüenza al sentir las evidencias de mi excitación mojándome los dedos.

—Quieta.

La orden me detiene, y abro lentamente los ojos. Nunca he sido de las que se doblegan ante la autoridad, pero la forma en que Kyle la ejerce siempre golpea en un lugar oculto que me confunde muchísimo.

Kyle no es tan autoritario como los hombres de abajo con los que he pasado toda mi vida. Estoy acostumbrada al dominio masculino y dejé de sentirme intimidada por él a una edad temprana.

Sin embargo, Kyle parece dócil, incluso cercano, casi como si pudiera ser médico o un director ejecutivo atractivo en lugar de dedicarse a esto. Aunque sé que es una fachada engañosa, la ha perfeccionado tan bien que, cuando muestra su lado masculino y autoritario, no tengo más remedio que detenerme y contemplarlo.

—Si te lo quitas, nuestro acuerdo queda anulado. —Señala con la barbilla en mi dirección—. La pelota está en tu tejado.

—¿Esperas que camine con esta cosa dentro todo el día? —Odio lo mucho que me tiembla la voz y lo necesitada y fuera de control que sueno.

—Debería hacer que te sueltes un poquito, que bajes de tu torre de marfil.

—Kyle… —Pretendo advertirle, pero en lugar de eso, su nombre sale como un gimoteo.

—Teníamos un trato: tú te pones mis juguetes y yo llevo a los irlandeses a donde quieras. ¿Está incumpliendo su palabra, señorita Sokolov?

Odio cuando me llama así. Me parece tan distante, tan extraño después de todo el tiempo que llevamos conociéndonos y todo lo que hemos pasado juntos. Pero ¿a quién quiero engañar? Ese tiempo solo significó algo para mí en el pasado. Ahora no significa nada.

—Al menos haz que pare —siseo entre dientes.

—Di las palabras y conseguirás lo que quieres.

—¿Qué palabras?

—Suplícame. Suplícale a este perro callejero que alivie tu sufrimiento.

—Soy Rai Sokolov. Yo no le suplico a nadie.

—Lo hiciste delante de Vladimir. Puedes volver a hacerlo. No te preocupes, se convertirá en un hábito con el tiempo.

—No voy a suplicarte... Aaah... —Mis palabras terminan en un gemido cuando aumenta la intensidad del vibrador hasta que se escucha su sonido—. Para... aaaah...

—Todavía me quedan cinco niveles de intensidad, uno por cada minuto que sigas siendo terca. —Saca la mano del bolsillo y me enseña un mando pequeño y negro—. En realidad, vamos a dar un paso más y a hacer que sea cada segundo, empezando ahora mismo.

Pulsa el botón y me apoyo contra la pared cuando la vibración aumenta a un nivel insoportable. Se me endurecen los pezones contra el sujetador incorporado en el vestido y me tiemblan las piernas.

—Kyle...

—Eso no es suplicar. Inténtalo con más ganas. —Vuelve a pulsar el botón y yo gimo, con los labios temblando de vergüenza cuando siento mi humedad empapándome las bragas y cubriéndome la cara interna de los muslos.

—Dios...

—Ya, bueno, él no te va a ayudar en esta unión impía. —Pulsa de nuevo y esta vez, grito cuando el consolador se introduce más hondo. No soy virgen, pero la última vez que me acosté con alguien fue hace una década, así que es como si lo fuera.

—Quedan dos más... Ah, espera. Parece que hay siete. Se me olvidaba que tenía modos especiales para chicas traviesas como tú.

—Está bien, tú ganas, páralo.

—No a menos que supliques de forma convincente.

—Páralo… p-por favor…

—¿Qué ha sido eso último? No me he enterado bien.

—*Por favor*.

—Eso es. —Pulsa el botón y la vibración se detiene.

Me deslizo hasta el suelo, recuperando el aliento e intentando frenar la sensación de decepción que se me está asentando en la boca del estómago.

Una sombra se cierne sobre mí antes de que su voz llene el aire.

—No era tan difícil, ¿verdad?

Me pongo de pie, levanto la mano y le cruzo la cara. El sonido retumba en el silencio que nos rodea, y siento como me escuece la palma de la mano.

—No vuelvas a ponerme *nunca* en una posición de vulnerabilidad delante de los hombres de ahí abajo. No solo soy tu esposa, también soy la directora ejecutiva de V Corp y un miembro valioso de la hermandad. No he llegado tan lejos para que ahora me hundas.

Aprieta la mandíbula y, en lugar de la ira que esperaba, una sonrisa maníaca se dibuja en sus labios.

—Jugaré contigo como me plazca.

—No vas a romperme, ¿me oyes?

—No deberías tentar al depredador con una presa, princesa. Eso solo despertará mi deseo de cazar.

—Pienso devolvértela. Te doy mi puta palabra. —Le doy un empujón al pasar para ir al baño a limpiarme.

—No te quites el juguete —dice detrás de mí—. Sabré si lo haces.

Le saco el dedo por encima del hombro, sin mirarlo.

Una risita burlona me sigue mientras entro y cierro la puerta con llave. A la mierda las advertencias de Kyle sobre lo que no debo hacer.

Me miro en el espejo y, al igual que esta mañana, apenas reconozco a la mujer que me devuelve la mirada. Tengo las mejillas rojas, los labios hinchados y mi cabello, normalmente impecable, está hecho un desastre. ¿Lo peor? Sigo sintiendo un cosquilleo por dentro, pidiéndome más de la tortura que acabo de sufrir a manos de Kyle.

En muy poco tiempo me ha convertido en una masoquista que no se sacia de él ni de sus atenciones.

«¿Qué coño me está haciendo?».

Frustrada conmigo misma, cojo la toalla del estante, la mojo y me limpio entre los muslos. Me quito las bragas empapadas y las tiro a la basura, porque ya no sirven. Tardo un rato en volver a estar presentable.

Kyle pensó que con esto podría doblegarme, pero está claro que no conoce a la Rai que dejó atrás cuando se largó quién sabe dónde.

Salgo del baño justo cuando él abre la puerta de la habitación. Capto una pizca de su última frase: «...voy para allá. Todo marcha conforme al plan».

«O eso piensa él».

Kyle no sentirá el desastre hasta que esté metido de lleno en él. Como prometí, pagará por todo el puto circo por el que me ha hecho pasar hoy.

17

KYLE

Encuentro a Adrian abajo en su coche.

Me saluda levantando la barbilla, y yo hago lo mismo cuando me siento a su lado.

Pero no arrancamos de inmediato. Mira por la ventana y se asegura de que todos los guardias están en su posición. No es ninguna sorpresa, ya que se le conoce por ser precavido. Es su silenciosa naturaleza estratégica la que le ha permitido convertirse en uno de los pilares fundamentales de los *vory*, puede que incluso el más letal.

—¿Dónde están tus guardias? —pregunta.

—No los necesito.

Sus ojos gris claro parpadean ligeramente. Son apagados como un cielo nublado, pero al mismo tiempo son intensos, duros y despiadados. Es curioso cómo refuerzan su naturaleza implacable. No la muestra muy a menudo, pero cuando lo hace, se acabó.

Su aspecto general es diferente al del resto de líderes. Su cabello negro azabache y su barba recortada siempre están impecables, pero al mismo tiempo parecen rebeldes. Puede hacerse pasar por el más ruso de todos, o justo lo contrario, dependiendo de si habla con acento estadounidense o ruso. Utiliza mucho esa táctica cuando hace su trabajo para la hermandad.

—Subestimar a tu oponente es una forma segura de acabar derrotado antes de empezar siquiera, Kyle —usa su acento estadounidense.

—No llegan a mi nivel.

—La arrogancia es otra forma de perder.

—Déjate de mierdas filosóficas. Sí que he conseguido un guardia después de que Igor insistiera. —Busco entre la multitud a un niñato de pelo decolorado—. Ahí está.

Adrian levanta una ceja.

—Parece un crío.

—Porque lo es. Apenas tiene veinte años; un huérfano recién reclutado que abandonó los estudios. Le estoy enseñando los métodos de la Bratva.

—¿Cómo vas a enseñarle algo en lo que no crees?

—Oye —finjo estar ofendido—. Solo porque no cante el himno ruso no significa que no forme parte de esta unión sagrada.

—Nosotros no cantamos el himno ruso. ¿Sabes acaso cómo se inició la Bratva?

—Claro que sí, por gilipolleces de la URSS y la Segunda Guerra Mundial que no me interesa escuchar. Sin embargo, en lo que sí estoy interesado es en tu historia de amor con los italianos. ¿Qué hizo que la excesivamente desconfiada familia Luciano confiara tanto en ti? No puede ser por tu encanto inexistente.

—Podría ser por algo similar a la razón por la que Rai se ha casado contigo.

—¿A qué te refieres?

—Extorsión.

Sonrío, aunque lo que quiero es enseñarle los dientes.

—¿Qué? —Se da cuenta de mi cambio de humor—. Nunca se habría casado contigo por voluntad propia. Hasta Sergei lo sabe. Lo que me lleva a la pregunta: ¿qué harás cuando ella descubra quién eres?

—No lo hará.

—¿Y si lo hace?

—¿Qué pasa si lo hace?

—Que convertirá tu vida en un infierno.

No me cabe duda de que haría precisamente eso.

Me viene a la mente la imagen de la expresión desafiante de Rai, la forma en la que me plantó cara cuando estaba sufriendo. La forma en la que me abofeteó para marcar territorio. Esa mujer está hecha de acero, tiene una tenacidad incomparable. Nikolai le inculcó la resistencia rusa hasta en los huesos, y joder si se nota.

Pero si hay alguien capaz de derretir esa fortaleza de metal y llegar hasta la persona que hay en su interior, ese soy yo.

Los juguetes y los juegos solo son el principio, una fase preparatoria para lo que realmente está por llegar.

Empezaré con su cuerpo y terminaré con su puta alma. Cuanto más me desafía, más siento la tentación de doblegarla.

Lo cual es extraño, teniendo en cuenta que no forma parte de mi misión. En todo caso, involucrarme con Rai Sokolov podría comprometer lo que vine a hacer. Y, sin embargo, cada vez que me mira con esos ojos desafiantes, lo único en lo que puedo pensar es en seguirle el juego.

—Hablando de la princesa —dice Adrian, y mi primer impulso es darle un puñetazo en la garganta. Solo *yo* puedo llamarla princesa.

Miro por la ventana y, en efecto, Rai camina hacia nosotros con paso seguro y decidido. Se ha arreglado el maquillaje y el pelo, y parece lista para dominar el mundo.

No me sorprendería si algún día lo hiciera… estando yo fuera de la ecuación, por supuesto.

Abre la puerta de mi lado y se cuela dentro. Cuando no me muevo hacia Adrian, se sienta parcialmente sobre mi regazo. Es un simple roce de ropa contra ropa, pero mi polla cobra vida al tenerla tan cerca, al notar el calor de su piel bajo el vestido y al recordar que sigue llevando mi juguete dentro de ella.

Respiro hondo, y eso solo lo empeora, porque su aroma se cuela en mis fosas nasales. Huele como una diosa exótica dispuesta a destruir a sus súbditos. No es solo el intenso perfume lo que delata su presencia, sino también la forma en que se mezcla con su aroma natural.

Me lleva unos cuantos segundos dejar de pensar con la polla.

—¿Qué crees que estás haciendo? —No disimulo mi tono disconforme.

Controlar nuestras emociones es lo primero para lo que nos entrenan y, sin embargo, todos esos años parecen desvanecerse cuando esta mujer explosiva anda cerca.

—Vais a visitar a los Luciano, ¿verdad?

—Sí —dice Adrian con una calma que yo no siento ni de coña.

Ella levanta la barbilla.

—Yo también voy.

—No, tú no vas. —Intento echarla del coche, pero me agarra por el bíceps y me clava las uñas en la tela y en la piel. Es como si me arañara un gatito. Pero su expresión es de todo menos eso. Tiene un objetivo y no se detendrá hasta lograrlo.

Ese es uno de los rasgos que nunca ha cambiado: determinación mezclada con valentía.

—No puedes detenerme. Si me echas, os seguiré con mi coche.

—¿Y qué harás? —Finjo indiferencia—. ¿Decirle a Lazlo que lamentas que le dispararan en tu boda?

—Exacto.

—No. Será una falta de respeto si se envía a una mujer a visitarle.

Aprieta los labios hasta formar una línea, porque sabe que tengo razón. Los italianos son igual de conservadores que los rusos, si no peores. Ven totalmente inaceptable que las mujeres alcancen puestos de liderazgo. La única razón por la que se le permite estar en el círculo íntimo de los *vory* es por ser la nieta de Nikolai y por ser lo bastante inteligente como para permanecer en segundo plano mientras su tío abuelo gobierna. Aunque eso no quiere decir que le guste o acepte la realidad machista del mundo en el que se vio obligada a entrar. Rai siempre ha sido de las que nadan contracorriente.

—No es una falta de respeto si se trataba de mi boda —replica.

—*Nuestra* —le corrijo.

Me fulmina con la mirada, pero no hace comentarios al respecto, y dice:

—Lo importante es que los Luciano apreciarán el gesto.

—No, no lo harán, y tú no serás la culpable de ello. Se verá como una falta de respeto por parte de Sergei haberte enviado.

—Pero si no lo ha hecho.

—Ellos asumirán que sí.

—Si vamos juntos, será más respetuoso. —Ella le lanza una mirada furtiva a Adrian—. ¿Verdad?

Sin participar aún en la conversación y observando el espectáculo como un bicho raro, niega con la cabeza una vez.

Rai hunde los hombros y su expresión se ensombrece. Sabe que está acorralada y que no puede hacer nada al respecto.

Por alguna razón, algo dentro de mí se tensa al ver la mirada en sus ojos, la frustración mezclada con la desesperación.

No quiero verla así. Nunca más. No sé por qué, pero simplemente no me gusta.

—A menos que pidas ver a su mujer —sugiero.

Adrian me mira con una ceja levantada como si supiera exactamente por dónde van mis pensamientos y se pregunte por qué demonios estoy diciendo esto cuando estaba tan empeñado en echarla.

—Quieres decir… ¿consolarla? —pregunta.

—Algo del estilo, pero tiene que parecer genuino y no por pena.

—Entonces ahora tengo un buen motivo para ir con vosotros.

—No.

—¿Por qué no?

—Porque no parecerá sincero. —Hago una pausa, acariciándole el brazo. El gesto la pilla por sorpresa igual que a mí y me mira con esos ojos enormes—. Organiza un almuerzo solo para mujeres y que ella sea la invitada de honor.

Frunce la nariz y se estremece antes de ocultarlo a toda prisa. Es extrañamente adorable.

—No se me da bien relacionarme con mujeres.

—Te llevas muy bien con Anastasia y con…

Me tapa la boca con la mano para callarme y sacude la cabeza con discreción. Cierto. No quiere que nadie de los *vory* sepa de la existencia de su hermana gemela. Aunque tengo la sospecha de que Adrian ya lo ha averiguado.

Le quito la mano, pero la mantengo sobre mi palma. No sé en qué puto momento tocarla se ha vuelto algo tan familiar hasta llegar a convertirse en una adicción.

—Que te ayude Anastasia y verás cómo lo consigues.

Entrecierra los ojos y me mira con sospecha. No la culparía. Todas mis acciones han sido dignas de una alerta roja.

—No me fio de ti —dice, tajante.

—Como debe ser. En el momento en el que lo hagas, empieza a cavar tu propia tumba, princesa.

—Entonces ¿cómo pretendes que esté de acuerdo con este plan?

—No hace falta que te diga cuál es la mejor opción. Ese cerebro tuyo ya trabaja a toda máquina, así que escucha lo que te dice.

Me mira por un segundo demasiado largo. No hago el amago de romper el contacto visual. Hay algo adictivo en mantener una guerra de miradas con Rai. Otra cosa más que no ha cambiado.

Un carraspeo la hace apartar la vista primero.

—Si habéis terminado con vuestra luna de miel… —Adrian se queda callado.

—Nah, la luna de miel empieza esta noche. —Le lanzo a Rai una mirada sugerente.

—¡Ay, por favor! —Me golpea el hombro y abre la puerta del coche.

—Es muy traviesa —le susurro a Adrian.

Se da la vuelta para lanzarme una mirada asesina, y un tono rojizo le cubre las mejillas.

—Te he oído, y no lo soy.

—Bueno, uno de los dos lo es.

Adrian tensa los labios, pero no llega a sonreír. Que lo haga es tan improbable como que los cerdos vuelen.

A Rai se le ruborizan más las mejillas si cabe, pero decide ignorarme.

—¿Cuento con Lia para el almuerzo?

Al mencionar a su esposa, extremadamente protegida, la actitud de Adrian cambia, aunque su expresión permanece igual. Hay una ligera tensión en sus músculos que una persona normal no notaría. La razón por la que yo lo hago es porque nos entrenaron para leer el lenguaje corporal, especialmente el del oponente antes de un ataque. Así está Adrian ahora mismo: listo para atacar.

¿No es de lo más interesante?

—Ya sabes que ha tenido problemas de salud últimamente —le dice a Rai con una sonrisa.

—Venga ya, será a mediodía y no la entretendré durante mucho tiempo. —Cuando se queda callado, ella añade—: Insisto. Te haré llegar el día y la hora. —Antes de salir del coche, finge colocarme bien el cuello de la camisa, entonces se inclina y me roza la oreja con los labios. Cuando susurra, su voz testaruda me pone la puta polla dura como una piedra—: Esto no ha terminado.

Pues claro que no, joder.

18

RAI

—¿Nada de nada? —Miro a Katia y a Ruslan cuando nos sentamos en la zona de descanso de mi habitación.

Más bien, yo me siento. Mis dos guardias siguen negándose a descansar en mi presencia, ni siquiera cuando se lo ordeno.

—He llegado a preguntar en los bajos fondos, señorita —dice Ruslan, con su voz ronca—. Y nadie sabe nada sobre Kyle Hunter previo a unirse a la Bratva.

—¿Ni siquiera antes de la época de *dedushka*?

Niega con la cabeza.

—Hay algo más —interviene Katia, con los brazos por delante y las piernas separadas como si estuviera en posición de espera.

—¿Qué?

—El apellido Hunter podría ser inventado o estar falsificado.

Genial. El hombre al que he tomado como esposo es un completo misterio. Cuando les pedí a mis guardias que le investigaran, no esperaba un informe detallado, pero creí que al menos conocería algo de su pasado. Cualquier cosa, siempre y cuando pudiera usarla en su contra.

Todavía me hierve la sangre por la forma en la que me echaron antes del coche de Adrian. Kyle llegó aquí hace tan solo unos días y ya puede llevar a cabo asuntos importantes en nombre de Sergei.

Hace mucho tiempo que me di cuenta de que vivo en un mundo injusto que gira en torno al género, pero esta vez el dolor es diferente. Siento que he perdido más poder frente a él, algo que no volverá a suceder.

«No puedes dejar que vuelva a ocurrir» me regaño a mí misma.

—¿Señorita?

Levanto la mirada hacia Katia.

—Dime.

—Con el debido respeto, ¿puedo preguntarle por qué se ha casado con alguien a quien no podemos hacer un seguimiento? Estamos… —Comparte una mirada con Ruslan—. Estamos preocupados por usted.

—Nunca la habíamos visto indispuesta —añade Ruslan.

No deberían haberme dicho esas palabras. Ahora el hielo que he ido trabajando y endureciendo hasta convertirlo en hojas afiladas se está derritiendo al ver sus caras de preocupación.

Nunca he conocido una lealtad tan profunda como la de estos dos. No me cabe duda de que se adentrarían de lleno en la línea de fuego solo para salvarme, aunque yo no se lo permitiría. Para mí, son mucho más que unos simples guardias. Lo que le dije a Reina el otro día iba en serio: son familia, y a mi familia la protejo aunque tenga que hacerlo con uñas y dientes.

—No tenéis que preocuparos. Soy una Sokolov, y nosotros siempre ganamos. Además, solo porque mantenga su pasado en secreto, no quiere decir que no exista.

—¿A qué se refiere? —pregunta Katia.

—Quiero decir que tengo que profundizar directamente con él.

Ruslan desvía su atención a Katia, y luego a mí.

—Podría mentir.

—No voy a ser obvia con mis indagaciones, así que no se dará cuenta. En primer lugar, quiero hacer una prueba de ADN a escondidas para saber si su relación de parentesco con Igor es verdadera. Te conseguiré un mechón de pelo de Kyle.

—El de Igor no va a ser tan fácil de obtener. —Katia hace una mueca—. Su seguridad es como un fuerte.

—Podemos sobornar a uno de los sirvientes —propone Ruslan.

Sacudo la cabeza.

—No son susceptibles al soborno, y todo esto puede explotarnos en la cara. Igor no se quedará de brazos cruzados si se entera de que le estoy espiando, por no mencionar que ya estoy en la cuerda floja con él desde que investigué sus finanzas. Inventaré una excusa para visitar a su esposa.

—Sí, a Stella le gustas y no dejaba de preguntar por ti en la boda.

—Esperemos que su opinión no cambie después de hacer esto.
—Porque, si resulta ser mi suegra de verdad, probablemente sepa que no estoy siendo honesta con su hijo.

Durante el resto de la tarde, mis guardias y yo continuamos con nuestro plan estratégico para el almuerzo. Si quiero que las italianas se unan, lideradas por la mujer de Lazlo, no puede ser en nuestra casa. Ninguno de los italianos enviaría a sus mujeres a un complejo ruso. Puede que seamos aliados, pero esto es la ley de la selva, y nadie confía plenamente en el otro.

Debe ser en un espacio público que sea territorio compartido, para que los italianos sientan que tienen el mismo control que nosotros y, por lo tanto, que será seguro.

Anastasia y Lia tendrán que unirse para que me sienta más cómoda rodeada de mi gente. Sería perfecto si Reina estuviera aquí también, pero preferiría que me dispararan en el pecho antes que traer a mi hermana gemela a este mundo.

Después de que mis guardias se marchen, paso un rato con Ana, le cuento lo del almuerzo y ella da brincos de emoción. Estar encerrada durante toda su vida hace que cualquier cosa que se salga de lo establecido, por mínima que sea, le resulte emocionante.

Verla feliz es contagioso, y vuelvo a mi habitación con una sonrisa enorme en la cara.

Inmediatamente me abandona cuando encuentro a Kyle sentado en la zona de descanso, con los dedos moviéndose sobre el teclado de un portátil situado encima de la mesa de centro.

Se me forma un nudo en el estómago, y el juguete que sigue clavado en mi interior me produce un cosquilleo, aunque no se mueve. Odio estas emociones: la familiaridad, la intimidad que no puedo evitar sentir hacia él.

Así que me pongo directamente a la defensiva.
—¿Qué haces en mi habitación?

—*Nuestra* habitación —dice sin levantar la cabeza—. Estamos casados, *señora Hunter*, ¿recuerda? ¿O acaso ha bebido mucho y necesita que la castigue otra vez?

Agarro lo primero que pillo, que resulta ser una almohada, y se la lanzo. Él la atrapa por encima de su cabeza, concentrado todavía en el portátil, pero se le forma una media sonrisa, como si supiera exactamente qué teclas tocar.

Bueno, no es el único con sorpresas. Pero primero...

—Voy a quitarme el juguete.

—No.

—Ya es de noche. No pretenderás que lo lleve mientras duermo, ¿no?

—Lo que yo planee no es asunto tuyo. Lo único que tienes que hacer es mantener tu parte del trato. Ahora, sé una buena princesita y quédate en silencio mientras respondo a una llamada.

—¿Con quién? —me acerco a él despacio.

—Con el segundo al mando de los Luciano y dos de sus capos. Quiere hablar de negocios con Adrian y conmigo.

—Entiendo que tu visita a Lazlo ha ido bien.

—Excelente, en realidad. Le gusta que haya ido en persona, y como ya adora a Adrian, era de esperar. —Por fin levanta la cabeza y me mira a los ojos—. ¿Te das cuenta ahora de cómo habrías estropeado todo si hubieras venido conmigo?

Aprieto los labios, pero no es solo por lo de Lazlo. Es que no puedo dejar de mirar la cara de Kyle: sus ojos brillantes y sus labios sensuales, sus rasgos afilados y la forma en la que un mechón rebelde le cae caprichosamente sobre la sien.

Y ahora me lo estoy comiendo con los ojos. «Deja de comértelo con los ojos».

—Me quedaré a escuchar —suelto, para distraerme a mí misma.

—¿Por qué?

—Porque esto es asunto de la Bratva y quiero estar al tanto.

—Y no confías en que pueda hacerlo solo. —Su afirmación es extraña, casi como si estuviera anticipando cierto tipo de respuesta.

—Bien. Al menos eso lo sabes.

Vuelve a mirar al portátil, pero no niega ni confirma la petición. Después de un momento, dice:

—Si los italianos te escuchan, el acuerdo quedará anulado. No podrán confiar en nosotros ¿Lo entiendes?

El tono de su voz me fastidia. Es mecánico, casi como si me estuviera despachando o apartando de él.

Odio el dolor que me explota en el pecho.

—Está bien.

Kyle no tiene ni idea de lo que le espera en esta conferencia. Me acerco al armario y me pongo un camisón corto rojo oscuro que Ana me compró como regalo de boda.

El encaje que me cubre los pechos es transparente, así que, si alguien se acerca lo suficiente puede verme los pezones. La suave seda cae con delicadeza sobre mi cuerpo, pero apenas me cubre el culo.

Me sitúo delante del espejo y pienso en lo que voy a hacer. Esto parece lo último que me pondría en la vida. Además, la seducción es mi punto débil absoluto. No solo nunca lo he intentado, sino que también me pone en una posición vulnerable.

Al mismo tiempo, sé que si no lo intento, no tendré la oportunidad de recuperar el poder que me arrebataron.

Inclino la cabeza a un lado y paso la yema de los dedos por el chupetón malva que tengo en la base del cuello. Siento un pinchazo de incomodidad cuando lo toco. Hago una mueca de dolor, aunque al mismo tiempo aprieto los muslos.

—Puedes hacerlo —me susurro a mí misma, luego me doy la vuelta y salgo del vestidor con una seguridad que no siento.

Recuerdo cómo camina Reina cuando quiere llamar la atención de Asher; tampoco tiene que esforzarse mucho, ya que siempre tiene todo su interés. Muevo ligeramente las caderas mientras me coloco delante de la puerta.

—Nuestros hombres estarán posicionados cerca del club en el centro de la ciudad —dice alguien con acento italiano.

—Ofreceremos apoyo limitado en ese aspecto, pero el número de soldados es negociable. —La voz de Adrian.

—Puedo conseguir información para esta semana. —Kyle sigue escribiendo a toda velocidad en su portátil, claramente haciendo varias tareas a la vez mientras atiende a la llamada—. ¿Cuáles son nuestras principales preocupaciones?

Intento pensar en la mejor forma de llamar su atención sin aclararme la garganta ni hacer ruido. Justo cuando voy a dejar caer algo de mi tocador, Kyle levanta la cabeza como si supiera que había estado allí todo el tiempo.

Nuestras miradas se cruzan y, por un segundo, creo que es capaz de ver a través de mí. Quizás me ignore por completo, haciendo que mi misión fracase antes incluso de haber empezado.

Pero entonces, sus manos dejan de escribir en el teclado y separa los labios. Solo es un poco, pero es toda la reacción que necesitaba para caminar hacia él a paso lento y, con suerte, seductor.

Sigue pendiente de mí mientras los italianos hablan sobre algunos problemas de seguridad en uno de sus clubes. Kyle sigue cada uno de mis movimientos como si estuviera esperando que meta la mano por debajo de mi camisón, saque un arma y le dispare en el corazón.

Si hubiera podido, lo habría hecho hace siete años cuando me dejó sin mirar atrás.

Niego para mis adentro. Esto no se trata del pasado. Se trata del presente y del poder que me corresponde.

Cuando me detengo frente a él, la mirada de Kyle se enciende mientras me recorre de arriba abajo, deteniéndose para prestar especial atención a la transparencia de mis pechos.

Mis pezones se endurecen contra el encaje bajo el peso de su mirada, y tengo que usar todo mi autocontrol para no cruzar los brazos sobre el pecho.

Cuando por fin vuelve a mirarme a la cara, me lanza una mirada inquisitiva con la que pregunta en silencio: «¿Qué estás haciendo?».

Antes de que los nervios puedan conmigo, me pongo de rodillas delante de él.

Es hora de recuperar mi poder.

19

KYLE

Rai se agacha hasta acabar de rodillas entre mis piernas abiertas.

Apenas presto atención a lo que los italianos hablan con Adrian. En lo único en lo que me puedo centrar es en la mujer que tengo delante con nada más que un provocativo camisón transparente.

Deslizo la mirada de nuevo hacia los pezones rosados que sobresalen por la tela roja. Se me hace la boca agua como un puto adolescente salido. Todos mis impulsos culminan en la necesidad de meterme esos pezones en la boca, succionarlos y morderlos hasta escuchar ese sonido sobresaltado y necesitado que ella hace.

La cadena de pensamientos se ve interrumpida cuando me agarra del cinturón con manos seguras, aunque ligeramente temblorosas.

Debería detenerla, coger el portátil y salir al balcón. O mejor aún: podría encender el juguete y torturarla un poco para mi propio deleite, pero me quedo paralizado en el sitio. Mis extremidades no se mueven por mucho que se lo ordene.

En el fondo, una parte de mí quiere ver lo lejos que llegará con esto y adónde quiere ir exactamente. Rai nunca inició nada entre los dos, ya fuera sexual o no. Puede que aparente ser más fuerte que el resto y un alma rebelde, pero es tradicional al estilo ruso, tal y como la educó Nikolai.

Por lo que será todavía más divertido descubrir de lo que es realmente capaz.

Me desabrocha el cinturón más rápido de lo que esperaba y luego procede a abrir el botón y bajar la cremallera. Frunce el ceño, concentrada, mientras se dispone a cumplir su misión.

—Kyle podrá conseguir la información lo antes posible. —Escuchar a Adrian decir mi nombre me hace perder la concentración por un momento.

—Sí —digo con voz sorprendentemente calmada, teniendo en cuenta que se me está poniendo dura más rápido que a un adolescente en su primera vez—. Solo necesito descripciones detalladas de los lugares que tenéis en mente.

Contengo un gemido cuando Rai me saca la polla de los bóxers con esas manos pequeñas. Toda la sangre me baja a la entrepierna y mis pensamientos se desvanecen en el aire. Por suerte no es una videoconferencia, o todo el mundo podría ver cómo me invade la lujuria.

Rai me dedica una sonrisa tímida mientras se acerca gateando sobre las rodillas y luego se pasa la lengua por el labio inferior de forma sugerente. «Me cago en la puta». ¿Quién hubiera dicho que la estirada de Rai podía ser así? ¿O que se arrodillaría por voluntad propia ante mí?

Me da un largo lametón, deslizando la lengua desde la base de mi polla hasta la punta.

Esta vez silencio la llamada en el portátil y dejo escapar un gruñido. Vuelve a hacerlo, y yo le agarro la nuca, enredando los dedos en su cabello.

—¿Vas a seguir manoseándome durante mucho tiempo, princesa?

Ella gime y sigue lamiendo despacio, sin prisa.

—Mmmm.

—Si no haces algo en los siguientes dos segundos, voy a usar esa boca.

—¿Kyle?

En cuanto escucho mi nombre salir del portátil, enciendo el micrófono. Ella sonríe contra mi piel, lamiendo arriba y abajo como si fuera una puta piruleta. Con los dedos me acaricia las pelotas con una delicadeza que sigue el ritmo de sus labios y su lengua.

—Tomaré las medidas necesarias —logro decir, aunque no tengo ni puta idea de lo que acabo de aceptar.

Puede que Rai sea la que está de rodillas entre mis piernas, pero me tiene agarrado por las pelotas, literal y figuradamente.

Se la mete en la boca solo por un segundo antes de soltarme con un *pop*, luego vuelve a lamerme y sigue con sus malditos jueguecitos.

—Necesitamos guardias frente al club del centro las veinticuatro horas del día —dice uno de los italianos. Si alguien me apuntara con una pistola a la cabeza y me hiciera adivinar con cuál de los tres estamos hablando, no sería capaz de identificarlo ni por asomo.

—Reunir a todos los nuestros en un solo lugar levantará sospechas —respondo, y luego me silencio mientras deslizo los dedos lentamente por el cabello de Rai y le quito las horquillas que lo mantienen recogido en un moño.

Unos mechones rubios y brillantes le caen en cascada sobre los hombros, pero ella no se detiene.

—Me estás aburriendo. —Finjo un bostezo—. Si no sabes estar a la altura, no te pongas de rodillas.

Sus ojos se iluminan con una chispa que normalmente significa que está dispuesta a afrontar el reto y que no parará hasta ganar.

Me lleva hasta el fondo de su garganta, y aunque soy demasiado grande para esa boca tan pequeña, se esfuerza con diligencia por metérsela todo lo posible. Menos mal que existe la opción de silenciar, porque si no los hombres que están al otro lado escucharían mi gemido al mismo tiempo que el suyo.

—Jodeeer. —Dejo caer la cabeza hacia atrás en el sofá y ella me chupa enérgicamente, aunque no tan ruidosamente ni con la misma energía curiosa que desprendía cuando entró por primera vez en la habitación.

Me hierve la sangre al pensar que se lo ha hecho a otros hombres antes que a mí. Estos labios me pertenecen a mí. Rai me pertenece a mí, y cualquiera que se atreva a cuestionarlo morirá de un tiro en la cabeza mientras duerme.

Será el asesinato más sencillo que tenga que llevar a cabo jamás.

La miro, todavía agarrándole el pelo, mientras sube y baja la cabeza. El ritmo no es tan rápido como me gustaría, pero su expresión decidida y sus movimientos persistentes lo compensan.

—¿A qué hora puedes ir al club, Kyle? —me pregunta Adrian.

Activo el micrófono, pero mantengo el dedo en el botón mientras me las apaño para responder:

—A las nueve de la mañana.

Vuelvo a silenciarme, pero Rai me suelta la polla con un *pop*, se lame el labio inferior y luego se pasa la lengua por el superior.

—¿Ya has terminado con tu juego? —Suspiro.

—No. —Desliza la mano arriba y abajo por mi miembro—. Quiero que me folles la boca.

Me cago en la hostia puta.

Casi me corro en ese mismo instante, pero mi polla no puede rechazar la invitación. No le doy tiempo a que cambie de opinión, porque le agarro el pelo con el puño cerrado y le meto la polla hasta el fondo de la garganta.

Los ojos se le llenan de lágrimas, lo que significa que se le ha activado el reflejo de arcada, pero no intenta apartarme, aunque sería lo más natural.

Así que la mantengo ahí, robándole el aliento y apoderándome de su maldito carácter, que es mucho más fuerte de lo que pensaba.

Se le enrojece la cara y las lágrimas le corren por las mejillas, pero no hace el intento de romper el contacto visual. Se aferra con los dedos a mis muslos, más para mantener el equilibrio que para otra cosa.

Salgo de ella y jadea, con saliva corriéndole por la barbilla y los labios temblorosos.

—¿A cuántos guardias traerás, Kyle? —pregunta Adrian.

Le paso la polla por los labios, llenándoselos de líquido preseminal.

—Abre.

Ella obedece, formando una O con los labios para que se la meta a pesar de estar fulminándome con la mirada.

Saber que tengo a esta mujer explosiva de rodillas frente a mí, dejando que le folle la boca, hace que se me ponga todavía más dura, lo cual debería ser imposible teniendo en cuenta que ya estaba a punto de correrme sobre esos pezones rosados que se le transparentan.

—Diez como mucho —consigo decir en un tono medio normal antes de volver a silenciarme y embestir hasta llegar al fondo de su garganta.

Rai gimotea, me clava las uñas en los muslos con tanta fuerza que casi atraviesan la tela y la piel. La mantengo en el sitio agarrada por el pelo y entro y salgo de su boca con fuerza. Dejo la polla en el fondo durante un rato y la agarro fuerte del pelo para que no se mueva. Cada vez que lo hago, le caen nuevas lágrimas por las mejillas y la saliva mancha su piel translúcida.

Pero no me detengo. Lo hago una y otra vez, ofreciéndole el castigo por el que prácticamente me rogó anoche.

Al contrario de lo que probablemente pensaba, no me corro rápido. Me contengo, y le follo la boca a conciencia, para que cuando vuelva a ponerse de rodillas, solo piense en este momento en el que me mira como si su vida estuviera en mis manos.

Que bien podría ser el caso.

La mantengo en el sitio cuando el éxtasis me golpea, tensándome las pelotas y los músculos de la espalda. Lo derramo todo sobre su lengua y sus labios.

—Traga. —Saco la polla y le agarro la barbilla con el dedo índice, luego le cierro la boca—. No desperdicies ni una gota.

Hace lo que le digo y traga, pero no aparta los ojos de los míos. La maldita terquedad de esta mujer no conoce límites. Sigue arrodillada delante de mí, con el pelo revuelto, con lágrimas, babas y una mancha de semen en la cara, pero me mira como si fuera ella quien me hubiera puesto de rodillas a mí.

Que bien podría ser el caso.

Puede que haya ganado esta batalla, pero nunca ganará la guerra.

Uno de los italianos vuelve a dirigirse a mí. Le suelto el pelo y activo el micrófono de mi ordenador mientras me la guardo en los pantalones.

Rai se pone en pie y levanta el mentón en mi dirección antes de dirigirse al baño.

Sigo observando cómo se aleja y cómo el camisón se amolda a su culo, dejando ver la línea de sus bragas negras con cada balanceo de sus caderas.

Mi polla vuelve a cobrar vida y empieza a endurecerse contra la tela de los calzoncillos. «Joder». Ya está dominada por ella en un abrir y cerrar de ojos.

Continúo con la videoconferencia, sin prestar mucha atención cuando Rai se va directa a la cama después de asearse en el baño. No mira en mi dirección ni intenta decir nada.

Cuando termino, lo único que tengo en mente es unirme a ella.

Me quito los pantalones y la camisa hasta quedarme en calzoncillos y me deslizo detrás de ella.

Su respiración es constante y tiene los ojos cerrados.

¿Por qué se ha quedado dormida tan rápido? Ni siquiera me ha pedido que le quite el juguete.

Aparto las sábanas y meto la mano entre los dos, le subo el camisón hasta la cintura y le bajo las bragas. Me distraigo momentáneamente con sus preciosas nalgas y le agarro una con la mano. Ella gime y hunde la cabeza en la almohada.

—Este culo será mío —murmuro a su figura dormida—. Pronto.

Volviendo a mi tarea, le separo las piernas despacio y saco el juguete. Aunque me encanta tenerla dominada, no es higiénico dejárselo todo el día y toda la noche.

Ella vuelve a gemir, esta vez se acaricia los pezones con los dedos sobre la tela transparente a un ritmo suave. Y ahora estoy empalmado.

«Joder».

Tampoco puedo hacer nada al respecto estando ella profundamente dormida. Lanzo el juguete sobre la alfombra y trato de rodearla con los brazos. Sé que solo va a empeorar lo que tengo entre las piernas, pero es un detalle con el que puedo vivir.

Rai se gira hasta que queda con la cabeza apoyada en mi bíceps y la mano sobre mi brazo. Me tomo un momento para estudiar sus rasgos tranquilos. Su cabello cae sobre mi piel y sus labios se entreabren ligeramente. Se ve muy distinta cuando duerme, incluso angelical.

Ojalá fuera tan dócil cuando está despierta. Pero ¿a quién quiero engañar? Esta es la versión de ella que siempre me ha cautivado. No cambiaría nada de su personalidad, aunque a veces pueda ser exasperante.

La acerco a mí de forma que nuestras cabezas queden una frente a la otra.

Dejar atrás a esta mujer será probablemente la parte más difícil de mi misión cuando todo acabe.

20

RAI

Me pongo uno de mis pendientes de perlas e inclino la cabeza para poder sostener el teléfono sobre el hombro.

Ruslan me informa sobre las medidas de seguridad que hemos tardado dos semanas en preparar para el almuerzo de hoy. Llamé a la esposa de Lazlo, a su hermana y a las mujeres de otros líderes de la mafia italiana para que se unieran.

Incluso a Sergei e Igor les pareció que era un buen plan. Kyle no mencionó que lo había planeado él y me dejó llevarme todo el mérito, aunque no es que lo necesitara. Aun así, como alguien cuyas ideas siempre se atribuyen a otros, ya sea de forma intencionada o no, me gustó que esta vez me dejara llevar la iniciativa.

Incluso Katia dijo que tal vez lo hiciera adrede.

¿Quién sabe? Lo único que tengo claro es que nada va a arruinar este día.

—Prepara el coche —digo cuando Ruslan termina—. Anastasia y yo bajaremos dentro de poco.

Siento los músculos tensos a pesar de la larga carrera que hice esta mañana con Ruslan y con Katia. A menudo entrenamos juntos para mantenernos en forma, pero últimamente ni siquiera el ejercicio físico me funciona.

Después de colgar, termino de ponerme el otro pendiente. Mis movimientos se ralentizan cuando veo el reflejo de Kyle en el espejo. Está justo detrás de mí, con el pecho separado de mi espalda por apenas un suspiro.

Es la enésima vez que consigue pillarme por sorpresa, y solo le veo cuando él quiere que le vea. ¿Qué otras sorpresas me tiene preparadas que solo ocurrirán si él lo permite?

Lleva una camisa azul claro y pantalones gris oscuro. Tiene el pelo peinado y huele a su gel de ducha habitual, solo que su aroma no tiene nada de habitual. Hay un almizcle masculino especial que solo puedo oler en él. O bien es único, o estoy tan acostumbrada a su presencia que reconozco su olor natural sin esfuerzo.

—¿No deberías estar abajo? —Finjo que me recoloco las perlas en el cuello.

—Prefiero llevar a mi hermosa mujer.

—Tengo a Ruslan.

—Insisto. —Me coloca ambas manos en los hombros y me quedo congelada cuando me pasa el pulgar por el nuevo chupetón que me ha dejado en el cuello.

Aunque está prácticamente cubierto de base, vuelvo a sentir un pinchazo cuando me toca que hace que me retuerza.

Desde que se corrió en mi garganta hace dos semanas, ha mejorado sus métodos de juego. Ahora, no tengo ni idea de cuándo diablos hará que el juguete se mueva dentro de mí.

Estoy todo el día en vilo, esperando la ya conocida vibración. La sensación de lo desconocido aumenta la expectación hasta que resulta casi… emocionante.

Emocionante… es una palabra muy poco común en mi vocabulario, pero si hubiera una definición para ella, sería Kyle sin duda.

Si el juguete se activa, prácticamente me corro en ese mismo instante. Si él está cerca o me llama solo para estimularme, el orgasmo suele ser inevitable y diez veces más intenso.

Nuestra dinámica es peculiar, a menudo chocamos en todo. Los dos seguimos luchando por el poder que nos dará rienda suelta para alcanzar nuestros objetivos. Yo, porque quiero proteger a mi familia y el legado que dejó *dedushka*.

Kyle, supongo que porque quiere ascender en la jerarquía de los *vory*. Y digo supongo porque nunca puedo estar segura sobre nada que le concierna. Sigue siendo un túnel oscuro y sin salida.

Abandona las reuniones cuando le da la gana, fingiendo que tiene que trabajar, pero luego se la pasa escribiendo en el móvil como si estuviera hablando con su amante o algo así. Intento no prestar atención a las formas sutiles que tiene de mostrarse de acuerdo con mis propuestas en las reuniones, incluso si van en contra de las sugerencias de Igor. Lo hace con humor y de forma discreta para no llamar la atención. Kyle es inteligente, y la manera en la que me ha estado ayudando a consolidar mi posición en la hermandad, sin hablar en mi nombre, me tiene desconcertada.

Cuando le pregunté por sus intenciones, me dijo que era porque somos marido y mujer. No me creo para nada sus palabras, pero tampoco consigo averiguar por qué demonios está haciendo todo esto.

Entonces, durante algunas noches, ha estado llegando tarde a casa, después de que yo me quede dormida. Solo lo noto cuando me abraza por la espalda y me retira el juguete.

Por las mañanas, me despierta clavándome los dientes en el cuello y metiéndome los dedos en lo más profundo de mí, y no me suelta hasta que llego al orgasmo entre gritos.

Odio lo natural que se ha vuelto esta rutina en dos semanas. Odio que, cuando ayer no se acostó conmigo, no dejé de dar vueltas en toda la noche. Los fantasmas del pasado se apiñaron a mi alrededor y no pude espantarlos por mucho que lo intentara. Y también odio que, cuando no me colocó el juguete esta mañana, sentía que me faltaba algo.

—¿No vas a preguntarme dónde estaba? —Sigue acariciándome el cuello.

Levanto el frasco de perfume, aunque ya me he echado.

—No me importa.

—¿Me estás diciendo que no me echaste de menos anoche ni esta mañana?

Me froto un poco de perfume en la muñeca.

—Para nada.

—¿Ni siquiera un poco?

Me tiemblan los labios, pero musito:

—No.

—Apuesto a que tu cuerpo me echaba de menos. —Me envuelve el cuello con los dedos desde atrás, mientras su otra mano desciende por mi espalda antes de agarrarme una nalga con la palma firme—. Apuesto a que si comprobara cómo tienes el coño, me diría la verdad.

Un hormigueo brota desde el fondo de mi estómago y resisto el impulso de cerrar los ojos y entregarme a las sensaciones que desencadena en mi cuerpo. La forma en la que me agarra por la garganta, duro y sin piedad, me excita más que cualquier cosa.

Pero no voy a dejar que se salga con la suya de nuevo. Me dejó anoche, igual que hizo hace siete años. ¿Y esta vez? Esta vez me quedé mirando su número de teléfono, pero no pulsé el botón de llamar. Cuando le llamé en el pasado, lo único que escuchaba era el mismo mensaje una y otra vez, y ese mensaje me provoca putas pesadillas.

Así que, aunque mi cuerpo se rendiría de buena gana a su contacto, yo no lo haré. Él acabó con esa parte de mí.

Me alejo, obligándole a soltarme, y me doy la vuelta para mirarlo.

—No me importa dónde pasas tu tiempo ni con quién.

—No voy a marcharme —dice con tono calmado, tranquilizador, como si hubiera leído lo que estaba pensando.

Me tiembla la barbilla y me obligo a mantenerla quieta.

—No me importa si te vas.

—Y yo te digo que no voy a hacerlo. Puede que no quieras saber dónde estaba, pero voy a ser un marido modelo y a decírtelo de todas formas. Tuve una reunión con Nicolo Luciano en su club e insistió en que me uniera a él y a sus hermanos para tomar una copa en su casa.

—He dicho que me da igual.

—Antes de eso, fui a hacerme pruebas por ti y pedí a la clínica te enviara los resultados por correo electrónico —continúa, como si no hubiera dicho nada—. Si hubiera vuelto medio borracho, te habría follado, así que elegí dormir en la mansión de Luciano.

Finjo que sus palabras no significan nada mientras salgo de la habitación y bajo las escaleras. La puerta del comedor está cerrada, lo que significa que Sergei está teniendo otra reunión esta mañana.

Anastasia está sentada en un sofá de la entrada mientras Vlad habla con sus guardias. Lleva un vestido floral sofisticado. Tiene el pelo suelto y unos tacones recién estrenados.

En cuanto me ve, se levanta y gira sobre sí misma, sonriendo.

—¿Cómo estoy?

—Perfecta, como de costumbre. —La beso en la mejilla y dejo que tome mi brazo mientras hablo con Vlad—. Ya hemos repasado los procesos de seguridad con los guardias.

—No viene mal repetirlos. —Desliza la mirada hasta Anastasia, y luego de vuelta a mí—. ¿Queréis que vaya con vosotras?

—No hace falta. —Interviene la voz de Kyle desde atrás—. Yo acompañaré a las señoritas.

Es inútil discutírselo. Volverá a iniciar una guerra verbal con Vlad, y no tengo tiempo para eso. Así que simplemente asiento hacia el segundo al mando de Sergei para comunicarle que no tengo problema con ello y luego me dirijo hacia fuera.

Kyle me coloca una mano en la parte baja de la espalda. No me pasa desapercibido el gesto posesivo. Lo hace para que Vlad sepa que tiene que mantenerse alejado. Lo ha convertido en un hábito delante de él y de los demás líderes de la hermandad, especialmente de Damien.

Trato de zafarme del agarre de Kyle, pero solo consigo que me sujete más fuerte, provocando que me recorra un escalofrío por la columna.

Nos lleva en coche a Ana y a mí a la cafetería que hemos alquilado para el almuerzo. Está situada en un barrio tranquilo y lo bastante privado como para que Adrian accediera a enviar a su mujer.

Aun así los guardias, tanto nuestros como los de los italianos, llenan las calles próximas y la zona trasera de la cafetería. Hace tiempo que los irlandeses no se dejan ver, y eso no siempre es buena señal.

En todo caso, es posible que se hayan mantenido ocultos solo para prepararse para un ataque más grande.

Tan pronto como llegamos al edificio, salgo del coche antes de que Kyle lo aparque en condiciones. Anastasia me sigue, al igual que Kyle. Me doy la vuelta para ahuyentarlo.

—Esto es exclusivo para mujeres. Vete.

—Estoy seguro de que apreciarán mi compañía.

Justo cuando estoy a punto de contestar, un coche largo se detiene justo en frente de nosotros.

Uno de los italianos.

Un guardia se baja y abre la puerta trasera. Una morena menuda sale del vehículo con un sombrero enorme y unas gafas de sol con montura blanca.

Emilia Luciano, la hermana pequeña de Lazlo, criada por él mismo.

Una sonrisa se dibuja en sus labios pintados de rojo mientras corre hacia nosotros y se lanza a los brazos de Kyle y lo besa en la mejilla.

—Cuánto tiempo sin verte.

«¿Pero qué...?».

—No diría que hace tanto —dice Kyle, sin hacer el amago de separarse de ella.

—Tienes razón. Anoche no fue hace tanto, ¿por qué parece que sí? Anoche.

«¿Anoche, joder?».

Creía que estuvo con los hermanos, pero olvidó mencionarla a ella. Aprieto la mano en un puño alrededor de la tira de mi bolso, y reúno todas mis fuerzas para no cruzarles la cara a ambos.

¿Qué más me da? Lo de antes iba en serio: me importa una mierda dónde o con quién estaba.

Y, sin embargo, una sensación similar al ácido me derrite las entrañas al instante.

Es la humillación. Eso es. Esa es la única razón por la que siento que estoy a punto de explotar en este momento.

Dedushka me enseñó que mi honor y dignidad van antes que cualquier cosa, y que si alguien intenta mancillarlos, no debería permitirlo.

Por eso me interpongo entre ellos y le tiendo la mano a Emilia.

—Rai Sokolov, tu anfitriona de hoy.

Se separa de Kyle para responder a mi apretón de manos firme con uno débil.

—Emilia. Encantada de conocerte oficialmente. Mis hermanos hablan *muchísimo* de ti.

—El placer es todo mío. Me alegro de que me reputación me preceda.

—No siempre son buenas historias. —Trata de esconder la pulla tras una sonrisa.

—Incluso mejor. —Me engancho en el brazo de Kyle—. Veo que ya conoces a mi marido.

No siento la palabra extraña en la lengua. En todo caso, sale natural. «¿Qué coño?».

—Ah, sí. —Continúa con su falsa sonrisa—. Este de aquí es un tesoro.

Le devuelvo la sonrisa.

—Estoy casada con él, lo sé mejor que nadie. Te veo dentro.

Duda, como si no quisiera irse, pero entonces musita:

—Claro.

—Ana. —Sonrío a mi prima—. ¿Puedes indicarle el camino, por favor?

Ella capta la indirecta y camina junto a Emilia para asegurarse de que se va. La sigo con la mirada hasta que desaparece.

—No te creía capaz de sentir celos, princesa.

Es entonces cuando me voy cuenta de que le he estado clavando las uñas en el brazo a Kyle con todas mis fuerzas. Me suelto con un tirón y levanto la barbilla.

—No estaba celosa.

—¿Entonces cómo llamas a lo que acaba de pasar?

—Solo estaba protegiendo mi honor. Vuelve a faltarme el respeto y yo haré lo mismo contigo.

—¿Y cómo piensas hacer eso, si puede saberse?

—Ojo por ojo, Kyle. Sabes que creo en eso. Así que la próxima vez que dejes que una mujer te envuelva con sus brazos, ten claro que encontraré a un hombre al que abrazar. Fóllate a una mujer y yo me follaré a dos hombres… y también a una mujer, si estoy humor.

Me agarra por el cuello. El movimiento es tan rápido que jadeo y abro los ojos de par en par. Me empuja hacia atrás hasta que choco con un coche. Sus ojos, normalmente indiferentes, arden con una furia tan intensa que la siento directamente en mi garganta.

—Nunca, y me refiero a *jamás*, repitas eso. Eres mi mujer, recuerda cuál es tu puto sitio.

—Y tú eres mi marido —musito con los dientes apretados—. Recuerda cuál es tu puto sitio.

—No intentes jugar con fuego, Rai. En el momento en el que un hombre se atreva siquiera a mirarte, no digamos tocarte, le rajaré la puta garganta y observaré mientras la vida se le escapa de los ojos para que sepa, hasta el último segundo, que no debería haber tocado lo que es mío.

—Entonces trátame como tal. Soy tu mujer y, por lo tanto, tu igual, no una ciudadana de segunda con la que puedas hacer lo que te plazca. No me vengas con tus dobles raseros; no te gustará mi respuesta.

—Créeme, a ti tampoco te gustará mi reacción. Creo en la venganza, Rai.

—¿Por eso te follaste anoche a Emilia?

—No me he follado a Emilia.

—¿Pretendes que me lo crea?

—¿Celosa, señora Hunter?

—Solo te lo pregunto por si tengo que llamar a alguien. Kai o Damon estarían dispuestos.

Se le tensa la mandíbula.

—Rai...

—¿Qué? —suelto—. Tú lo has hecho *primero*.

—No me he follado a Emilia. ¿Por qué haría eso cuando te tengo a ti?

—Las palabras no te servirán de nada. Necesito pruebas.

—Mi palabra es la única prueba que necesitas. Tienes que empezar a creer en ella para que este matrimonio funcione.

—¿Quién te ha dicho que quiero que este matrimonio funcione?

—¿Entonces preferirías que nos destruyéramos el uno al otro?

—¿No lo estamos haciendo ya?

Seguimos mirándonos el uno al otro, con las miradas enfrentadas y los cuerpos tensos. No sé cuánto tiempo dura, pero en algún momento, su agarre en mi cuello se vuelve menos amenazante y más... sexual. No sé cuándo se produce el cambio ni si es solo cosa mía, pero siento un cosquilleo en la piel y también en los muslos.

Kyle baja la cabeza hasta que queda a unos centímetros de la mía y me susurra:

—Eres una puta cabezota.

—Ya lo sabías cuando te casaste conmigo —murmuro en respuesta, incapaz de desviar la atención de sus labios.

—Eso es cierto. Es solo que no sabía lo loco que me volvería.

—Puedes irte.

—Te he dicho que no voy a hacerlo.

El estómago me da vueltas, se mueve y se contrae como si lo atravesaran mariposas. No, no son mariposas. Es algo más potente.

Me inclino hacia él y Kyle hace lo mismo. Cuando nuestros labios están a punto de tocarse, el ruido de un coche nos devuelve al presente.

«Mierda». Se me ha olvidado por completo que estamos en público.

Por eso Kyle es peligroso para mí. Es capaz de arrastrarme a laberintos que él mismo crea, y algún día puede que no me permita salir.

La puerta trasera se abre y se baja una mujer menuda de rasgos suaves. Lleva el pelo oscuro recogido en una elegante coleta. Va vestida con un conjunto de chaqueta y falda beige de diseñador, y mantiene la mano en la que lleva el anillo de boda sobre la otra.

Lia Volkov, la mujer de Adrian.

Una sensación de alivio me invade al ver una cara conocida, todo lo conocida que puede llegar a ser. La última vez que la vi fue hace tres meses en el cumpleaños de Sergei. Adrian la mantiene escondida en exceso. Ni siquiera asistió a la boda. Sinceramente, la única razón por la que vino al cumpleaños de mi tío abuelo fue porque habría sido una falta de respeto que Adrian no la trajera.

—Tengo que irme —le susurro a Kyle—. Puedes marcharte.

Me roba un beso rápido de los labios antes de soltarme la garganta.

—Esta noche, señora Hunter.

No sé qué quiere decir con eso, pero no tengo tiempo de insistir porque se sube al coche.

Lo ignoro e intento controlar el calor de mis mejillas mientras me acerco a Lia. Ella me sonríe levemente, e incluso eso resulta triste. Por norma general siempre tiene una expresión lúgubre, como si estuviera constantemente triste o afligida, o ambas.

Dado que no acude a la mayoría de las fiestas, no le cae muy bien al resto de mujeres, y por lo tanto, soy básicamente lo más parecido a una amiga que tiene.

—Cuánto tiempo, Lia. —Le doy un beso en la mejilla.

Ella me devuelve el gesto.

—He estado un poco indispuesta, y ya sabes que Jeremy necesita mucha atención.

—Me lo puedo imaginar. ¿Todo bien con tu bebé?

Se le ilumina la expresión al mencionar a su hijo.

—Sí. Es muy inteligente.

—Como su padre.

—Algo así. —Su voz es apenas un suspiro mientras nos dirigimos al edificio. Hay algo extraño en su manera de andar que nunca había notado. Es mecánica, forzada incluso.

Cuando me pilla observándola, suelta de forma abrupta:

—Enhorabuena por tu boda. Siento no haber podido asistir.

—Mejor que no lo hicieras. No fue precisamente segura. ¿No te lo ha contado Adrian?

—Me imaginé que algo no iba bien —dice con la misma rigidez con la que camina.

Me detengo en la entrada para mirarla.

—¿Va todo bien, Lia?

—¿Cómo? —El pánico le inunda los ojos y la piel se le vuelve pálida—. ¿P-por qué?

Le toco el codo y da un respingo, así que dejo caer la mano.

—No tienes muy buen aspecto. ¿Prefieres irte?

—No. Adrian me ha dicho que tengo que estar aquí.

—¿Te ha obligado a venir? —digo casi a voces.

—Por favor, n-no grites, *por favor* —susurra con las manos temblando mientras mira alrededor—. No quería decir e-eso… Yo… ¿Puedes olvidar lo que ha pasado en los últimos minutos?

—Oye. —La tranquilizo—. No pasa nada. Si va algo mal, puedes decírmelo y te ayudaré, ¿de acuerdo?

Desplaza la mirada hacia detrás de nosotras, donde están apostados los guardias.

—Nadie dirá nada. Tengo un rango superior a todos los presentes, y lo que me cuentes será nuestro secreto. Te doy mi palabra. —Ella sigue pareciendo indecisa, así que le sonrío. —No tienes que decírmelo ahora mismo. Tómate tu tiempo para pensarlo.

Ella asiente con la cabeza una vez, y es entonces cuando noto un punto rojo en su frente: el punto láser de un francotirador.

Se me tensan los músculos, pero mantengo la calma y mi expresión permanece impasible.

—Lia, no te muevas.

—¿Por qué? —suena tan asustada como yo me siento.

La empujo hacia abajo y una bala atraviesa la puerta. Un cuerpo me embiste por la espalda y me tira al suelo.

21

RAI

Un enorme cuerpo me cubre por completo por detrás y, por un momento, estoy demasiado desorientada como para descifrar lo que acaba de pasar.

No escucho ni huelo nada. Veo borroso; es como despertar en una habitación blanca sin recordar nada de lo que ha pasado antes.

—Quédate agachada —me susurra una voz conocida al oído y, con ello, el resto de mis sentidos se activan.

Es como salir a la superficie después de estar sumergido y tomar la primera bocanada de aire. Mientras me arden los pulmones, me doy cuenta de que tampoco he estado respirando. Me zumban los oídos y se me pega la lengua al paladar.

La entrada de la cafetería, el cemento bajo nuestros cuerpos, el disparo en la puerta…

—Rai, ¿me oyes? ¿Estás bien?

—Estoy bien —digo por encima del pitido constante en mis oídos.

Trato de salir de debajo de él, pero Kyle me mantiene sujeta con una mano en mi nuca.

—No te muevas.

Su agarre es firme, impidiéndome que haga cualquier movimiento, lo cual no sería posible teniendo en cuenta que me está aplastando con su peso. Cada centímetro de mi cuerpo está cubierto por él.

Poco a poco me doy cuenta de lo que ha hecho.

Kyle se ha lanzado sobre mí. Ha utilizado su cuerpo como escudo para protegerme. Estaba dispuesto a recibir el disparo por mí.

Se me entrecorta la respiración y se vuelve cada vez más superficial. No tiene sentido que haya llevado a cabo un acto tan heroico, algo que solo esperaría de Katia y de Ruslan.

A él no le importo. Se marchó hace siete años.

Intento grabar esas palabras en mi memoria, porque si no lo hago… Entonces estoy jodida.

—¿Se ha ido el francotirador? —pregunto en voz baja.

—Puede ser. Iré a comprobar.

—¿Por qué vas a hacer eso? Enviaré a los guardias.

—¿Y armar un alboroto en este almuerzo que tan cuidadosamente has planeado? Ninguno de los guardias vio la bala o el punto rojo. Si te aseguras de que Lia no va a hablar, nos ahorraremos un lío diplomático con los italianos. Si se enteran de que hay un francotirador suelto, te acusarán de haber traído a sus mujeres a que las maten.

Sus palabras atraviesan los límites de mis oídos y la realidad me golpea con fuerza.

Mi mejor opción es mantener la calma.

Dirijo la mirada hacia Lia, que está agachada junto a la puerta del restaurante, con las palmas de las manos cubriéndole los oídos y los ojos cerrados con fuerza, mientras mueve los labios emitiendo murmullos inaudibles.

¿Acaso tiene… estrés postraumático? No tiene sentido que la mujer de Adrian tenga estrés postraumático. Lleva casada con él más de cinco años, y ya sabe cómo funcionan las cosas en la hermandad. No somos un grupo agradable, en absoluto, y nuestro estilo de vida es muy peligroso.

Incluso las mujeres *vory* más sofisticadas, como la esposa de Mikhail o Anastasia, pueden temblar de miedo, pero no se ponen a llorar ni sufren episodios de estrés. Crecimos entre el sonido de las balas.

Lia debería ser igual. Estuvo presente durante el intento de asesinato de Adrian en el cumpleaños de Mikhail. Incluso ayudó a Stella, la esposa de Igor, a reunir a las mujeres en el sótano mientras yo seguía a Adrian y Damien para atrapar al que había intentado asesinarlo.

Lo encontramos con un tiro en la nuca. Vlad y Adrian hicieron mil comprobaciones de antecedentes con la foto del tipo, pero no sacaron nada en claro.

A día de hoy, seguimos sin saber quién intentó asesinar a Adrian ni quién mató al asesino.

La cosa es que Lia mantuvo la calma durante aquello. No tiene sentido que ahora esté sufriendo un episodio.

—Contaré hasta tres e irás hasta donde está ella, ¿de acuerdo? —dice Kyle pegado a mi oído, provocando un escalofrío en mi espalda.

—Lleva refuerzos —digo.

—¿Preocupada por mí, princesa?

—Ya te gustaría. —Mi murmullo no suena creíble ni en mis oídos.

—Voy sin refuerzos. Ya sabes que trabajo mejor solo. Ahora: uno, dos... —Levanta su cuerpo del mío haciendo una flexión—. Tres.

Se levanta del todo y yo también lo hago, corriendo hacia donde se encuentra Lia, agachada. Me doy la vuelta para insistirle en que lleve refuerzos, pero no queda ni rastro de él.

Ese hombre tan impulsivo va a acabar conmigo.

Imito la posición de Lia y le toco la mano con cuidado. La tiene sudada y fría.

—Eh... Lia... ¿me escuchas?

Al principio no da ninguna señal de que lo haga, pero entonces, lentamente, abre los ojos entre parpadeos y dirige su mirada hacia mí, cubierta por las lágrimas.

—Oye, no pasa nada. —La agarro del brazo y poco a poco la levanto—. Estás bien.

—L-lo siento... No pretendía...

—No tienes que pedir perdón por algo que no puedes controlar, Lia.

—P-por favor, no se lo cuentes a Adrian. —Usa las dos manos para aferrarse a la mía—. *Por favor*.

—No lo haré por el momento, pero se acabará enterando. Nos han atacado, Lia. —O tal vez el objetivo era solo ella. Después de todo, el punto rojo estaba sobre su frente, no sobre la mía ni sobre la de nadie más.

Meto la mano en mi bolso y le ofrezco un pañuelo.

—Venga, límpiate la cara y vamos dentro, ¿vale?

Ella obedece, pero su expresión se mantiene entre el horror y la conmoción.

Me sacudo el polvo del vestido, me limpio con un pañuelo, y luego entro en la cafetería con la cabeza bien alta. No importa que todavía me tiemblen un poco las piernas o que mi mente siga fuera, donde Kyle salió corriendo hacia vete a saber dónde.

Este almuerzo es mi forma de tener un papel dentro de la hermandad, y nada va a arruinarlo. Le mando un mensaje a Katia y a Ruslan para que sigan a Kyle y espero que con eso sea suficiente.

En el interior, las mujeres ignoran por completo el espectáculo digno de espías que acaba de tener lugar fuera. Gracias a Dios.

La decoración es acogedora, con múltiples luces suaves que cuelgan del techo. Hice que mis guardias reorganizaran los asientos para crear una zona de reunión en lugar de mesas separadas e impersonales.

Todas están sentadas en los sofás, cada una con una copa en la mano. Las mujeres que han asistido de nuestra parte son Anastasia, Lia y Stella, la esposa de Igor. Por supuesto, la mujer de Mikhail no se ha unido porque su marido es un cabrón. En cuanto se enteró de que había organizado esta reunión, dijo que ella se encontraba «indispuesta», y entonces Damien se rio entre dientes y me susurró que él enviaría a su esposa si tuviera una.

Por parte de los italianos están Sofia, la esposa de Lazlo, Emilia, a quien tuve el disgusto de conocer fuera, la prometida del segundo al mando y unas cuantas caras nuevas que estoy segura de que son amigas de Emilia o hijas de líderes.

La reunión va bien, en general. Lia se pasa todo el tiempo pálida y temblando, mientras que Emilia sigue tratándome de forma pasivo-agresiva, aprovechando cualquier oportunidad para lanzarme dardos, como preguntarle a Stella si soy una buena nuera.

Stella, tan amable como siempre, me frota el brazo.

—Desempeña un papel muy importante para todos nosotros. Hacer de nuera es el menor de sus problemas.

Emilia resopla, obviamente no se esperaba esa respuesta.

—Gracias —le susurro a Stella.

Ella sonríe.

—Nos respaldamos unos a otros

Y dicho eso, se disculpa para ir a ver cómo va la cocina. No sé si eso significa su aprobación o qué, pero Stella e Igor siempre han sido un misterio. Se guardan lo que piensan para sí mismos, así que nunca estoy segura de si todo es una fachada o si son sinceros.

A diferencia de Emilia, parece que le caigo bien a Sofia, ya que soy con quien más habla de todas las mujeres presentes. Anastasia es tan adorable y encantadora como siempre, la coanfritiona perfecta. Nadie podría odiar a esa alma inocente y complaciente. Es demasiado buena para este mundo. Siempre que tengo la oportunidad, reviso los mensajes en el grupo que tengo con mis guardias.

Katia: Sin rastro de Kyle.

Ruslan: Por aquí igual.

Katia: Ni siquiera su guardia sabe dónde ha ido.

Ruslan: Ese crío de pelo teñido no sirve para nada.

Maldigo para mis adentros, luego sonrío cuando Sofia me habla de sus hijos mayores y la vida de casada.

En general, dentro de la mafia se respeta más a los hombres y mujeres casados. No todo el mundo es capaz de formar una familia.

Rai: ¿Dónde estás? Escríbeme cuando puedas.

Como no espero una respuesta inmediata, me guardo el teléfono y escucho a Sofia. Es mayor que yo, tiene unos cincuenta años, pero sigue mostrando serenidad al hablar. Formar parte de la mafia desde una edad temprana hace que las chicas se conviertan en mujeres como Sofia: mujeres que conocen sus obligaciones y no se desvían de ellas.

—Ahora que estás casada puedes formar tu propia familia, Rai —me dice con toda la calma del mundo.

—Todavía no estamos en esa fase. —«Y no lo estaremos nunca». Ni de coña formaría una familia con alguien tan impredecible como Kyle, alguien de quien no conozco nada de su pasado y cuyo futuro no puedo predecir.

—¿Por qué no? —Emilia se desliza junto a su cuñada, sorbiendo un batido—. ¿Problemas en el paraíso?

«Ya te gustaría, zorra». En lugar de decirle eso, elijo el camino diplomático.

—Simplemente queremos pasar más tiempo juntos antes de que lleguen los niños.

Odio que, al decirlo, la mentira no se sienta como una.

—Oh —Emilia hace un mohín—. Y yo aquí pensando que ibais a dejarlo.

La fulmino con la mirada.

—No va a ocurrir.

—Lo entiendo. Es un hombre que cautiva con ese acento que tiene.

—Emilia —Sofia le regaña suavemente.

Por fin Emilia lo deja estar y se dirige hacia las otras mujeres italianas que han venido.

Sofia se disculpa por ella y yo finjo que no me importa, aunque por dentro estoy maquinando la mejor forma de envenenarle el batido a Emilia.

Después de hacer planes poco concretos para volver a reunirnos, todas se marchan, escoltadas por sus guardias.

Me aseguro de que Lia esté en su coche antes de ir a por Anastasia y caminar hacia donde Ruslan y Katia nos esperan frente a mi coche.

—¿Alguna señal de Kyle? —pregunto, comprobando de nuevo mi teléfono. No hay respuesta.

Ruslan sacude una vez la cabeza, con el ceño fruncido.

—¿Y su guardia? ¿Cómo se llamaba?

—Peter —dice Katia.

—Eso, Peter. ¿Dónde está?

Ella levanta un hombro.

—Dijo que seguiría buscando, pero no creo que ese crío encuentre nada útil.

A estas alturas, parece que Kyle se ha esfumado.

—¿Por qué? ¿Qué ha pasado con Kyle? —Ana nos mira a todos, desconcertada.

—Entra, Ana. —La guío con una mano en la parte alta de la espalda. Me siguen temblando las extremidades desde que me dejó antes.

Para cuando llegamos a casa, estoy a punto de estallar. Me obligo a entrar en la oficina de Sergei, la que antes era de *dedushka*.

Normalmente evito este lugar porque los recuerdos de mi abuelo me golpean de lleno. El escritorio de madera pulida y la ordenada biblioteca llena de libros rusos tienen el toque inconfundible de Nikolai Sokolov. Le encantaba enseñarme aquí, sentarme en su regazo para leerme un libro o simplemente ocuparse de sus asuntos mientras yo leía en un rincón.

Ahora, sin embargo, me siento entumecida, como si el mundo estuviera perdiendo el color y no puedo hacer nada para evitarlo. Encuentro a Sergei con Vlad revisando papeleo. Me quedo de pie mientras les informo sobre el ataque. Me sorprende que mi voz salga tan tranquila mientras relato los hechos.

Sergei se pone de pie y se acerca a mí despacio, antes de tomar mi mano entre las suyas arrugadas.

—Kyle estará bien. Él sabe moverse por aquí.

—¿Por qué haces que suene como si estuviera preocupada por él? No lo estoy.

Vlad me lanza una mirada extraña, pero no dice nada. Les dejo y me dirijo a mi habitación. Para demostrar que no estoy preocupada, dejo de comprobar el teléfono, me doy una ducha y me voy a dormir.

O lo intento, al menos.

A los diez minutos estoy de pie, comprobando una y otra vez los mensajes. No hay respuesta. Leo los correos y encuentro las pruebas de la clínica, que confirman que está limpio. La fecha en la parte superior indica que se las hizo tarde anoche en una sala de emergencias. Me pregunto cómo narices lo convirtió en una emergencia y cómo consiguió los resultados tan rápido. Aunque si hay alguien capaz de conseguirlo, ese es Kyle. Me apuesto lo que sea que coqueteó con una enfermera y amenazó a un médico. El capullo.

Me acerco al balcón y lo llamo. Me recibe el mensaje estándar de que no está disponible.

«Igual que hace siete años».

El mismo mensaje. Las mismas circunstancias.

Se me inundan los ojos de lágrimas. Mamá solía decirnos a Reina y a mí que las lágrimas son una debilidad, que no deberían estar en nuestros preciosos ojos, y aun así, no podría frenarlas aunque quisiera.

Estoy a punto de volver a llamarle cuando su aroma me envuelve, seguido de su voz sensual:

—¿Me has echado de menos esta vez, princesa?

22

RAI

Se me ralentiza la respiración mientras me doy la vuelta.

Kyle está aquí.

Ha... vuelto.

Levanto la mirada hacia él, hacia su pelo peinado hacia atrás, hacia su camisa que sigue meticulosamente metida en los pantalones, tal y como estaba cuando se marchó antes.

No hay ninguna herida visible en su cuerpo, ni moratones, ni siquiera suciedad. Parece tan impecable como siempre.

«Ha vuelto».

Esas palabras se extienden por mi cuerpo como un incendio, violento y potente. No es como hace siete años cuando lo último que escuché de él fueron aquellos mensajes impersonales.

Frunce el ceño mientras desliza el pulgar por debajo de mi ojo, secando las lágrimas.

—Oye... ¿qué pasa?

A pesar de mi necesidad por detener las lágrimas, la debilidad, no tengo fuerzas para hacerlo. Están atrapadas en mis párpados como un recordatorio de aquel día... El día que me quedé completamente sola en esta habitación, cuando nunca apareció. Nunca se acercó sigilosamente por la espalda ni preguntó si le echaba de menos.

—Te marchaste —murmuro.

—Ya lo sabías. —Sigue secándome las lágrimas como si, al igual que yo, no le gustara el significado que hay detrás de ellas ni el hecho de que no encuentre la voluntad para detenerlas—. Rastreé al francotirador, pero desapareció sin dejar rastro. Iba por delante de mí y por eso consiguió escapar.

—Te marchaste. Joder, te marchaste, Kyle.

Debe darse cuenta de que no estoy hablando del presente porque se detiene en mi mejilla durante una fracción de segundo antes de continuar acariciándome la piel de esa zona.

—Nunca te olvidarás de eso, ¿verdad?

Niego con la cabeza una vez.

—¿Ni siquiera aunque esté aquí contigo? —Sonríe débilmente—. ¿Ni siquiera cuando me echas de menos? Y antes de que me digas que no es así, el hecho de que me esperes demuestra lo contrario...

Se calla cuando me pongo de puntillas y capturo sus labios con los míos. Mi beso es inseguro, y el rugido de mi pulso lo vuelve un poco tembloroso.

Kyle permanece inmóvil durante un segundo, con los ojos ligeramente abiertos.

Esa es toda la vacilación que demuestra.

Me rodea la nuca con la mano mientras profundiza el beso, empujando su lengua contra la mía. No se parece en nada a la inocencia con la que lo empecé. Puede que Kyle esté besando mi boca, pero su dominio sobre mí traspasa los límites de mis labios y mi lengua hasta invadir todo mi cuerpo.

Es posesivo, brusco y sin remordimientos, como todo lo relacionado con él. Es un choque de lenguas y dientes, como si nuestra lucha por el poder se derramara en nuestro beso con venganza.

Con una mano aún me sujeta el cuello y la otra me la clava en la cadera mientras me empuja hasta que mi espalda choca contra la pared. No es nada delicado; su verdadera naturaleza queda al descubierto con la forma salvaje en la que trata mi cuerpo.

Una forma deliciosa y brutal.

En lugar de luchar contra él como haría normalmente, escojo una ruta completamente diferente. Me ahogo en él, en su verdadera naturaleza, en su aroma que se ha convertido en el pilar al que quiero aferrarme y no soltar nunca. Tal vez sea porque llevo mucho tiempo esperando esto. Tal vez sea porque siempre he fantaseado con que Kyle perdiera todo el control conmigo.

Tal vez sea por ambas cosas.

Kyle enreda los dedos en mi cabello y, con destreza, suelta la goma elástica, dejando que los mechones rubios caigan sobre mis hombros.

Justo cuando estoy concentrada en eso, tira hacia abajo los finos tirantes de mi camisón. Las frágiles tiras se rompen con el movimiento brusco y este cae sobre mis pechos hasta el suelo.

Grito contra su boca, pero se convierte en un gemido cuando abandona mis labios y va dejándome besos hábiles por mi cuello, mordisqueando y succionando la piel, sin duda dejando chupetones. Le gusta marcar mi cuerpo de las formas más brutales posibles y, en cierto modo, es nuestro punto de conexión. Desde que empezó con esta costumbre, no ha habido un solo día en el que no me haya parado frente al espejo del baño y me haya pasado los dedos por las marcas que me ha dejado.

La lengua de Kyle traza círculos alrededor de mi pezón erecto antes de clavar los dientes en él. Es tan fuerte que una oleada de placer recorre mi entrepierna y arqueo la espalda.

Kyle me sujeta por el cuello para mantenerme en mi sitio mientras continúa su ataque sobre mi pezón antes de repetir la misma tortura en el otro. Siento cosquillas y dolor en las terminaciones nerviosas, y lo más aterrador es que no quiero que pare.

Más bien al contrario.

Estoy intentando acostumbrarme a la sensación cuando me baja las bragas con la otra mano y coloca su palma entre mis muslos apretados.

—Abre las piernas. —Dice contra la tierna carne de mi pecho; con su aliento se me endurece aún más el pezón.

Cuando no obedezco, todavía concentrada en la estimulación que está provocando en mi cuerpo, continúa:

—Si no lo haces, volveré a emplear mis métodos. Eso incluye «castigarte», tú misma.

Se me corta la respiración al escuchar la palabra, sin importar lo mucho que quiera ocultar mi reacción.

—¿Castigarme de qué forma?

—Te follaré tan duro que no podrás moverte sin pensar en mí. Llenaré ese coñito con mi polla hasta que no puedas pensar en otra cosa. Pero primero, voy a empezar con esto… —Azota con la mano mis pliegues mojados. Escucho el sonido antes de sentir el escozor.

Jadeo, con los muslos temblorosos, pero hay algo diferente, un cosquilleo, una tensión consciente que nunca había sentido.

—¿Vas a abrir o tengo que repetirlo? —Me muerde el pezón con fuerza.

Un gimoteo se me escapa de los labios mientras se me abren las piernas por voluntad propia.

—Buena princesa.

Kyle desliza los dedos por mis pliegues mojados, y yo cierro los ojos antes la intimidad del gesto, ante lo bien que conoce mi cuerpo en apenas unas semanas, cuando yo nunca he invertido tiempo en descubrirlo por mí misma.

Me introduce dos dedos de un tirón y luego los curva en mi interior. No sé si es eso, la estimulación previa o una combinación de ambas, pero siento la tormenta que está a punto de agitar mi mundo.

—Aunque llevo todo este tiempo preparándote, tu coño sigue estando apretadísimo, joder —me dice Kyle en el oído antes de morderme el lóbulo de la oreja—. ¿Cómo vas a poder con mi polla?

Un gemido es mi única respuesta. Lo único que quiero ahora mismo es lo que está provocando dentro de mí: liberación, gratificación. Nunca me había sentido así, ni con mis propias manos, y mucho menos con las de otra persona.

Toda mi vida he visto a los hombres como rivales o aliados. Nunca consideré a ninguno de ellos como alguien que pudiera formar parte de mis fantasías nocturnas.

Entonces me doy cuenta de que nunca quise que fuera así. No habría sido lo mismo si hubiera sido con otra persona que no fuera Kyle.

Él es quien despierta en mí todas estas emociones desconocidas.

Él es por quien mi cuerpo resurge de las cenizas como un ave fénix.

Y esa realidad es desoladora.

Justo cuando estoy a punto de correrme, Kyle saca los dedos de mi interior y los reemplaza con los de la otra mano.

Algo con un aroma almizclado y cargado de deseo roza mis labios. Abro los ojos de golpe y encuentro en mi boca los mismos dedos que estaban dentro de mí.

—Pruébate en mis dedos. Los quiero limpios.

—¿Qu...? —No termino la frase cuando me mete los dedos en la boca al mismo tiempo que me penetra con la otra mano.

Estoy perdida. Me corro con un escalofrío que me invade todo el cuerpo.

Kyle no detiene su doble asalto, curva los dedos dentro de mí y desliza los otros hacia delante y hacia atrás sobre mi lengua.

Saborearme a mí misma en él es un tipo de intimidad completamente diferente, pero eso no es lo único que me mantiene cautiva, incluso cuando lucho contra los retazos de mi orgasmo. Es la absoluta posesividad del brillante mar azul de sus ojos.

—Este coño y estos labios me pertenecen a mí. *Tú* me perteneces a mí.

No tengo oportunidad de contestar con sus dedos presionados contra mi lengua, tampoco es que tenga ninguna respuesta para sus palabras. En este momento, cuando estoy aprisionada contra la pared por su fuerte cuerpo, solo puedo sentir.

Simplemente dejarme llevar y *sentir*.

Kyle saca los dedos de mi interior, dejando que disfrute de las últimas sacudidas del orgasmo.

El sonido del cinturón al desabrocharse atraviesa el aire cuando se lo quita con una mano. Sus pantalones golpean el suelo con un sonido suave y le siguen los bóxers. Bajo la mirada con los párpados pesados, incapaz de mirar a otro lado.

Aunque ya le he visto la polla varias veces, sigue sorprendiéndome. Kyle no bromeaba cuando decía que era enorme. Lo es, y cuando está completamente erecta como ahora, con las venas visibles por lo dura que está, parece que esté a punto de romper algo.

No algo, *a mí*.

Me levanta una pierna y la envuelve alrededor de su cadera.

Entonces me doy cuenta. Murmuro contra sus dedos para que me deje hablar, pero me presiona la lengua con el dedo corazón.

Unos sonidos inteligibles se escapan de mis labios mientras le empujo el hombro. Me estoy mareando, y probablemente sea porque no estoy inhalando suficiente oxígeno.

Por fin me libera la boca, y mi saliva se adhiere a su dedo como un hilo al separarse de mí.

Jadeo como si fuera una recién nacida respirando por primera vez. Sin embargo, Kyle no se espera a oír lo que tengo que decir. Coloca la polla en mi entrada, con la punta empujando hacia dentro.

Le agarro la camisa con la mano, clavando las uñas en la tela.

—C-condón.

—Que le den a los condones. —Arquea las gruesas cejas sobre sus ojos azules ensombrecidos—. Tienes que confiar en que estoy limpio y que nunca te haría daño de esa forma.

—No es eso… —Las palabras salen como un jadeo necesitado, y por un segundo, siento que he perdido por completo el rumbo de lo que mi cerebro estaba intentando comunicar ahora mismo.

Tener a Kyle por todas partes provoca ese efecto en mí.

—Quiero notar cuando tu coño apretado me estrangule la polla —me dice al oído con voz rasposa—. Y quiero sentirlo a pelo.

Me sube la temperatura corporal al oír sus crudas palabras. Como ya había tenido una muestra previa, no debería sorprenderme tanto que sea así de guarro en la cama. Debería haber estado preparada para ello, y sin embargo, él logra atraerme hacia su órbita, lo quiera yo o no.

—K-Kyle…

—Eres mi mujer, Rai. Tu cuerpo es mío, y solo mío. Acostúmbrate. —Y con eso, me penetra de un empellón.

Jadeo, con los labios formando una O cuando llega tan profundo que lo siento en alguna parte fuera del útero y muy cerca del estómago.

El juguete es un juego de niños en comparación con la fuerza de sus caderas, su longitud y grosor. Es tan grande que no importa lo mucho que me haya preparado o jugado conmigo. No importa que ya le haya visto la polla, la haya chupado y me la haya llevado hasta el fondo de la garganta; tenerla dentro es algo completamente distinto.

Es como estar abierta en canal. Joder, el dolor es imposible, me desgarra por todas partes y me atrapa como un rehén indefenso.

—Rai. —Kyle dice mi nombre—. Me cago en la puta. ¡Mírame, Rai!

Vuelvo a mirarle a los ojos al escuchar el acento que acaba de usar. Es como la otra vez... No es del todo británico, pero sigue sonando parecido.

Esa pequeña distracción se las arregla para desviar un poco mi atención del dolor... solo un poco.

Me abre la boca con el pulgar y me pasa el dedo por la lengua.

—No la aguantes. Respira.

Es cuando me doy cuenta de que he estado conteniendo el aliento desde que me ha embestido. Sigo sus instrucciones y jadeo en busca de aire. En el momento en el que el oxígeno golpea mis pulmones, toso por la fuerza de la vida que vuelve a mí.

Kyle, que permanecía inmóvil mientras yo recuperaba el aliento, se mueve lentamente dentro de mí. Le golpeo la camisa con ambas manos con la intención de alejarlo de un empujón. Ni loca voy a dejar que me folle con eso. Duele *muchísimo*.

Algo me detiene.

El dolor ya no es lo único que siento. Mueve las caderas despacio, sensualmente, y mi cuerpo sigue su ritmo mientras en mi interior saltan chispas.

La sensación de agonía no se ha ido por completo, pero está mezclada con un placer tan profundo que vuelve a robarme el aliento.

Kyle me abre la boca de nuevo.

—Respira. No te me desmayes, princesa.

Aspiro aire por la nariz, recordándome a mí misma que necesito respirar. Es lo que hacen los humanos para no morir. Es como si ahora mismo no estuviera funcionando correctamente, como si me hubieran reducido a mi forma más primitiva donde lo único que puedo hacer es sentir... Sentir tanto que estoy a punto de desplomarme por la intensidad.

—Nunca pensé que serías tan frágil, esposa. —Kyle pronuncia las palabras con esfuerzo mientras mantiene un ritmo moderado, desencadenando oleadas de placer por toda mi piel—. Es como si pudiera romperte con un paso en falso. —Me suelta la boca y baja la mano hasta mi garganta; se le oscurece la mirada cuando aprieta—. Mira qué fácil es dejar mi huella en tu piel, lo fácil que es dejarte amoratada.

No tengo palabras… Ni siquiera puedo pensar con claridad, mucho menos formular una respuesta coherente ahora mismo.

Kyle la saca casi por completo y luego vuelve a embestir con fuerza, alcanzando una nueva profundidad que me saca el aire de los pulmones.

Mi pierna, que está en su cadera, se desliza hacia abajo con la fuerza del empujón. El dolor de sentir que me dilata sigue ahí, pero ahora se mezcla con una clase de placer retorcido que me golpea en los más hondo.

Se inclina hacia mí y su aliento me hace cosquillas en la piel.

—Si hubiera sabido que serías así de obediente al llenarte con mi polla, te habría follado hace mucho tiempo.

Estoy demasiado aturdida como para responder, y Kyle no me lo permite. Me agarra los muslos con ambas manos y me levanta, para luego penetrarme hasta el fondo.

Le envuelvo el cuello con ambos brazos y rodeo su espalda ancha con las piernas. Siento que si no lo hago, me caeré y me romperé en pedazos.

—Joder, estás tan apretada que me estás ahogando la polla. —Embiste hacia arriba con las caderas, aumentando el ritmo por segundos.

Su velocidad es salvaje e incontrolable. Mi respiración, ya entrecortada, se agita y mi espalda se desliza por la pared con cada embestida.

—K-Kyle… Oh… D-despacio… —Me vibra la voz por lo mucho que me cuesta hablar.

No me hace caso. De hecho, aumenta el ritmo, y con ello la brutalidad de sus embestidas.

—He esperado demasiado tiempo como para ir despacio ahora.

—Yo… yo… Oh, Dios.

—Suéltalo. En lugar de luchar contra ello, siéntelo… *todo*.

Trato de concentrarme en el momento, pero es imposible. Todos los estímulos que vienen de diferentes partes me golpean a la vez.

Mis ojos se cruzan con los de Kyle mientras me desgarro, literal y figuradamente. El orgasmo no se parece a nada que haya sentido antes. Los que me provocaron sus dedos y el juguete ni siquiera pueden compararse a este.

Es como sentir la vibración del suelo antes de un terremoto y saber que voy a quedar atrapada en él. Y eso es exactamente lo que ocurre. Estoy hecha pedazos por dentro. La ferocidad y la brutalidad de mi orgasmo me asustan de verdad, y me aferro a la única persona que me resulta segura.

Que además resulta ser la misma persona que ha provocado esta explosión para empezar. La persona que puede romperme con un solo paso en falso, pero también la persona que puede recoger mis pedazos del suelo. La persona que puede reconstruirme después de que el terremoto me haya destrozado.

Sigo disfrutando del orgasmo cuando Kyle maldice entre dientes con ese acento distinto. Los músculos de su espalda se tensan bajo mis piernas y un líquido caliente recubre mis paredes internas.

Cierro lentamente los ojos con una mueca de dolor. Se ha corrido dentro de mí.

Sin fuerzas para empezar una pelea por ello, sigo agarrándome a sus hombros con dedos temblorosos. Kyle sale de dentro de mí y siento la pérdida, el vacío de no estar llena. Me deja de pie, tambaleándome, y al ver que no me mantengo erguida, me sujeta por el cuello.

Solo Kyle me mantendría de pie agarrada por el cuello en lugar de por los hombros y los brazos como un ser humano normal.

Se despoja de los pantalones, que siguen amontonados a sus pies y se desabrocha la camisa con la otra mano, dejando al descubierto sus músculos definidos. Por todas las noches que ha pasado abrazándome, sé con certeza que son duros y firmes.

No tiene más tatuajes en el pecho salvo el de una serpiente que se enrosca en una daga en la parte inferior de su abdomen. La imagen es macabra, pero también poderosa y hermosa a su manera, lo que, irónicamente, se parece a la primera impresión que tuve de Kyle.

Mientras me lo como con la mirada, sus ojos se encienden con un deseo salvaje mientras me observa. Sigo su mirada y me arden las mejillas cuando me doy cuenta de lo que llama su atención.

Ahora que estoy de pie, su semen gotea entre mis muslos hasta llegar a los pies. Estoy toda manchada de su semen y mis propios fluidos.

Trato de coger un pañuelo del tocador, pero Kyle me mantiene en mi sitio agarrándome por el cuello.

—Déjalo. Me gusta ver mi semen goteando por tus piernas. Me gusta ver lo sucia que te he dejado.

—Deja de decir esas cosas. —Trato de regañarle, pero sale como un murmullo.

—¿Por qué? ¿Ya te has puesto cachonda?

—¡N-no!

—Bueno, pues yo sí. —Kyle me levanta en brazos y me lanza sobre la cama antes de que pueda pestañear.

Se me sube encima y me cubre con su cuerpo.

Coloco mis manos vacilantes sobre los sólidos músculos de su pecho.

—A-acabas de correrte.

Empuja con la polla en mi entrada.

—Y estoy listo para más.

Abro los ojos como platos.

—¿Ya?

—Ya. Ni siquiera estoy cerca de haber acabado contigo.

23

KYLE

Me levanto temprano.

Tampoco es que haya dormido en realidad.

He estado montado en una ola de adrenalina toda la noche, y lo único en lo que pensaba era en la mejor forma de follarme a Rai una y otra vez.

Se desmayó encima de mí después del tercer asalto. Después de rogarme que parara, y luego pedir más cuando estaba dentro de ella, su cuerpo perdió la batalla contra el agotamiento y se quedó frita.

Me apoyo sobre el codo y me empapo de su cuerpo desnudo mientras duerme. Parece tan dócil cuando está dormida, con esos rasgos tan pequeños y ese cuerpo delgado tan jodidamente frágil que parece que puede romperse en pedazos como una muñeca de porcelana.

Pero en lugar de tener pensamientos destructivos, lo único que quiero es proteger esa parte delicada de ella, la que solo me muestra a mí. Quiero ser a quien acuda cuando quiera dar rienda suelta a ese lado. Porque, por muy dura que se muestre por fuera, por dentro sigue siendo tierna. Sigue sintiendo demasiado y también sufre mucho.

Después del ataque del francotirador de ayer, cuando vi el punto rojo en su espalda, pensé que iba a perderla, que todo se acabaría antes de empezar siquiera.

Nunca se me había encogido tanto el corazón como en ese momento. Ni siquiera lo pensé cuando usé mi cuerpo como escudo, porque justo entonces, lo único que me importaba era esta mujer temperamental.

Por más que buscamos, ni Flame ni yo pudimos encontrar al francotirador. Al principio, pensé que se trataba de una broma de mal gusto por parte de Flame, pero su rifle no coincidía con la descripción. Nosotros nunca usamos los que llevan miras láser. No es nuestro estilo hacernos notar.

Pero encontraré al que casi me la arrebata de las manos, y cuando lo haga, deseará no haber nacido.

Nadie hace daño a Rai mientras yo esté al mando. Ni siquiera uno de los míos.

Le rozo la frente con los labios y ella deja escapar un suspiro.

Ni siquiera es un sonido sexual, pero mi polla vuelve a la vida, exigiendo otra ronda de adoración en su altar.

Tiene los labios separados, como rogando que meta la polla entre ellos.

Como no puedo hacer eso mientras duerme, me deslizo por la cama, quito las sábanas y me acomodo de rodillas a sus pies.

Cuando le separo las piernas, una sensación de pura y absoluta posesividad animal se apodera de mí al ver mi semen seco entre sus piernas.

Intentó limpiarse, pero no dejé que borrara las pruebas de haberla hecho mía. Acabó olvidándose cuando perdió la batalla contra el sueño.

Recorro la piel sedosa de sus muslos con los dedos, parando en cada chupetón que le dejé. Ella es mi lienzo y yo soy el único pincel que la tocará.

Mientras la observo, espatarrada y marcada, la necesidad de poseerla de nuevo se agita bajo mi piel y cruje contra mis huesos. No tengo ni idea de si es una obsesión, una adicción, o ambas. Lo único que sé es que esta necesidad me quema por dentro.

Es algo oscuro, y probablemente esté mal, teniendo en cuenta mis planes, pero ahora me importa una mierda lo que esté bien o mal.

Nunca me ha importado, en realidad.

La arrastro despacio hasta el borde y le coloco las piernas sobre mis hombros. Está fuera de sí y ni siquiera reacciona.

Abro sus pliegues con los dedos y la penetro con la lengua. Es la cosa más deliciosa que he probado nunca: dulce, un poco ingenua y con un puto carácter que me vuelve loco.

Rai se revuelve en la cama, un gemido se le escapa de los labios mientras abre los ojos de golpe. Al principio, mira a su alrededor con expresión confundida. Luego, cuando sus brillantes ojos azules se encuentran con los míos, los abre de par en par.

—¿K-Kyle...? ¿Qué estás...? Oh, *joder*... —Sus palabras se apagan cuando le acaricio el clítoris con el pulgar y el índice mientras la devoro sin piedad.

Arquea la espalda y, para mi deleite, sus gloriosas tetas quedan suspendidas en el aire. Me agarra del pelo con los dedos, y yo disfruto del pinchazo que siento cuando tira de él. Está luchando contra el orgasmo y va perdiendo.

Cuando más aumento el ritmo, más alto suenan sus gemidos. No dura mucho. No puede.

Echa la cabeza hacia atrás mientras grita mi nombre. Pero entonces, su mirada vuelve a la mía mientras se deja llevar por el orgasmo, casi como si no quisiera romper el contacto visual.

Por algo es mi princesa.

—¿Ya te has corrido? —digo contra sus pliegues, asegurándome de que ve cómo lamo su dulce sabor de mis labios—. Solo estaba empezando.

—¿O-otra vez? —Su voz suena ligeramente adormilada y excitada, y no sé por qué cojones eso me pone tan cachondo.

—Una y otra vez. —Le doy un beso tras otro en el coño—. Y otra puta vez más.

La cara se le tiñe de un tono rosado pálido.

—D-deja de besarme ahí.

Me subo encima de ella y le aprisiono las muñecas por encima de la cabeza.

—¿Entonces debería besarte aquí?

Capturo sus labios con una brutalidad que la deja jadeando. No solo la beso, la devoro. Succiono su lengua, la muerdo hasta que casi atravieso la piel y, luego me aferro a sus labios hasta que gimotea.

Obsesión. Esto se parece mucho a estar obsesionado, joder.

Y como lo estoy, no puedo parar. Meto la mano entre los dos y coloco mi polla en su entrada.

Rai intenta decir algo, pero no me aparto de sus labios. *No puedo.* Es como si todo a mi alrededor estuviera oscuro y ella fuese la única luz que puedo ver, el único sonido que puedo escuchar y la única puta cosa que puedo saborear con todo mi cuerpo.

La embisto hasta el fondo, provocando que se deslice sobre la cama. Se clava los dedos en la palma de la mano y chilla en mi boca, pero no intenta apartarse.

Trato de decirme a mí mismo que está dolorida, que la tengo grande, que debería ir despacio con ella, pero cada vez que la tengo cerca, mi naturaleza bestial toma el control y lo único que puedo hacer es poseerla, hacerla mía, atarla a mí en todos los putos sentidos de la palabra.

La penetro despacio al principio porque no quiero hacerle más daño. Aunque tengo un historial intachable de autocontrol, todo queda anulado cuando se trata de esta mujer.

«Mi mujer».

Ahora es mi mujer.

Lo único que quiero es entregarme por completo a ella, lo malo y lo feo incluido, pero sé que eso solo confirmaría sus sospechas sobre mí y le daría motivos para dejarme.

Así que hago lo único que se me ocurre: la hago mía. Porque soy así de egoísta, porque las cartas que me han tocado jugar son una puta mierda.

Mis embestidas son profundas pero pausadas, dejando que su cuerpo se sincronice con el mío mientras la beso apasionadamente contra el colchón. Me rodea el culo con las piernas, atrapándome.

Esa es mi señal para aumentar el ritmo. Le libero las manos y la levanto por la nuca para que quede sentada sobre mis muslos. La postura me deja más espacio y la penetro fuerte y rápido, con los abdominales tensándose con cada embestida.

Me rodea con los brazos, abriendo la boca. Atrapo sus labios, deleitándome en ellos mientras me la follo tan fuerte que casi se cae al suelo.

Rai se corre con un grito, sus paredes internas se contraen alrededor de mi polla, invitándome a unirme a ella.

Y eso es lo que hago.

Maldigo mientras mi propio orgasmo me tensa todo el cuerpo. Cada vez que me corro dentro de Rai es como si se invocara magia negra. No me canso de esto, nunca.

Justo cuando me derramo dentro de ella, Rai intenta apartarme.

—Quédate quieta —gruño—. A menos que quieras que te llene las tetas de mi corrida.

Ella asiente frenéticamente.

—H-hazlo.

«Joder». ¿En serio quiere que me corra en sus tetas? Aunque tendré que guardarme esa idea para un futuro porque ya es demasiado tarde.

Me vacío dentro de ella, mis gemidos llenan el aire. Tiene el poder de dejarme seco en un suspiro.

Aflojo la mano en su garganta y me aparto para ver el desastre pegajoso que le he dejado. Está empezando a convertirse en mi imagen favorita.

Rai se mira a sí misma conmigo, pero a diferencia de mí, tiene el rostro pálido y la expresión helada.

—Eh… —Alargo la mano hacia ella—. ¿Qué pasa?

Ella me la aparta de un manotazo, se tambalea al salir de la cama, cae de rodillas, y luego vuelve a levantarse.

—Que te den por el culo.

Sonrío con aire amenazante. ¿Qué le pasa de repente?

—¿Es eso una invitación para que me folle el tuyo, princesa?

Agarra una almohada y me golpea con ella.

—Te he dicho que no te corrieras dentro.

Sujeto la almohada entre los dos, luego tiro de ella para atraerla hacia mí.

—Me has dicho que lo haga. «Hazlo» puede significar cualquier sitio, y ya era demasiado tarde.

Ella respira con dificultad, sus pechos suben y bajan, y esos pezones rosados piden a gritos que los chupe, los muerda y los marque. Intento concentrarme en su enfado en lugar de en lo mucho que deseo ponerla debajo de mí y devorarla de nuevo.

Es como si Rai pudiera leer mis pensamientos. Deja la almohada y se dirige furiosa al baño, cerrando la puerta tras de sí.

Aprieto la mandíbula. Esa costumbre tiene que desaparecer. No puede esconderse de mí ni encerrarse para alejarme.

Ya no.

Pero primero tengo que averiguar qué coño la ha puesto así de repente.

En tiempos desesperados, hay que tomar medidas desesperadas.

24

RAI

Cierro de un portazo y me apoyo contra la puerta, permitiéndome dejarme llevar.

Mis piernas apenas consiguen sostenerme, y mi centro aún palpita de por la liberación aterradoramente poderosa que acabo de experimentar.

Respiro con dificultad, como un animal atrapado sin salida. Me cubro la cara con manos temblorosas en un intento desesperado por calmarme. Tengo que salir de esto, y tengo que salir de esto ahora mismo.

¿Cómo he podido dejar que ese cabrón, ese bruto, me poseyera de una forma tan descarada? ¿Cómo he podido disfrutar cada segundo como si llevara años esperando ese tipo de placer?

Porque no ha sido así… ¿verdad?

Cuanto más cierro los ojos, más me invaden las imágenes de anoche y de esta mañana.

Yo le besé primero.

Empecé este círculo infinito sin salida, y ahora, la prueba de mi cagada sigue derramándose entre mis muslos.

Kyle no se contuvo, todo lo contrario. No hizo más que tomar y tomar, ¿y qué me dio a cambio? Exacto, mi completa destrucción y la razón por la que ahora me escondo como una cobarde.

Por más que lo intente, no puedo fingir que lo odié, cuando mi propio cuerpo me traiciona pidiendo más.

¿Qué está haciendo conmigo?

Escucho ruidos al otro lado de la puerta y me quedo paralizada; lo noto sin necesidad de verlo o escuchar su voz. Estoy en sintonía con él de formas inexplicables, como si unas cuerdas invisibles tiraran de mí siempre en su dirección.

—Rai... ¿qué te he dicho sobre no encerrarte para huir de mí? Abre la puerta. —Sus palabras son medidas, incluso calmadas, pero siento el matiz amenazante detrás de ellas.

—Déjame en paz.

—Si no abres, voy a romper esta puta cosa.

—Solo... déjame tranquila —musito, y poso la mirada en el anillo, la razón de todo este lío, la razón por la que mi destino está sellado sin posibilidad de escapar.

—Voy a contar hasta tres. Uno, dos... —No me da tiempo a apartarme cuando algo duro la golpea.

Doy un salto hacia adelante cuando la puerta maciza se abre de golpe, con las bisagras casi arrancadas de su sitio.

Kyle está de pie en la entrada, desnudo, como un glorioso guerrero después de la batalla. Sabía que era fuerte, pero supongo que nunca me di cuenta de lo fuerte que es en realidad. Aunque su potencia en la cama debería haberme dado pistas sobre su resistencia inagotable.

Entra en el cuarto de baño con la agilidad de una pantera, sin hacer el más mínimo ruido con los pies sobre las baldosas blancas. Instintivamente, doy un paso atrás. En lo más profundo de sus ojos, hay algo aterrador. Estaba presente mientras me follaba, pero no pude descifrar el significado que hay detrás.

Entonces no era exactamente rabia, pero ahora se le parece bastante. Sea como sea, es una versión de Kyle a la que no quiero enfrentarme, sobre todo estando desnuda y en mi momento más vulnerable.

—¿No te dije que no podías cerrarme la puerta? —dice con un tipo de calma engañosa que me provoca un nudo en el estómago.

Choco el talón contra el borde de la ducha. Echo un vistazo para poder entrar. Probablemente me esté acorralando yo sola, pero es la única opción que tengo mientras él avanza hacia mí de esa manera.

Cuando vuelvo a levantar la vista, la altura de Kyle me bloquea la visión. Me siento atrapada en esa mirada furiosa, en los sentimientos de desaprobación que esconde.

Me agarra por el cuello y me empuja hasta que mi espalda golpea la pared. Se me corta la respiración y noto la sangre subiéndome a la cara. No hay nada sexual en su agarre. Es brutal, con intención de amenazar.

—No vas a huir ni a esconderte de mí. ¿Te enteras de una puta vez?

Le araño las manos, pero solo consigo que apriete más hasta que no me entra nada de aire. Dejo de forcejear porque eso solo me deja sin energía. Él es el que tiene la fuerza física, y si lucho contra él en ese terreno, solo conseguiré que me mate.

Las palabras de *dedushka* sobre escoger mis batallas me mantienen inmóvil.

—Te he preguntado… que si queda claro, joder.

Cuando sigo quieta, me agarra del pelo con la otra mano y me obliga a asentir con la cabeza.

—Eso es un «sí, lo entiendo». «Sí, no voy a huir de ti». Ahora, dilo. —Afloja la mano del cuello y yo trago aire a grandes bocanadas, ahogándome con la vida que me devuelve. Tardo largos segundos en recuperar el aliento.

—Que te follen —consigo decir, fulminándolo con la mirada—. ¿Qué derecho tienes a pedirme eso cuando tú huiste primero? ¡Tú me dejaste a mí *primero*!

—Entonces, ¿cuál es tu intención? ¿Planeas dejarme como venganza?

—Créeme, si me propusiera vengarme, dejarte sería la salida más fácil para ti.

—Rai… no pongas a prueba mi puta paciencia.

—¿O qué? ¿Qué coño vas a hacer? Ya me quitaste demasiado. Si crees que voy a dejar que lo hagas de nuevo, no conoces a Rai Sokolov. —Lo empujo en el pecho, pero me mantiene en el sitio agarrada por el pelo y el cuello.

—Se olvida de un detallito, señora Hunter. Ahora eres mi mujer.

—Eso no te convierte en mi jefe.

—Ya veremos. —Me acaricia con el dedo en el hueco del cuello, soltándome un poquito—. Joder, sí que te salen moratones con facilidad.

Me miro el cuerpo y enseguida me arrepiento. Tengo moretones, chupetones y marcas de sus dedos por todo el cuello, los pechos, las caderas y los muslos. Ya ni siquiera reconozco mi cuerpo. Es como si me hubiera abandonado y se hubiera ido con Kyle.

—Suéltame. —Intento empujarle.

Me mantiene atrapada entre él y la pared.

—No hasta que me digas por qué te has ido así de la cama para esconderte en el baño.

El recuerdo de lo ocurrido me azota de golpe al mismo tiempo: el poder, el abandono, el placer abrasador y el dolor insoportable.

—¿Por qué quieres saberlo? Ya has conseguido lo que querías.

—*Los dos* conseguimos lo que queríamos. No intentes fingir ni por un segundo que no has disfrutado lo que ha pasado.

—Te dije que te pusieras condón. Te dije que no te corrieras dentro.

Él entrecierra los ojos.

—¿Todo este lío es por eso? ¿Por un condón?

—El lío es por quedarme embarazada. No estoy tomando anti-conceptivas. —Mi voz se va apagando y desvío la mirada.

Kyle me tira del pelo para obligarme a mirarle de nuevo, a fijarme en esa cara pecaminosamente hermosa, en ese rostro *sin expresión*.

—¿Tanto odias esa idea?

—¡Por supuesto que sí! ¿Quién en su sano juicio traería un niño a este mundo? Y con un padre del que nadie sabe nada. ¿Qué pasa si me despierto un día y ya no estás aquí, eh? —Me detengo antes de sacar todo lo que llevo dentro. Que apenas sobreviví sola la otra vez. Que no puedo hacerlo de nuevo, sobre todo si hay un alma inocente implicada.

—¿Tan bajo es el concepto que tienes de mí? —Su no voz no es de enfado, más bien de asombro, y eso me golpea aún más fuerte.

—¿Y cuál debería tener? No sé nada sobre ti. *Nada*. Lo único que nos contó *dedushka* sobre ti es que eres un asesino reputado y nada más. ¿Quién eres, Kyle? ¿Quiénes son tus padres? ¿De dónde eres en realidad? ¿Cuál es tu apellido de verdad? ¿En serio te llamas Kyle, o es otra de las puñaladas que tendré que soportar cuando te hayas ido?

—Tienes una cantidad espantosa de preguntas para ser alguien a la que, según tus propias palabras, le importo una puta mierda.

Aprieto los labios para no soltar todo el caos que llevo acumulando durante años. Si lo hago, sabrá lo mucho que me hirió y no pienso volver a darle ese tipo de poder sobre mí.

—Para que lo sepas, Kyle: nunca confiaría en ti. Ni ahora, ni en el futuro.

Él sigue mirándome en mitad de un silencio inquietante, pero no dice nada. Ni siquiera intenta responder a ninguna de mis preguntas ni acercarse a mí. Se conforma con estar a kilómetros de distancia, mientras que el momento de mayor cercanía que hemos tenido fue cuando su cuerpo se hundía en el mío.

Intento que esa información no me afecte, pero me desgarra por dentro como mil puñaladas. Estoy sangrando, pero él no lo ve. Me estoy ahogando, pero él no me deja respirar.

—Suéltame. —Mi voz suena entumecida, monótona—. Necesito ducharme y comprar la pastilla del día después.

Sorprendentemente, sí que me suelta. Espero a que diga algo, cualquier cosa, pero se da la vuelta y se marcha. No cierra la puerta, pero el vacío que deja atrás retumba en el silencio del baño.

Me doy una ducha de agua hirviendo, frotando el semen seco de entre mis muslos y aguantando las lágrimas que irrumpen en mis ojos.

«No vas a llorar por ese hombre, Rai. Otra vez no».

Cierro los ojos, dejando que el chorro me cubra por completo mientras pienso en *dedushka*, papá y mamá, y la gente que he perdido y que no volveré a tener. Incluso a veces siento a Reina demasiado lejos. En realidad, la mayoría del tiempo.

Parece que soy una experta en eso: en perder a gente que considero mi familia. Sergei también se irá. Entonces, solo quedaremos Ana y yo. Completamente solas.

Bueno, estoy casada, pero ¿qué más da, si Kyle sigue siendo un misterio? ¿Qué más da, si no puedo quitarme de la cabeza la sensación de que se marchará?

Suspirando, salgo de la ducha y me envuelvo en una toalla.

No encuentro a Kyle en la habitación. Está dentro del vestidor, de pie frente a su reducido espacio, vestido solo con unos calzoncillos.

Mis pies vacilan en la entrada, contemplando si debería entrar o no.

—No muerdo —dice sin mirarme a los ojos.

—Yo sí. —Me acerco hasta que estamos de pie en línea paralela.

—Me alegra saberlo, así si estás embarazada podrás proteger a nuestro hijo.

—No estoy embarazada. —Saco un conjunto simple de ropa interior.

—No lo sabes. —Me mira cuando mete los pies en unos pantalones negros.

Me subo las bragas por las piernas debajo de la toalla.

—No dejaré que ocurra.

—Sabes que la pastilla del día después mata al niño si ya está formado, ¿verdad?

—Si buscas hacer sentir culpable a alguien, tal vez deberías empezar por ti mismo, teniendo en cuenta que planeas irte.

—Yo no he dicho eso. Lo han dicho tus problemas de confianza.

—¿Problemas de confianza? —Tiro la toalla y me abrocho el sujetador—. ¿Crees que surgieron sin motivo? ¿Que un día estaba ahí sentada y me cayeron del cielo?

—El caso es que los tienes. —Se cuela una camisa y se toma su tiempo en abotonarla—. No se los pases a nuestro bebé.

—*No* hay ningún bebé.

Él levanta un hombro.

—Que tú sepas.

—Es un hecho.

—No lo sabrás seguro hasta dentro de al menos unas semanas, cuando nuestro bebé esté creciendo de maravilla en tu vientre.

—¿Y entonces qué? ¿Serás un padre entregado que asistirá a clases de preparación al parto conmigo y me dará masajes en los pies? —me burlo.

—Si eso es lo que necesitas, claro.

Mis labios se abren y me quedo quieta, con la manga del vestido a medio subir por el hombro.

—Deja de decir cosas así.

—¿Así, cómo? ¿Como que estaré ahí para ti y para nuestro bebé? ¿Cómo que le leeré un cuento antes de dormir y luego te follaré hasta dejarte sin sentido en nuestro dormitorio? ¿Ese tipo de cosas?

—Sí, ese tipo de cosas. Deja de mentir.

Se pone de pie frente a mí, con la camisa dentro de los pantalones, y se pasa los dedos por el pelo para obligarlo a someterse a su voluntad. Luego, me da la vuelta como si nada y me sube la cremallera del vestido antes de susurrarme al oído:

—Deja de mentirte a ti misma.

Lo aparto de un empujón para salir del vestidor, pero él chasquea la lengua.

—No tan rápido.

Gruño mientras me giro para mirarlo. Tiene el juguete en la mano. «Cómo no».

—Voy a poner fecha límite para esto. —Hago un gesto con la barbilla.

—¿Fecha límite?

—Si en dos semanas no me das la información que acordamos, no vas a meterme ningún juguete dentro.

—Pero a ti te gusta que te meta juguetes.

—No. Terminarán por hacerme quedar como alguien débil delante del resto de miembros del grupo de élite.

—Y tú odias eso más que nada en el mundo —termina por mí, con voz calmada.

Me aclaro la garganta, pero no digo nada.

Él levanta una ceja.

—Pero aun así, te gusta.

—Eso no es lo que importa. Mi puesto en la hermandad, sí.

—¿Y si no enciendo el juguete durante las reuniones?

—Como debería ser. También tienes que cumplir con el trato que acordamos.

—Estoy en ello. ¿Por qué coño te piensas que les estoy haciendo la pelota a los italianos con Adrian todo el rato?

La idea de que pase tiempo en la mansión de los Luciano con cierta Emilia a la vista me molesta más de lo que me gustaría admitir.

—Sí, ya.

—¿Y eso a qué ha venido?

—Nada.

—No puedo leerte la mente, así que si no me dices lo que piensas, no podré actuar en consecuencia.

—Nada es nada.

—Lo que tú digas. —Se le tensa un músculo en la mandíbula antes de ocultarlo—. Levántate el vestido y déjalo ahí.

—Estoy dolorida. —Trato de negociar, y lo digo en serio. Apenas puedo caminar derecha por cómo me ha dejado después de follarme sin piedad anoche y esta mañana.

—Esto te aliviará. Levántalo, venga.

Lo hago, mirando fijamente a la pared para no quedarme atrapada en la imagen de él introduciendo el juguete dentro de mí, un recordatorio de que está conmigo en todo momento.

Me sujeta por la cintura y me estremezco al sentir su erección en mi estómago. Juro que este hombre nunca se sacia.

Me suelta, pero solo para bajarme las bragas hasta las rodillas, separarme las piernas y acariciar mis pliegues. Odio lo familiar que se ha vuelto su tacto, lo adictivo y estimulante que es, pero lo que más odio es lo mucho que lo echo de menos cuando no está.

Extiende la humedad desde mi coño hasta mi ano y presiona con el pulgar sobre mi entrada.

—¿Q-qué estás haciendo?

—Probar una cosa. Quédate quieta.

No sé lo que está ocurriendo hasta que presiona el pulgar más adentro. Es una intrusión pequeña, pero mi clítoris explota.

—¡K-Kyle! —digo en un susurro airado, medio horrorizada y, para mi sorpresa, medio excitada.

—Mmm. Joder, también estás muy apretada aquí, pero no te preocupes, te prepararé para que este culo pueda con mi polla como una buena princesita.

Antes de que pueda protestar, me mete el juguete en el coño. Hago una mueca de dolor al recordar cómo me penetraba con fuerza. Me invaden los recuerdos de sus embestidas implacables y sus polvos salvajes.

Cierro los ojos un momento para alejar esas imágenes. Cuando los vuelvo a abrir, Kyle me está subiendo las bragas por las piernas. Me alejo de él, termino la tarea yo misma y me dirijo al tocador.

Como tenemos una reunión matutina con Sergei y los demás, espero que Kyle se adelante, pero se sienta detrás de su portátil mientras me peino y me maquillo. En cuanto termino, está a mi lado.

—No tienes que ser mi sombra —digo mientras salimos de la habitación—. No necesito protección.

Levanta una ceja, sonriendo de oreja a oreja.

—Pero nuestro bebé sí.

—¿Quieres parar con eso?

—¿Con qué? ¿Con que nuestro niño o nuestra niña está creciendo en tu interior?

Estoy a punto de golpearle en el costado cuando una presencia capta mi atención. Adrian está de pie en el pequeño vestíbulo de la segunda planta, vistiendo su traje impecable como de costumbre y dándose golpecitos con los dedos en el muslo. Aquí solo está permitida la entrada a miembros de la familia y guardias. El resto solo sube cuando tiene permiso.

Adrian no es de los que haría algo así sin tenerlo, y por eso sé que la razón de su presencia aquí es preocupante. Nos detenemos frente a él, y yo soy la primera en hablar:

—¿Qué estás haciendo aquí, Adrian? ¿Va todo bien?

Me mira fijamente, con los ojos centelleantes, como si estuviera a punto de entrar en uno de los episodios maníacos de Damien. Pero entonces, reprime su reacción y habla con su tono sereno habitual:

—¿Qué pasó ayer?

—Ya informé a Sergei.

—Quiero oírlo de ti. No te dejes ningún detalle.

No me sorprende, teniendo en cuenta lo pendiente que está Adrian de los detalles y que prefiere escuchar los relatos de quienes presenciaron los hechos.

—Bueno, Lia y yo estábamos cerca de la entrada cuando vi un punto rojo en su frente. La obligué a agacharse y Kyle me empujó justo cuando la bala silenciosa impactó en la puerta, por encima de su cabeza.

—¿Qué más?

—Eso es todo.

Adrian me agarra tan fuerte del brazo que hago una mueca de dolor.

—¿Qué más, Rai? Seguro que viste algo. O a alguien.

Kyle agarra a Adrian por el brazo y se lo retuerce para que me suelte, con expresión hermética.

—No vuelvas a ponerle las putas manos encima a mi mujer. Ya te ha dicho eso es todo, así que eso es todo.

Adrian responde a la mirada impenetrable de Kyle con otra igual de intensa. Entre ellos se desata una guerra de miradas con sus propias armas y batallones.

—Eso es todo, en serio —digo, en un intento por disipar la tensión. Es la primera vez que veo a Adrian así.

—¿Qué pasó después? —Rompe el contacto visual con Kyle para centrarse en mí.

—Simplemente entramos a la reunión como estaba planeado.

—¿Y Lia no hizo nada?

—¿Qué debía hacer...? —Me callo—. Espera... ¿sufre de estrés postraumático?

Él entrecierra los ojos.

—¿Por qué lo dices?

—Por nada. —Daba la sensación de que ella no quería que él lo supiera, así que no voy a delatarla ante un Adrian aterrador—. Vamos con los demás.

Encontramos a Sergei y a los otros cuatro reyes sentados alrededor de la mesa. Vlad nos recibe en el umbral y entra detrás de nosotros.

En cuanto estamos dentro, Kyle me aparta la silla.

—Puedo hacerlo yo sola —digo.

—Solo me preocupo de que no le hagas daño al bebé.

El silencio llena la sala y el corazón casi se me sale del sitio y se estampa contra el suelo.

—¿Al bebé? —Sergei abre mucho los ojos, con visible interés.

—No es...

—Creo que estamos esperando un bebé, *Pakhan*. —Kyle me interrumpe poniéndome una mano en el vientre delante de todo el mundo y sonríe—. Pórtate bien con mami, pequeñín.

Las felicitaciones vuelan por toda la mesa, y Kyle las acepta mientras me dedica una sonrisa. Luego me susurra al oído:

—Nada de pastillas del día después. No querrás decepcionar a todo el mundo, ¿verdad, princesa?

«Ya está. Voy a cargármelo».

25

RAI

Unos días después, Sergei organiza un encuentro para celebrar las buenas noticias.

No es coña.

No sé por qué he permitido que esto llegue tan lejos ni cómo dejé que las manipulaciones de Kyle me llevaran a este punto de no retorno, pero ese único momento de quedarme callada durante la reunión fue suficiente para que todos se me echaran encima para desearme lo mejor y darme la enhorabuena.

Entonces Ana bajó las escaleras y se puso a trabajar como una hormiga en la cocina, preparándome comida nutritiva y obligándome a sentarme.

Sergei no deja de sonreír cada vez que me ve. Es posible que nunca llegue a conocer a sus propios nietos en esta vida, así que parece que está viviendo ese sueño a través de mí.

Por mucho que quisiera ponerme firme y gritar que no era cierto, no podía borrar la expresión de ternura del rostro de Sergei. Últimamente parece tan feliz, sereno, casi como si finalmente estuviera cumpliendo con el último papel de su vida. Ya ni siquiera tiene tos.

No soy tan cruel como para hacerle daño, por más que haya estado planeando el asesinato de Kyle.

En este momento estamos sentados alrededor de la mesa del comedor para la gran cena que ha preparado Sergei. Esta vez, ha venido todo el mundo, incluidos los guardias de mayor rango de cada brigada y los «asesinos», que están sentados en el otro extremo de la mesa.

El *Pakhan* no siempre invita a cenar a la hermandad al completo, así que esto quiere decir que se trata de una ocasión especial. El personal de cocina ha preparado todo tipo de platos tradicionales rusos, desde sopa de acedera hasta distintos tipos de empanadillas rellenas y contundentes platos de carne. La mesa, como era de esperar, está a rebosar. Sin embargo, nadie toca sus platos, a la espera de que Sergei dé permiso.

Se levanta despacio, y sé que lo hace para no provocar la tos. Últimamente ha mejorado, pero cuando tiene un ataque, la cosa se pone fea. Sergei sostiene una copa de vodka de primera calidad en la mano.

—Estamos aquí reunidos para celebrar que un nuevo miembro se unirá a la familia Sokolov. Nuestra Rai y Kyle trabajan rápido.

Intento no sonrojarme, apretando los puños contra el vestido, pero siento que se me encienden las mejillas. Kyle sonríe mientras me agarra la mano por debajo de la mesa. Cuando trato de apartarlo, él entrelaza nuestros dedos y se los lleva a la cara para poder besarme los nudillos.

Si se me estaba calentando la cara antes, ahora está ardiendo.

Sergei intercambia una mirada con Igor, luego se ríe.

—Por favor. Todo el mundo, a disfrutar de la comida.

Todos los presentes levantan sus copas para el brindar, luego se abalanzan sobre la comida con energía renovada. No es únicamente gula, sino una muestra de gratitud, ya que es una falta de respeto no comer cuando el jefe lo ofrece.

Aparto la mano de la de Kyle, que sonríe. Dios, ¿por qué no he matado a este capullo ya mientras duerme?

Bueno, puede que tenga que ver con que me deja exhausta cada noche. Al principio lo rechazaba por lo que hizo, pero no puedo resistirme a su contacto. Me digo a mí misma que estoy usando su cuerpo tanto como él usa el mío. Que solo es sexo.

«Solo sexo sin sentimientos».

Sin embargo, Kyle se asegura de correrse dentro de mí cada vez, como si estuviera planeando de verdad dejarme embarazada.

Aunque le ha salido el tiro por la culata. No solo me tomé la píldora del día después, sino que también conseguí que me recetaran anticonceptivas. Mi cuerpo reaccionó mal la inyección cuando era una adolescente, así que tuve que recurrir a las pastillas.

Al final del día, esta celebración no significa nada. En una semana o así, fingiré que he perdido al bebé o que Kyle lo contó demasiado pronto, antes de poder asegurarnos. Sergei se pondrá triste, pero entenderá la pérdida.

Porque ni de coña dejaría que Kyle me dejara embarazada.

En la mesa se da una conversación distendida sobre temas mundanos. Como han acudido también las mujeres, no habrá charla de negocios hasta después de la cena. Una reunión a la que estoy invitada, por orden de Sergei. Tiene que ver con cómo he estado financiando a las brigadas durante las últimas semanas. Puede que no me inviten a las reuniones externas con otros líderes del crimen organizado, pero por fin puedo tener un lugar permanente en la hermandad.

Igor y Mikhail intercambian saludos con Sergei. Yo cruzo una mirada con Ruslan, que se encuentra de pie detrás de mí. Finge excusarse y, de camino, tropieza y golpea la silla de Igor. Se disculpa de inmediato cuando el hombre mayor derrama unas gotas de vino sobre el mantel. El guarda de mayor rango de Igor agarra a Ruslan por el cuello de la camisa, pero su jefe le hace un gesto discreto para que lo suelte, probablemente para evitar un escándalo.

Uno de los empleados de cocina se apresura a cambiar la copa de vino de Igor y hace una reverencia antes de retirarse. Ruslan vuelve a ocupar su sitio detrás de mí cuando el pequeño incidente queda ahogado por el murmullo de fondo. Unos minutos más tarde, hago contacto visual con Katia, quien se encuentra en frente, cerca de la salida, y sigue de forma sutil al personal de cocina. Se nos ocurrió este plan para conseguir el test de ADN. Yo apenas tengo contacto directo con Igor o Stella, así que esta es de las pocas oportunidades que tenemos. Ya le he dado a Katia el cepillo de dientes de Kyle, así que debería poder conseguir los resultados del ADN pronto.

Ahora que el plan está en marcha, vuelvo a concentrarme en el evento.

Damien está centrado en su comida, cortando la carne con una brutalidad descarada. Normalmente sus modales son tan malos que tanto *dedushka* como Sergei dejaron hace años de intentar educarle.

Es básicamente el toro negro de la hermandad, listo para matar a cualquiera a su paso.

Pero no es él quien capta mi atención de entre todos los presentes. Son Kirill y Adrian, que no dejan de hablar el uno con el otro en voz baja. No me gusta.

Kirill es un zorro astuto detrás de su comportamiento caballeroso. Si bien Mikhail puede considerarse mi más claro enemigo, Kirill es quien puede infligir el mayor daño. No se detiene. *Nunca*. No tengo ninguna duda de que está investigándome, tratando de encontrar la manera de expulsarme por completo para poder clavar sus garras de zorro en Sergei y en V Corp.

La razón por la que lo amenazo con el secreto que guarda bajo llave es que es la única baza que tengo contra él.

—¿Estás viendo lo mismo que yo? —susurra Vlad a mi lado, su mirada viaja entre Adrian y Kirill, y luego de vuelta a mí.

—¿Desde cuándo se han vuelto tan amigos esos dos? —pregunto.

—Te dije que no confiaras en Adrian.

—No lo hago. —Pero al menos pensé que era neutral. Si elige el otro bando, no me quedará más remedio que atacar, y no será agradable.

Lia no está aquí, así que no puedo intentar sonsacarle nada a ella. A juzgar por la reacción de Adrian hace unos días, o es su debilidad o guarda algo contra él. De otra forma, no se habría comportado de aquella manera tan poco habitual cuando ella estuvo en peligro. No me sorprende que se esfuerce en mantenerla alejada de situaciones similares, pero encontraré la forma de arrastrarla si hace falta.

Una mano me envuelve la nuca por detrás, y un escalofrío me recorre al instante la piel antes de que una voz siniestra me susurre cerca del oído:

—¿De qué andáis cuchicheando los dos? Yo también quiero saberlo.

—No es asunto tuyo. —Le doy un sorbo a la sopa, intentando ignorar cómo el simple roce de Kyle ha despertado todo mi cuerpo.

—Soy tu marido y el padre de tu bebé, princesa. Todo lo tuyo es asunto mío.

Le lanzo una mirada de reojo, a lo que él responde con esa sonrisita que me saca de quicio. Trato de hablar con Vlad para poder ignorar a Kyle toda la noche, pero su mano en mi muslo me mantiene prisionera.

La sonrisa sigue ahí, aunque el humor ha desaparecido y lo ha sustituido una amenaza sombría.

—No me ignores por otros hombres, joder.

—Suéltame —siseo.

—¿Vas a hacer lo que te digo?

—No puedes interferir en mis planes, Kyle.

—¿Qué planes tienes con *Vladimir*? —No se me escapa la forma en la que dice el nombre de Vlad con absoluta condescendencia.

—Planes que no incluyen impulsar a Igor para quedarse con el puesto de líder.

Se queda quieto.

—¿Qué? —Es mi turno de mirarle con superioridad—. ¿Pensabas que no lo sabía? Tus intenciones son más claras que el agua.

—Es adorable que pienses así.

—¿Qué se supone que significa eso?

—Deja de hablar con otros hombres en mi presencia... Ni cuando yo no esté.

Suelto un bufido y me vuelvo para preguntarle a Vlad por las medidas de seguridad. Ya tengo el informe de Ruslan y Katia, así que técnicamente no necesito hablar con Vlad. Aunque si con eso consigo cabrear a Kyle, me vale.

Abro la boca para hablar, y se queda así cuando algo empieza a zumbarme entre las piernas.

«Mierda».

Enciende el juguete en uno de los niveles más altos desde el principio.

Las conversaciones, las caras y las palabras se desdibujan en el fondo mientras mis paredes internas estallan de golpe.

Después de la paliza que me ha dado Kyle en la cama, estoy sensible a más no poder, y con apenas un roce ya siento que me rompo en mil pedazos.

—Se te nota el placer en la cara —susurra en mi oído, luego me da un mordisquito en el lóbulo—. Me dan ganas de follarte hasta que tires abajo la casa entera con tus gritos.

Obligo a mis labios a mantenerse cerrados, le agarro la mano que sigue en mi muslo y clavo mis uñas rojas en su piel tan fuerte como puedo.

Eso no le disuade. Al contrario, aumenta la intensidad.

Me tiemblan los muslos y el estómago se me encoge, preparándose para el impacto que se avecina.

—Cuanto más me desafíes, más placer voy a provocarte —dice con voz ronca antes de apartarse para llevarse un trozo de salmón a la boca. Come tan tranquilo, como si no estuviera jugando conmigo en este momento. Me siento como un ratón atrapado que no tiene escapatoria.

No le suelto la mano porque en este momento es mi único punto de apoyo. Debería ser extraño que Kyle sea, al mismo tiempo, torturador y salvavidas, pero él siempre va un par de pasos por delante del diablo. Sabe exactamente qué teclas tocar y *cómo* tocarlas.

—¿Quieres más? —Vuelve a inclinarse mientras esboza una sonrisa falsa para el resto del mundo—. ¿Quién diría que eras tan exhibicionista?

—Cállate y p-páralo. —Trato de regañarle, pero sale más como un gemido de necesidad.

—No puedo, pero hay algo que sí que puedo hacer. —Me pasa la lengua por el lóbulo de la oreja—. Te puedo ofrecer una mano.

—Que. Te. Follen.

—¿Aquí? —Finge estar asombrado—. Tus tendencias exhibicionistas son más serias de lo que pensaba, princesa.

Se aleja para seguir comiendo como si nada mientras yo lucho contra las chispas que siguen invadiendo mi cuerpo. Trato de concentrarme en la comida, pero me tiembla demasiado la mano como para agarrar la cuchara.

—¿Cómo te sientes ahora que vas a ser abuelo, Igor? —pregunta Sergei.

Estoy demasiado mareada para concentrarme en expresiones faciales o en el lenguaje corporal, pero noto que el semblante de Igor no cambia cuando dice:

—Stella y yo estamos eufóricos.

Su mujer sonríe a su lado. No estoy segura de si Kyle les ha dicho la verdad o no, pero, en cualquier caso, no parece que estén demasiado contentos con las noticias.

—Bien, bien. —Sergei le da un sorbito a su copa—. En esta casa hacen falta niños correteando por ahí.

—Aunque es un poco raro. —Damien se limpia la boca con el dorso de la mano como un animal salvaje y su mirada recae sobre mí—. Nunca pensé que Rai tendría instinto maternal.

Todo el mundo centra su atención en mí y yo maldigo para mis adentros. Apenas puedo mantener la cara seria ahora mismo. Ni de coña voy a poder hablar, pero al mismo tiempo, si dejo pasar la provocación de Damien, parecerá una muestra de debilidad.

Intento recomponerme y trago un par de veces para que la voz salga más o menos normal.

—La gente cambia —dice Kyle con indiferencia.

—Por lo visto sí, si te deja que contestes por ella —contesta Damien.

—Bueno, lo que no tendrá que hacer por mí es darte una paliza —consigo decir en un tono medio calmado, aunque por dentro estoy ardiendo.

Algunos se ríen en alto y otros por lo bajo, pero Kirill me dedica una sonrisa de suficiencia. Joder, me sonríe como si conociera mi secreto más oscuro y se lo guardara para usarlo más tarde.

Los demás vuelven a sus charlas triviales y Kirill se les une poco después, cuando termina de burlarse de mí.

¿Qué cojones esconde?

Estoy a punto de mirar a Vlad para ver si ha notado algo cuando la vibración entre mis piernas aumenta. Aprieto la mano de Kyle más fuerte de forma instintiva y me muerdo el labio inferior.

¿De verdad planea hacer que me corra delante de todo el mundo? La espalda se me pone rígida y noto el cosquilleo del orgasmo que está a punto de inundarme. Me incorporo de golpe y, en un hilo de voz, murmuro:

—Disculpadme.

La espera hasta que Sergei asiente se me hace eterna. En cuanto mueve la cabeza, salgo volando del comedor con las piernas temblorosas. Me tapo la boca con las manos para no soltar ningún sonido bochornoso.

Sigo corriendo hasta que encuentro una sala de personal y empujo la puerta para abrirla. Una vez dentro, me desplomo contra la pared. Justo cuando el orgasmo está a punto de alcanzarme, la vibración disminuye hasta un nivel tentador.

No, no. *Necesito* esa liberación.

En pocas semanas, me he vuelto muy susceptible al placer que Kyle me provoca. Incluso ahora mismo, en medio de toda esa gente, una parte retorcida de mí quería correrse allí mismo.

Me levanto el vestido y me bajo las bragas antes de encontrar el juguete con los dedos. Me muerdo el labio inferior mientras deslizo el consolador hacia fuera y luego lo vuelvo a introducir. Apoyo la espalda contra la pared mientras vuelven las chispas de antes.

Se acumulan lentamente, con cada embestida. El corazón golpea contra mi caja torácica, siento su ritmo en los oídos mientras intento amortiguar mi voz.

La puerta del almacén se abre de golpe y yo grito, deteniéndome con el consolador a medio camino dentro de mí.

¿Por qué no he cerrado la puerta? ¿Por qué?

Entonces, cuando mi mirada se cruza con esos ojos azul oscuro, la razón me golpea con la fuerza de una tormenta.

Kyle es la razón por la que no la he cerrado. ¿Esperaba inconscientemente que me siguiera o algo así?

Entra, su altura bloquea el mundo exterior y la luz cuando cierra la puerta y se apoya contra ella.

—Sobre lo de la mano…

26

KYLE

Hace mucho tiempo, cuando era un crío y tuve que crecer entre monstruos, me enseñaron a nunca codiciar nada.

Todo es temporal, útil, descartable. Cada. Puta. Cosa.

Entonces, ¿por qué cuando miro a la mujer que está apoyada en esa pared, lo único que siento es la necesidad de recorrer su mejilla con la lengua hasta adueñarme de esos labios entreabiertos?

¿Por qué es lo primero en lo que pienso por las mañanas y lo último que quiero ver antes de cerrar los ojos?

Rai Sokolov es la fruta prohibida que nunca debería haber probado, porque un solo bocado no es suficiente. Ni el segundo, ni el tercero, ni el décimo.

Levanta la barbilla aunque su postura es la viva imagen de la vulnerabilidad. El vestido se le ha subido hasta la cintura y la ropa interior se le arremolina en los tobillos. Incluso el frágil elástico le ha dejado marcas rojas en esa piel pálida y suave.

—No necesito tu mano —dice entre jadeos—. Vete.

Me apoyo en la puerta del almacén, cruzando las piernas a la altura de los tobillos.

—Por mí no te cortes. Solo me quedaré a mirar. ¿Cómo te sientes al tocarte con el juguete que odiabas tanto al principio? ¿Se estrechan tus paredes alrededor del material?

—C-cállate... —Se le arquea la espalda de forma visible, sus pechos presionan la tela del vestido. Mi polla se agita ante la imagen, pidiéndome que la agarre por el cuello y me la folle sin descanso.

Pero el impulso de jugar con ella es más fuerte, y sé que ella también lo necesita. Por eso me provoca cada vez que tiene la oportunidad.

Observar cómo se masturba con esa cosa de plástico hacia dentro y hacia fuera mientras yo estoy aquí de pie es tan excitante como molesto. Lo primero es porque me encanta ver cómo se rinde al placer. Se le relaja el cuerpo, entreabre los labios y sus ojos parecen extasiados, como si estuviera en sintonía con cada chispa que la recorre.

Lo segundo es porque no quiero que nada que no sea yo la toque, ni siquiera un juguete que compré yo mismo. Tengo la polla dura como una piedra, tramando sustituir ese juguete y hacerla estallar a mi alrededor.

—¿El tamaño del juguete ya no puede satisfacerte? —pregunto con la mayor indiferencia que puedo fingir, aunque estoy a punto de follármela en el suelo como un puto animal—. ¿Acaso tu coño está suplicando más?

Ella se muerde la comisura del labio inferior; por mucho que le guste ocultarlo, a Rai le pone cachonda que le hable sucio. Sus paredes me aprietan más fuerte cada vez que describo lo que planeo hacerle.

—Si quieres algo auténtico, solo tienes que pedirlo. O mejor, suplicarlo como una buena princesa.

—Tú también deseas esto. —Señala con la barbilla el bulto de mis pantalones.

—Nunca he dicho lo contrario.

—Entonces ¿qué tal si me suplicas *tú*?

—Las mujeres me suplican a mí, no al revés.

—Bueno, entonces deberías irte con ellas.

—Tal vez lo haga.

Sus movimientos se ralentizan mientras me deja clavado en el sitio con la mirada.

—Entonces tal vez yo tenga que ir a encontrar hombres que me supliquen también.

Aprieto la mandíbula. Aunque entiendo su principio de «ojo por ojo», pensar en ella con otro hijo de puta me ciega de rabia.

—No si les meto un tiro antes.

—No puedes vigilarme las veinticuatro horas del día.

—Oh, joder que si puedo. Mataré a cualquier hombre que se te acerque a menos de un metro. Si no me crees, haz la prueba. Vamos, prueba a ver qué cojones pasa.

Sonríe un poco entre gimoteos, y su expresión me pilla por sorpresa. Cuando habla, su voz suena entrecortada, necesitada, suplicante sin tener que decir «por favor».

—¿Te gusta tanto ejercer el control que llegas a ignorar tus propias necesidades físicas, Kyle?

Hace un gesto con la cabeza hacia mis pantalones otra vez, donde ni siquiera me he molestado en ocultar la evidencia de mi puta obsesión por esta mujer.

—¿Qué ocurre, Kyle? ¿Tienes miedo de dejarte llevar por tus impulsos? —Levanta la barbilla, todavía moviendo el juguete dentro y fuera de ella, sin prisa, casi… de forma seductora. «Me cago en la puta». ¿Desde cuándo Rai se ha vuelto toda una experta en el arte de la seducción?

—¿Miedo a qué? —Me aferro a mi autocontrol con puño de hierro.

—Miedo a dejarte llevar… A sentir.

Me acerco a ella con dos largas zancadas y le doy la vuelta hasta que queda de cara a la pared, luego la sujeto por el cuello desde atrás. El jadeo por la sorpresa poco a poco se va convirtiendo en un gemido cuando envuelvo con los dedos la delicada piel de su cuello; la piel que tan fácilmente se magulla, que tan fácilmente marco como mía.

—Yo no soy el que tiene miedo de dejarse llevar, Rai —murmuro contra su oído. Luego lo muerdo, y digo con voz más grave—: Esa eres *tú*.

Su gemido de placer es el único incentivo que necesito para soltarle el pelo y dejar que le caiga sobre los hombros. Luego me desabrocho el cinturón y me bajo los calzoncillos lo suficiente como para liberar mi polla dolorida.

Le saco el juguete del coño y lo tiro. Ella se agarra a la mano con la que le rodeo el cuello, no para que la quite, sino para que le sirva de ancla ante lo que está a punto de suceder. He aprendido a saber exactamente cómo me necesita. Mi mujer es hermosa, fuerte, pero se sigue mostrando vulnerable conmigo.

Solo conmigo.

Inclina la cabeza hacia un lado, permitiendo que le rodee el cuello por completo con la mano. Sería muy sencillo romperla y ver cómo se hace añicos.

—No voy a contenerme —susurro en el lóbulo de su oreja, mordisqueando la carne sensible.

—¿Alguna vez lo has hecho?

—Oh, ya te digo. No tienes idea de cuánto.

—¿Y ahora n-no vas a hacerlo? —La voz le tiembla un poco. Está asustada, pero no es lo único que siente en este momento.

La excitación de mi mujer se refleja en cómo se le abren los ojos y en la forma en la que queda completamente inmóvil contra mi cuerpo.

—No. —Mi voz es apenas un susurro cerca de su oído—. Y tú vas a recibir todo lo que te dé. Cada embestida, cada orgasmo y cada gota de mi semen.

Un estremecimiento es la única reacción que muestra cuando la penetro de un solo golpe. Su gemido es fuerte, desenfrenado, y resuena en el pequeño espacio que nos rodea.

Con la mano que tengo en su cuello, le meto el dedo índice en la boca.

—Shh. Nos van a oír.

Ella me muerde el dedo, fuerte. Contengo una mueca de dolor mientras sonrío de satisfacción. Me encanta cuando devuelve lo mismo que recibe, cuando se somete a mí y luego decide que quiere mostrar su lado más feroz.

—L-la tienes… la tienes enorme —dice contra mi dedo.

—Y aun así tomas todo lo que te doy como una buena princesa. —La penetro con fuerza, más hondo, dejando que sienta hasta dónde llega mi locura y lo irreal de todo esto.

Rai apoya la otra mano en la pared para mantener el equilibrio, con la cabeza inclinada. Aprovecho que la estoy agarrando del cuello para levantarle la cara y hacer que me mire.

—Mírame mientras te follo.

Sus ojos centelleantes, aunque llenos de un deseo innegable, también proyectan algo diferente: un desafío. Me está *retando* a que le dé todo lo que tengo.

Suelto una risita, que seguramente suene un tanto desquiciada.

—Si sigues mirándome así, estás jodida, Rai.

—Me has dicho que me ibas a dar todo lo que tienes —murmura, como si no quisiera admitir su deseo más profundo y oscuro.

—Oh, te daré todo lo que tengo, claro que sí. No me culpes si te dejo marcada.

Le suelto el cuello para agarrarla por el pelo mientras la penetro con tanta fuerza que me quita toda la energía. Toda mi sangre corre hacia el espacio entre los dos.

Ella grita, separándose de la pared, pero yo la mantengo contra ella agarrándola con ímpetu por la cadera. Sus gemidos se intensifican y se agudizan, y tiene que taparse la boca con ambas manos para que el mundo exterior no la oiga.

Pero no rompe el contacto visual, ni siquiera cuando mis embestidas se descontrolan.

Yo me estoy descontrolando.

No tengo ni idea de lo que ve cuando me estudia la cara, pero es una de las pocas veces en la que le muestro mi verdadera forma, la que tan estúpidamente quiere conocer. Si lo hace, será su fin.

Pero en lugar del asco que esperaba (y del miedo, que también habría tenido sentido), Rai se quita las manos de la boca y sella sus labios con los míos.

Está... besándome.

Rai está besándome mientras uso su cuerpo sin compasión y le muestro el monstruo que soy en realidad; el monstruo que la dejó porque ya tiene demasiadas bestias con las que lidiar.

Le muerdo el labio inferior, en un último intento por sacarla de su ensimismamiento, pero ella me lame el labio superior a modo de respuesta.

«Joder. ¡Joder!».

Le devuelvo el beso con una urgencia que me deja sin aliento. ¿A quién le importa el oxígeno cuando la respiro como si fuera mi droga favorita?

Esta mujer va a ser la culpable de nuestra destrucción.

Separa los labios cuando llega al orgasmo, pero no dejo de saborearla, ni siquiera cuando me estrangula la polla con sus paredes internas. Tampoco dejo de devorar sus labios entreabiertos, mordis-queando su carne y succionando su labio inferior.

Las rodillas de Rai ceden, pero la sujeto por la cadera.

—No he terminado contigo, esposa.

Al escuchar la palabra «esposa», cierra los ojos. No tengo ni idea de si es por placer o por repulsión, pero intenta ponerse de pie.

Yo sigo embistiéndola con el mismo ritmo intenso, como un loco en busca de la cordura... o quizás como un hombre cuerdo al borde de la locura. Porque esto, la forma en la que disfruta cuando me entrego por completo, es exactamente la razón por la que Rai está hecha para mí.

«Un momento... ¿Hecha para mí?».

No tengo espacio mental para concentrarme en ese extraño pen-samiento cuando se me tensan los testículos y la columna se me po-ne rígida. La mantengo en su sitio, gruñendo mientras descargo mi semen dentro de ella.

Como le dije antes, lo recibe todo, hasta la última puta gota. No la saco durante los segundos que tardamos en recuperar el aliento.

Rai se desploma contra la pared y yo me estrello contra ella por detrás. Si le peso demasiado, no se queja, se limita a intentar recupe-rar el aliento.

Nos concedemos unos segundos así. Solo ella y yo. Cuerpo con cuerpo. Pulso con pulso.

Miro el reloj y me maldigo por haber perdido la noción del tiempo, teniendo en cuenta el espectáculo que he planeado para esta noche. Por suerte, aún quedan veinte minutos. Debería mante-ner a Rai aquí hasta que todo termine.

Ella levanta una mano para secarse el rabillo del ojo, o más bien, una lágrima que se le ha escapado.

«Joder». Eso ha sido demasiado intenso, incluso para mi nivel de depravación.

Me invade una sensación de arrepentimiento que nunca debería sentir al contemplar su figura contra la mía. Es frágil, se magulla con facilidad, y aun así he descargado toda mi ira sobre ella.

Me aparto, soltándola a regañadientes. Se da la vuelta para mi-rarme, apenas sosteniéndose en pie, apoyándose en la pared para mantener el equilibrio.

Mis ojos se fijan en sus oscuros ojos azules mientras le limpio con un dedo por debajo de ellos.

—¿Te duele?

—No soy una flor delicada, Kyle. No me trates como tal.

—Pero es que sí que lo eres.

Alza la barbilla, aunque le tiembla ligeramente.

—No, no lo soy.

Deslizo la punta de los dedos sobre la marca que tiene en las clavículas.

—Esto demuestra lo contrario.

—Estoy bien. Me lo he buscado yo.

Sonrío un poco.

—Desde luego que sí. ¿Puedes andar?

—Dame… dame un segundo.

—Mejor un minuto —digo en tono burlón.

Me mira entornando esos ojos tan bonitos.

—¿Te estás burlando de mí?

—¿Por qué haría eso, mi delicada flor?

—Eres un gilipollas —musita por lo bajo mientras se agacha para subirse la ropa interior por las piernas.

Sigue temblando, apenas le funcionan los dedos. Le coloco las manos a los lados y me encargo de dejarla presentable.

Una parte de mí quiere que salga así, con mi semen seco entre los muslos y con la cara de recién follada; pero la otra parte, la que gana, no quiere que nadie más que yo vea este lado de ella.

Empieza a protestar, pero le agarro las manos y las bajo.

—Quédate quieta.

Le peino el pelo con los dedos antes de atarlo con la goma en la parte de atrás de la cabeza.

Al principio, se queda quieta como una estatua, pero luego empieza a moverse. De repente, me agarra del cinturón.

—Voy a echarte una mano también.

Me coloca la ropa, al principio con timidez, como si no supiera cómo hacerlo. Mi polla vuelve a la vida con sus movimientos inexpertos. «Joder». Esa cosa no sabe lo que es descansar.

Rai me sube la cremallera y me abrocha el cinturón mientras yo termino de limpiarle el pintalabios corrido alrededor de la boca.

Luego nos quedamos mirándonos el uno al otro, con sus manos alrededor de mi cintura y mi dedo en la comisura de sus labios entreabiertos.

—¿Por qué se siente como algo… normal? —murmura.

—¿El qué?

—Esto. —Inclina la cabeza entre los dos, y no sé si habla de nosotros o de la forma en la que le hemos colocado la ropa al otro.

—¿No debería ser así?

Niega una vez con la cabeza.

Cada vez que hace eso me pone de los putos nervios. Sigue luchando y huyendo, aunque ya la tengo cogida por el cuello… en todos los sentidos posibles.

—Siempre estuviste destinada a ser mía, Rai. Deja de luchar contra ello de una puta vez.

—Entonces deja de esconderte de mí.

—No me estoy escondiendo

—Estás huyendo.

—Sí, Rai, estoy huyendo, y te joderé por el camino. ¿Es eso lo que quieres oír?

Espero que me grite, que me rete, porque es lo que hace en estas situaciones.

En lugar de eso, le sale un hilo de voz:

—Lo que quiero es escuchar algo de ti, de tu yo real, no esa imagen que le muestras al mundo.

—¿A quién beneficiaría eso?

—A mí. Me acercaría más a ti.

—Déjame adivinar: aun así no confiarías en mí por completo.

—No, salvo que demuestres que eres digno de esa confianza.

Me quedo quieto, sopesando mis opciones y formulando el mejor escenario posible.

—Formaba parte de una organización de sicarios.

Abre mucho los ojos, pero dice:

—Eso ya lo sabía.

—No. Solo sabías que era un asesino a sueldo. La parte de la organización es nueva para ti.

—¿Y cuánto tiempo formaste parte de esta organización?

—Desde los cinco años.

La mirada se le apaga, y detesto lo que veo en sus ojos.

—Deja de mirarme así.

—¿Así, cómo?

—Como si te diese lástima, joder.

Sacude la cabeza de forma frenética.

—No es eso.

—Entonces ¿qué es?

—Nada. —Hace una pausa—. ¿Y luego qué pasó?

—Luego, nada.

—¡Kyle!

—¿Qué? No eres la única que puede usar esa palabra.

—¿Alguna vez te han dicho que eres un completo imbécil?

—Tú lo haces continuamente. En ese ámbito no hay quien te gane.

—Gilipollas.

—Sé que eres adicta a mi polla. No hace falta que me lo recuerdes.

Se le encienden las mejillas.

—No, me refería a que eres un capullo.

—¿Eso significa que quieres probar mi capullo?

—Agh. Deja de tergiversar todo lo digo.

—¿Por qué debería hacerlo? —Sonrío con sinceridad por primera vez en mucho tiempo—. Es divertido.

Fuera suena un disparo, y yo miro el reloj. Diez minutos antes… «¿Qué cojones?».

Rai se aleja de mí de un empujón y sale corriendo del almacén, ya sin rastro de aquel temblor en sus extremidades.

—Maldita sea —musito para mis adentros mientras corro detrás de ella hacia el comedor.

El caos se desata en medio de la paz cuando hombres armados irrumpen con las armas en alto. Las mujeres se esconden debajo de la mesa, chillando mientras todos los hombres sacan sus respectivas pistolas.

Rai se detiene frente a ellas, le acaricia la cabeza a Anastasia y luego le dice algo a Stella y a otras mujeres.

Pienso que se les unirá y hará esta misión al menos un poco más sencilla, pero entonces se pone de pie de golpe y le hace una señal a Ruslan. Este le pasa un arma mientras él, Katia y Rai forman un triángulo y disparan a los hombres.

La puta valentía de esta mujer siempre consigue impresionarme.

Aunque en esta situación es inútil. Los atacantes no solo llevan chalecos antibalas, sino que nadie en la mafia puede igualar su nivel.

Rai hace un gesto con la cabeza en dirección a Sergei.

El movimiento ocurre en una fracción de segundo. Sigo su mirada y veo el momento justo en el que su cerebro decide el curso de la acción. Hay un hombre armado apuntando a Sergei, y Rai acaba de decidir que va a protegerlo.

«¡Joder!».

Corro a toda velocidad y llego antes que ella en el último segundo. Se detiene a mi derecha, con expresión de asombro, cuando una bala me atraviesa el pecho.

La fuerza del impacto me hace caer de espaldas y me desplomo en el suelo. Un líquido caliente brota de mi cuerpo antes de que la sangre empape mi pecho y se forme un charco a mi alrededor.

—¡Kyle! —su voz estridente y llena de pánico me llega a pesar del caos.

Un rostro angelical se cierne sobre mí, apareciendo y desapareciendo en mi visión borrosa.

Intento tocarle la mejilla con el dedo, pero el brazo no me responde.

—Sabía que acabarías conmigo, princesa.

Pongo los ojos en blanco y el mundo se vuelve negro.

27

RAI

—¡Kyle!

Corro hacia él y me tiro de rodillas al lado de su cuerpo inconsciente, con el corazón latiéndome tan fuerte que siento el pulso en los oídos.

El caos que nos rodea, los disparos, los gimoteos, los gritos en ruso… todo se vuelve un ruido de fondo. Lo único en lo que puedo concentrarme es en el hombre tirado en el suelo.

El hombre cuyos ojos permanecen cerrados mientras la sangre le empapa la camisa y brota de él a un ritmo preocupante, como si la vida le estuviera abandonando.

Coloco los dedos temblorosos en el agujero y presiono tan fuerte como puedo.

—No te vayas… Ni se te ocurra irte… —La voz se me quiebra al final, pero sorbo por la nariz y me concentro en mi tarea.

No puede marcharse, ya no. Me prometió que se quedaría. Me hizo una puta promesa.

—¡Llamad al doctor Putin! ¡Ya! —grito a todo pulmón para que me escuche alguien. No encuentro la fuerza para apartar la atención de Kyle. Siento que si dejo de mirarle por un segundo, se desvanecerá en el aire.

Katia se levanta de la primera línea y asiente, luego corre hacia la entrada.

Si de mí dependiera, lo llevaría al hospital, pero no podemos permitirnos ese lujo en nuestro mundo porque cada disparo se reporta y seguro que acabaría causando un buen revuelo después.

La hermandad tiene su propio médico, a quien se le paga generosamente y que acude cuando se le necesita.

Ruslan se coloca a mi lado con el arma preparada para protegerme.

—¿Quieres que lo mueva?

—No. Podría empeorar la herida. —Respiro hondo, de forma controlada, pero dejo entrever que estoy al borde del colapso—. Dame tu chaqueta y cúbreme la espalda.

Ruslan no se lo piensa, se quita la chaqueta y me la da. La presiono contra el pecho de Kyle, fuerte. Puede que no sepa qué hacer para salvarle, pero sé que tengo que detener la hemorragia.

Con cada segundo que pasa, su pulso es más débil y mi ritmo cardiaco se acelera a un ritmo preocupante, como si estuviera a punto de frenar en seco.

Los disparos cesan, pero yo no levanto la cabeza. *No puedo.*

—¡Rai!

Al escuchar mi nombre, levanto la mirada con resignación. Sergei está de pie frente a mí, con el ceño fruncido.

—Vamos arriba.

—No. No voy a abandonarle.

—No sabemos si hay más hombres armados. ¿Cómo vas a ayudarle si tú misma estás herida?

—*No* pienso irme de su lado.

Sergei sacude la cabeza, pero ordena a sus guardias que formen un círculo a nuestro alrededor a pesar de que ya no hay disparos.

—Su pulso es débil y ha perdido mucha sangre. —Me tiembla la barbilla—. ¿Qué voy a hacer?

—No hay nada que puedas hacer salvo presionar y no soltar la tela —dice Sergei—. Deja que Ruslan lo haga.

—No. —La idea de dejar a Kyle, aunque sea un momento, me aterroriza. Si lo hago, lo perderé, igual que hace siete años. Solo que esta vez será para siempre.

Esta vez no podré aferrarme a la esperanza de que volverá.

No sé cuánto tiempo tarda en venir el médico, pero es suficiente para que la chaqueta de Ruslan esté empapada de sangre y que el pulso de Kyle sea casi inexistente.

Trato de quedarme cerca mientras el doctor Putin hace su trabajo, pero Sergei me obliga a ponerme de pie con las piernas temblorosas, para no molestar.

No dejo de seguir los movimientos del doctor con la mirada fija, como un halcón. Distingo vagamente a los guardias limpiando el comedor y las firmes órdenes en ruso del grupo de élite, especialmente de Vlad. Ordena a dos de los guardias de Sergei que lleven a Ana y a las otras mujeres a otra habitación.

Todo lo demás es un borrón. Por un momento, no estoy segura de si es un sueño o es la realidad. No siento mi propio cuerpo ni mi respiración.

Al doctor Putin le lleva un largo rato sacar la bala del pecho de Kyle. No aparto la mirada de la escena grotesca: la aguja atravesando la piel de Kyle y la sangre que se le está transfundiendo al cuerpo.

Ni siquiera aparto la vista del charco de sangre que le rodea, como si fuera su lecho de muerte.

Negando con la cabeza para mis adentros, sigo observando toda la situación. Dura tanto que Sergei agarra una silla para sentarse.

Yo no.

Si me muevo un centímetro, empezaré a hiperventilar.

Por fin, el doctor Putin se levanta y se dirige a Sergei:

—Ha perdido mucha sangre, pero ha tenido suerte. Si el disparo se hubiera desviado, no habría sobrevivido. Tiene fiebre, así que esta noche podría ser crucial. Necesita supervisión constante hasta que la fiebre desaparezca. Le recetaré antibióticos y deberá tomar puntualmente.

Sergei le da las gracias al doctor y le dice a uno de sus hombres que lo lleve de vuelta.

Arranco la receta de la mano del médico y se la doy a Katia.

—Date prisa.

—Sí, señorita. —Ella asiente y sale de la mansión a toda prisa.

Dado que el doctor nos dijo que lo moviésemos con cuidado, ordeno a Ruslan y a otros de los guardias de Sergei que lo coloquen sobre una mesa alta de café para llevarlo arriba.

Los sigo, aunque me tiemblan las piernas. Miro la sangre que tengo en las manos, de un intenso carmesí. Su sangre… la de Kyle.

En cuanto entro en la habitación, corro al baño y abro el grifo. Me froto las manos temblorosas una y otra vez y noto un sabor salado. Entonces me doy cuenta de que por mis mejillas resbalan lágrimas.

Me las seco con el dorso de la mano y me lavo la cara antes de salir del baño con una toalla húmeda.

Ruslan permanece junto a la cama en la que yace Kyle. Mi marido solo lleva puestos los pantalones después de que el médico le cortara la camisa ensangrentada. Tiene un vendaje alrededor del pecho y sujeto sobre el hombro.

—Ve a ayudar fuera, Ruslan —consigo decir—. Y dile a Katia que entre aquí en cuanto tenga los medicamentos.

—Sí, señorita.

Echando un último vistazo, Ruslan sale de la habitación.

Toda la energía que he usado para seguir de pie me abandona. Caigo de rodillas al lado de la cama y limpio con cuidado la sangre que mancha los abdominales de Kyle.

No debería estar sangrando ni herido. Es demasiado profesional y metódico para eso.

Y aun así, lo está.

Porque por muy profesional que sea, Kyle sigue siendo humano. Los humanos sangran y mueren.

Como estuvo a punto de pasarle hoy. Me vienen a la mente las palabras que me dijo el día de nuestra boda, cuando me dijo que no deseara quedarme viuda porque eso podría hacerse realidad antes de lo esperado.

Le sujeto la mandíbula con los dedos y me inclino para darle un beso en los labios, con la boca temblorosa, permanezco allí segundo más antes de murmurar:

—No tienes permitido volver a abandonarme, gilipollas.

28

KYLE

Me zumban los oídos mientras abro los ojos despacio.

Lo primero que veo es a una mujer preciosa. El pelo le cae en cascada por un lado de la cara, los mechones rubios ocultan su expresión.

El ángel que vino a visitarme en mis últimos momentos… Solo que no sé si eran los últimos.

Me limpia el pecho con diligencia, con una expresión solemne y concentrada, como si estuviera en medio de la tarea más importante de su vida. No me atrevo a molestarla, porque lo único que quiero es mirarla. Mirarla *de verdad*, y grabar esta imagen y a ella en mi memoria para mantenerla ahí.

Conmigo.

En ese momento, cuando creí que todo había terminado, lo único en lo que pensaba no era en mi misión ni en las personas a las que no podía arrancarles el corazón con mis propias manos. Lo único que me venía a la mente era esta preciosa mujer explosiva que por fin se estaba abriendo a mí después de odiarme durante años… O tal vez me decía a mí mismo que se estaba abriendo.

Pensé en que volvería a estar sola, en que se cerraría en banda y expulsaría al mundo de su círculo más íntimo.

Y no me gustó. *No me gusta*. Estaría completamente sola en este mundo sin mí, sin nadie a quien aferrarse.

En el fondo, ya me prometí a mí mismo que la protegería. Ya hice ese juramento al decir que sería la única persona por la que haría una excepción.

La única persona que sería mía.

Me cuesta un esfuerzo sobrehumano mover el brazo. Con la mano agarro sus mechones y acaricio entre mis dedos su cabello dorado.

Rai levanta la cabeza bruscamente y me mira con esos ojos azules de los que nunca me olvidé, esos ojos que a veces me visitaban en sueños y me obligaban a despertar empapado en sudores fríos. ¿Por qué estos ojos tienen tanto poder sobre mí cuando mi único propósito en la vida es destruir todo lo que ella representa?

No importa lo mucho que odie todo lo que simboliza. Nunca la he odiado *a ella*. Es la única a la que le he permitido acercarse tanto.

Entreabre los labios y, al poco tiempo, me mira con esa expresión angustiada. Luego, despacio, demasiado despacio, abre la boca y me sonríe como si me viera por primera vez.

Supongo que esta es la reacción que esperaba cuando regresé, pero ella quería que me castigaran. Quería que me mataran. Ahora sonríe porque me he despertado.

Esta mujer es toda una paradoja.

—Estás despierto.

Asiento, y ese simple gesto me paraliza. El dolor me estalla en el pecho y se extiende por todo el cuerpo.

—¿Cómo te encuentras? ¿Debería llamar al doctor?

—No —digo con una voz tan ronca que dudo que haya oído la palabra—. Sobreviviré.

—¡No vuelvas a hacer eso nunca! Y cuando digo nunca, es *nunca*. —La mezcla de emociones se hace evidente en su voz: alivio, desesperación, pero sobre todo, parece estar a punto de desmoronarse.

—¿Hacer qué?

—¿Por qué demonios corriste así delante de Sergei?

—Porque ibas a hacerlo tú. Estabas corriendo para usar tu cuerpo como un puto escudo humano. ¿Esperabas que te dejara sacrificarte?

—Es mi deber como parte de esta hermandad.

—No es tu deber dejar que te maten.

—Ni el tuyo tampoco. ¿Desde cuándo te importa una mierda Sergei?

—No me importa. La única que alguna vez me ha importado eres *tú*.

Entreabre los labios y espero que diga algo, que me suelte alguna contestación como siempre, pero continúa limpiándome el pecho. Tiene una expresión solemne, y puedo ver las lágrimas que se agolpan en sus ojos.

—Pensé que volvías a irte. —Sigue limpiándome los brazos, las manos e incluso los bíceps. Aunque su contacto es suave, la expresión de su cara es todo menos eso—. Pensé que te había perdido y que nunca volverías.

—¿En serio creías que me sería tan fácil irme? Después de todo, aún no te he dejado embarazada. Al menos no oficialmente.

—Cállate, gilipollas.

—Veo que sigues igual de malhablada, así que *tan* preocupada no estás. Estoy herido.

—¡Déjate de bromitas! —Le tiembla la barbilla—. No tienes ni idea de por lo que he pasado. Anoche tuviste fiebre y no pude pegar ojo por si tenía que impedir que te subiera.

—Lo siento.

Se limpia la cara con los dorsos de ambas manos.

—Tú concéntrate en recuperarte.

Nos quedamos en silencio por un momento mientras me empapo de su presencia. ¿Quién iba a decir que tenerla a mi lado de esta forma me llenaría tanto?

—¿Qué pasó anoche? —pregunto.

—No lo sé. Unos hombres armados nos atacaron. Adrian y Vlad creen que fueron los irlandeses, pero no estoy segura. No parecían irlandeses.

—¿Y tú cómo sabes qué aspecto tienen los irlandeses? ¿Los escuchaste hablar?

—No, pero los irlandeses no son tan estúpidos como para atacar la casa del *Pakhan*. Eso sería una declaración directa de guerra, y no harían eso.

—Tal vez no lo hacían en el pasado y ahora han cambiado de opinión.

Ella se encoge de hombros, ni confirmando ni desmintiendo esa opción. Opto por no insistir en la idea porque levantará sospechas. Es el único momento en el que me alegro de que la mayoría del resto de hombres no se tomen en serio las palabras de Rai. No pueden sospechar que no se trata de los irlandeses.

—Sea como sea… —Rai continúa limpiándome la piel mientras habla—: Sergei le dijo a Damien que se preparase para la batalla. Me apuesto lo que sea a que es el que más contento está por este giro de los acontecimientos. Ya sabes cómo se pone cuando escucha la palabra «guerra».

—¿Cuál es tu papel en todo esto?

—Por ahora solo estoy en la parte financiera. No puedo participar del todo.

—¿Por qué no?

—Porque me estoy ocupando de ti, genio.

—No tienes que ocuparte de mí. Tengo un guardia, Peter. Por cierto, ¿dónde está ese crío inútil?

—No. —Su tono no admite réplica mientras sus ojos decididos vuelven a fijarse en los míos—. Yo seré quien se encargue de ti.

—¿En serio quieres hacerlo?

—Soy tu esposa. Es mi deber.

—No pensé que te tomarías nuestros votos tan en serio. Hablando de los cuales, hay una parte en la que se habla de amar y respetar.

—No te vengas arriba.

—Bueno, lo he intentado al menos.

Todavía tiene lágrimas en los ojos, y no me gusta. No me gusta que ese azul esté empañado por algo tan doloroso como las lágrimas, porque sé que Rai no es de las que muestran sus sentimientos al mundo tan fácilmente. No es de las que llora solo porque algo les duele. Al contrario, es de las que esconde sus debilidades con todas sus fuerzas. Así que el hecho de que no pueda hacerlo ahora mismo significa que esas emociones son demasiado fuertes como para controlarlas.

—Me duele —murmuro.

Levanta la cabeza bruscamente y examina la herida, luego mi rostro.

—¿El qué? ¿Qué te pasa? ¿Hay algo que pueda hacer?

Extiendo el brazo del lado que no tengo herido y lo señalo con la cabeza.

—Ven aquí.

—No. Estás herido.

—Ven aquí, Rai.

—¿Por qué?

—Porque te quiero cerca.

—¿Por qué me quieres cerca? —lo dice con un hilo de voz, como si no supiera cómo formular esa pregunta.

—Porque cuando pensé que había llegado el final, eso es lo único que quería.

No suelta la tela mojada mientras se sube a mi lado despacio, con cuidado de no hacerme daño en la herida.

Coloca la cabeza sobre mi bíceps y me mira a la cara con el brazo rodeando mi abdomen.

Por un momento, me mira fijamente y yo le sostengo la mirada. Los surcos de las lágrimas han estropeado las capas de su maquillaje y sigue con el vestido de anoche. Si todavía lleva la ropa de ayer, está claro que no ha tenido tiempo de moverse de mi lado.

—¿En qué estás pensando? —pregunto.

—En que tienes otra marca de bala en el hombro.

—¿Me has estado tocando de forma indebida, princesa? —le provoco.

Las mejillas se le tiñen de un tono rojizo, pero no pierde la compostura.

—¿De qué estás hablando? Soy tu mujer, no hay forma indebida en la que pueda tocarte.

Me gusta que diga que es mi mujer. Me gusta que por fin haya hecho las paces con esa realidad.

—Me dispararon.

—Tienes suerte de haber sobrevivido a dos disparos.

—Probablemente sea porque esta vez te tuve a ti y por eso me escapé del más allá.

—Deja de bromear sobre la muerte. Casi no lo cuentas.

—Estoy justo aquí.

Su respiración, que se había entrecortado unos segundos antes, vuelve a la normalidad mientras me acaricia el abdomen. Luego, desliza la punta de los dedos por mi pecho hasta la marca del disparo.

—¿Qué pasó?

No puedo contarle la verdad porque dejaría al descubierto quién soy en realidad, pero al menos puedo mostrarle un lado mío que nunca ha visto antes. Es muy egoísta por mi parte intentar mantenerla cerca cuando sé cuál es su postura respecto a lo que tengo en mente.

—Hace mucho tiempo, estaba con mis amigos.

—¿Amigos?

—No eran exactamente mis amigos, sino mis colegas de la organización de sicarios. En cierto modo, eran como familia para mí. Era algo parecido a la hermandad, solo que entre nosotros apenas nos debíamos lealtad. Simplemente coexistíamos. La relación con el cabeza de familia, a quien consideraba mi padrino, se estaba enfriando.

—¿Padrino? ¿Pertenece a la mafia?

—Más o menos. No lo consideraría parte de la mafia, pero el concepto se acerca bastante.

—¿Qué pasó después?

—Algunos rivales del territorio sobre el que gobernábamos en Londres querían matar a mi padrino. Por supuesto, no podía permitir que eso pasara, así que me encargué de descubrir al culpable.

—¿Ahí es cuando te dispararon?

—Ahí es cuando dejé que me pegaran un tiro. —O algo por el estilo. No necesita saber los detalles.

—¿Cuál es la diferencia entre dejar que te peguen un tiro y que te disparen?

La pregunta me pilla por sorpresa. Se fija mucho en detalles en los que otros ni siquiera prestarían atención.

—Dejar que me peguen un tiro significa que yo mismo me lo busqué.

—¿Qué hiciste?

—Era demasiado sobreprotector con mi padrino.

—¿Y eso es algo malo?

—A veces sí, pero así es como aprendí que no debería proteger demasiado a nadie. Porque al final, ellos tienen sus propias vidas y yo tengo la mía.

—No creo que eso sea cierto. No creo que proteger a la gente te convierta en una mala persona o en alguien en quien no se pueda confiar. Creo que hace falta mucho valor, no solo para protegerse a uno mismo, sino también a los que te rodean.

—Créeme, princesa, esa no era mi intención, pero si lo interpretas así, no me voy a quejar.

—¿No acabas de decir que estabas siendo sobreprotector?

—Sí, pero no con todos los que me rodeaban. De donde yo vengo, no hacemos eso. No como haces tú.

—¿Yo?

—Sí, te aseguras de que tu familia esté a salvo.

—Es mi deber.

—Ponerte como un puto escudo humano delante de Sergei no es tu deber, es insensato.

Me mira fijamente por un momento y luego suspira.

—Tenía que hacerlo. Era la única forma de que mi familia y yo pudiéramos sobrevivir. Si Sergei muere, tanto Anastasia como yo estamos jodidas.

—No, no es verdad.

—Sí, lo estamos. ¿No ves cómo el resto está conspirando contra mí? Mikhail servirá mi cabeza en bandeja de plata en cuanto Sergei muera, ¿y has visto al zorro de Kirill? Él también tiene algo guardado bajo esa apariencia tan correcta.

—Ninguno de ellos te hará daño.

—¿Cómo puedes estar tan seguro?

—Porque ahora me tienes a mí. No te harán daño mientras yo te proteja.

Se queda callada un momento y pienso que se ha quedado dormida. Pero entonces sus palabras llenan el silencio:

—¿Por qué te fuiste?

Es la primera vez que usa ese tono vulnerable conmigo fuera de la cama. No solo es por la pregunta, sino por cómo se sintió cuando ocurrió.

Sopeso mis opciones y pienso en qué decirle sin apartarla. Estoy disfrutando muchísimo de tenerla cerca de mí ahora mismo. Bueno, en realidad, en cualquier momento.

—Estaba en una misión —digo.

—¿Qué tipo de misión?

—Del tipo del que es mejor que no sepas nada, por tu propia seguridad.

—Me dejaste, Kyle. Tengo derecho a saber por qué.

—¿Qué quieres decir con que te dejé? No estábamos saliendo en aquel momento. No nos acostábamos ni nada.

—Eras el guardia más cercano que tenía, y eras el único al que le permití saber sobre mi hermana gemela. Tú eras el único con el que compartía mi pasado. Y, sin embargo, te marchaste como si nada hubiera pasado, como si no hubiéramos vivido esas cosas juntos.

—Me dijiste que no me necesitabas, Rai. Después de salvar a Reina, te plantaste delante de mí y me dijiste que eras dueña de ti misma y que no necesitabas que nadie hiciera las cosas por ti. Me lo dijiste con esas palabras, así que no te sientes aquí y finjas que me suplicaste que me quedara.

—¿*Suplicarte*? ¿Te das cuenta de cómo suena eso? Me conoces, Kyle, o al menos lo hacías entonces. ¿En serio creías que alguien como yo iba a suplicar? Acababa de perder a mi abuelo, mi único apoyo, y la única persona que necesitaba a mi lado me abandonó, joder.

—No lo sabía. No es que pueda leerte la mente precisamente.

—¿Así que decidiste marcharte como si nada hubiera pasado?

—Te he dicho que estaba en una misión.

—¿Qué tipo de misión? Y no me digas que no debería saberla por mi seguridad. Ya estamos casados. No existe ningún muro entre nosotros.

Sí, lo hay, y ella es la que lo ha estado construyendo desde el principio. Yo no soy mucho mejor, teniendo en cuenta todo lo que estoy ocultando, pero el muro sí que existe, y lo único que quiero es tirarlo abajo.

—La misión era para la organización de la que te he hablado. Tenía que volver a Inglaterra.

—¿Y eso te impedía responder a mis llamadas o enviarme un mensaje para contármelo?

—Sí.

—Pero ¿por qué, Kyle? ¿Por qué coño saliste de mi vida tan de repente?

—Porque eso es lo que yo hago. Desaparezco. No podía ponerme en contacto contigo porque habría querido volver, y eso estaba descartado.

—Solo querías marcharte.

—Sí. —«Y no quería pensar en ti»—. Tú ya habías escogido tu camino en la vida, y yo no tenía hueco en él.

—Idiota —murmura.

—¿Qué se supone que significa eso?

—No necesitas saberlo, por tu propia seguridad —repite mis palabras de antes con un tono burlón.

—Tú nunca te rindes, ¿verdad?

—No, y si vuelves a irte sin avisar, la cosa se pondrá fea.

Le acaricio la frente con los labios a modo de respuesta.

Permanecemos así hasta que el cansancio puede con ella y se queda dormida. En cuanto lo hace, cojo el teléfono y lo desbloqueo. Tengo varios mensajes.

Uno de ellos es más importante que los demás.

Flame: El ataque de anoche fue como la seda.

«Será cabrón». Por supuesto que sí.

¿No es irónico acabar con un tiro en un ataque que yo mismo inicié?

Respondo:

Kyle: ¿Alguna baja en nuestro lado?

Flame: Ninguna, aparte de tu disparo bochornoso.

Kyle: Formaba parte del plan.

Flame: Los cojones.

Kyle: ¿Qué coño hacía uno de los nuestros apuntando a Sergei?

Flame: Dijiste que les hiriésemos lo suficiente como para empezar una guerra.

Kyle: Si Sergei cae, ¿quién cojones empezaría esa guerra, lumbrera?

Flame: El resto. Lumbrera.

Kyle: No apuntéis a Sergei sin consultármelo antes.

Flame: Me aburres.

Menudo imbécil.

Kyle: ¿Cómo va la cosa con los irlandeses?

Flame: Están cagados.

Como debe ser. Aunque hasta ahora los rusos se han mantenido al margen, nunca permitirán que disparen a uno de los suyos sin tomar represalias.

Solo por eso ya merece la pena que me disparen. No solo eso, Sergei también confiará plenamente en mí y todos me respetarán por proteger a su jefe.

Usaré todos esos privilegios a mi favor.

Flame: Ah, y Ghost sabe que te han disparado.

Casi se me resbala el teléfono de los dedos mientras leo y releo el mensaje de Flame. No me lo estoy imaginando. Acaba de decir que mi padrino lo sabe.

Kyle: ¿Por qué se lo has contado?

Flame: Fue una conversación sin importancia.

Kyle: Y una mierda.

Nunca cuenta nada sin un plan previo, y la razón para contárselo a mi padrino no es una coincidencia tampoco.

Flame: Me preguntó por ti.

¿Mi padrino preguntó por mí? ¿Pero por qué? Cuando nos separamos hace diez años, me dejó claro que no quería volver a verme la cara.

Kyle: ¿Y?

Flame: ¿Y qué?

Kyle: ¿Y qué dijo?

Flame: Nada. Ya sabes que es un hombre de pocas palabras.

La esperanza que había surgido en mi pecho hace un momento se marchita y se desvanece. Estaba claro que no diría nada después de la traición.

Negando con la cabeza para mis adentros, vuelvo a centrarme en el tema:

Kyle: Mantenme al tanto de lo tuyo y, la próxima vez, mata a uno de los líderes rusos.

Si uno de ellos muere, la guerra será más intensa y encarnizada.

El único error de cálculo en mi plan es esta mujer que me rodea la cintura con el brazo como si no quisiera soltarme. Esta mujer es mi único cabo suelto, pero encontraré la forma de solucionarlo y la llevaré al lugar al que pertenece.

Justo a mi lado.

—Duerme —le susurro—. Tu vida nunca volverá a ser la misma dentro de poco.

29

RAI

Han pasado dos semanas y, aunque es mucho tiempo, no lo parece.

Creo que es porque han ocurrido pocas cosas, pero al mismo tiempo, parece que han pasado muchas.

Tal y como prometió, Sergei hizo que Damien iniciara su ataque contra los irlandeses. Fue brutal y despiadado, como el carácter de Damien. Solo perdimos dos hombres, pero los irlandeses perdieron más.

En este momento, los italianos están de nuestro lado, pero la Yakuza y las tríadas siguen reacias a participar en una guerra que no les incumbe.

Vlad me pidió que hablara con Kai, ya que parece abierto a negociaciones. Sin embargo, a Kyle no le hizo mucha gracia. No le gustó la idea de que me reuniera a solas con Kai.

Por ahora, le haré caso porque se está recuperando, pero a la larga, sé que no podemos sobrevivir por nuestra cuenta. Si los irlandeses traen a sus aliados, la familia Luciano no será suficiente.

Aparte del ataque, hemos estado viviendo nuestras vidas tan tranquilos. Kyle y yo nos levantamos temprano y salimos a pasear, o revisamos las cifras de V Corp con Ruslan y Katia. Me sorprende la forma en que Kyle lleva los negocios; conoce todos los entresijos a un nivel que no tiene nada que envidiar al mío. Cuando le pregunté cómo había aprendido todo eso, me dijo que había sido gracias a su «familia».

De la que me habló el otro día. Por primera vez, me habló de una parte de su vida de la que no tenía ni idea.

En medio de nuestros días tranquilos, no me siento nada aliviada. Más bien, tengo la sensación de que es la calma que precede a la tormenta. Anastasia me dijo durante la cena que la tormenta ya había pasado, pero ¿por qué presiento que esto solo acaba de empezar?

Dos días después del ataque, Katia me dijo que no pudieron obtener una muestra de ADN del vaso de vino de Igor porque la interrumpieron durante el ataque y no pudo preservar el ADN. Estaba demasiado preocupada por Kyle como para obtener otra muestra de Igor durante sus últimas visitas, pero acabaré consiguiéndola.

Cuando vi a Kyle sobre un charco de su propia sangre, lo único en lo que podía pensar era en que lo había perdido justo después de recuperarlo.

Así que, durante estas dos últimas semanas, he estado a su lado mientras se recupera lentamente. No he pasado mucho por la empresa, e incluso cuando lo hago, me traigo el trabajo a casa.

No es fácil compaginar dos vidas al mismo tiempo, pero yo hago que funcione para que Kyle pueda recuperarse.

Su recuperación ha ido sobre ruedas. Incluso el doctor Putin dijo que tiene un sistema inmune fuerte.

Anoche, durante una cena con los líderes de la hermandad, Sergei lo nombró oficialmente su consejero de honor.

Aunque no hubo ninguna ceremonia formal, la realidad es que ahora Kyle pertenece al círculo íntimo de Sergei. Si hubiera ocurrido hace unas semanas, habría sospechado de lo mucho que se ha acercado Kyle, pero después de poner su propia vida en riesgo para salvar la mía y la de Sergei, ya no es posible.

Poco a poco, el puente que ya estaba roto entre nosotros ha comenzado a reconstruirse. Por primera vez desde nuestro matrimonio, siento que hay algo que salvar entre los dos: una conexión de algún tipo que no está directamente relacionada con lo físico.

Que no se me malinterprete: el sexo con Kyle desata una energía inexplicable. Es liberador de una forma que las palabras no pueden describir.

Solo unos días después de recibir el disparo, Kyle insistió en follarme. No paraba de hablar de ello cada vez que estábamos en la misma habitación. Como resultado, intenté ponerme encima y cabalgarlo para que no se lastimara la herida, pero de repente me dio la vuelta y me folló hasta que grité su nombre.

Desde entonces, se ha vuelto costumbre. Intento subirme encima, y al principio me sigue el juego, dándome una sensación de poder solo para quitármela unos minutos más tarde. Realmente, ya no se trata del poder, para mí, al menos. Me interesa más la tensión y la conexión que brota entre los dos cada vez que estoy entre sus brazos.

Para Kyle, lo más probable es que se trate del poder y el control que ello conlleva. Le gusta que me resista en la cama solo para poder someterme.

Le pone verme indefensa. Le pone agarrarme del cuello. Le pone tenerme debajo de él, gritando o gimiendo su nombre, pidiéndole que pare, o que vaya más rápido y fuerte. Le ponen ese tipo de cosas, y no le avergüenza admitirlo.

Me he vuelto muy adicta a esa faceta suya; la que se deja llevar por completo aunque esté herido. Una de esas noches, no paró; literalmente tenía el aguante de un joven hasta arriba de viagra. No me preocupaba tanto el delicioso dolor que sentía entre las piernas, sino que más bien me asustaba que se le abrieran los puntos y acabáramos en un baño de sangre.

Afortunadamente, no fue así, pero sobreestimé mi resistencia y a la mañana siguiente apenas podía caminar. Kyle se burló de mí durante todo el paseo. Sus ojos brillan con diversión cada vez que respondo a sus desafíos. Nuestras bromas pueden durar una eternidad si no nos interrumpen.

Nuestros paseos matutinos por el jardín empezaron como una especie de rehabilitación física para Kyle, pero con el tiempo, se han convertido en algo que espero con ganas cada día. Siento paz al rodearle la cintura a Kyle con el brazo y simplemente hablar, aunque choquemos la mayoría del tiempo.

Hoy me he levantado temprano para ayudar a preparar el desayuno. Hace mucho tiempo que no cocino, pero me pongo manos a la obra con el personal de cocina e ignoro las miradas extrañas que Katia y Ruslan no dejan de lanzarme.

¿Qué más da que esté haciendo algo que se salga de la norma? Es cierto que no lo he hecho desde que vine a vivir con *dedushka*, pero solía cocinar bien cuando vivía con papá. De eso hace dieciséis años, por lo que mis recuerdos no son del todo precisos, pero servirán.

Hago tortitas y tostadas con mermelada. Bueno, algunas tostadas están un poco quemadas, pero Kyle no tiene derecho a quejarse después de todo lo que he hecho por él.

Bueno, no lo hago por él. Simplemente lo hago porque me siento culpable por lo que le pasó. Eso es todo. No hay *más*.

Después de preparar la cesta de picnic, la cojo e intento subir las escaleras, pero me encuentro a Kyle esperándome en la entrada. Lleva sus habituales pantalones negros y una camisa blanca.

La ropa y el vendaje ocultan su herida, pero casi puedo ver el agujero que tiene ahora en el pecho.

Las imágenes de cuando le dispararon vuelven a mi mente y me cuesta sacarlas de allí. No se disipan hasta que su aroma tan característico me invade.

Kyle me coloca la mano en el brazo como hace cada día.

—Buenos días, señora Hunter.

—Buenos días. ¿Te encuentras mejor hoy?

—¿De verdad sigues preguntando eso después de que ayer te follara hasta destrozar las sábanas?

—¡Kyle! —Me arde la cara e instintivamente miro alrededor para ver si alguien nos ha escuchado.

—¿Qué?

—¿Qué pasa si nos escucha alguien?

—Pues que tendrá tendencias voyeristas. ¿Existe el porno solo de sonido?

—Estás loco.

—¿Por acostarme contigo? Llevaré esa medalla con honor.

—Por no tener vergüenza alguna.

—Ya somos marido y mujer. Es sabido por todos que follar está incluido en esta unión sagrada.

Es incorregible. No hay forma de que consiga que deje de decir esas burradas. Cuanto más lo intento, más creativo se pone para sacarme de quicio.

¿Pero realmente me saca de quicio o en el fondo disfruto esta parte de él?

—¿Podemos irnos ya? —pregunto.

—Todavía no. Necesito saber cómo está mi preciosa mujer hoy —su voz se vuelve seductora—. ¿Has dormido bien con mi semen dentro de ese coño apretado?

—Para.

—¿Por qué? No te importaba cuando gemías «más fuerte, Kyle» con esa voz tan sexy que pones.

La sangre me corre hacia las orejas y hacia mi centro al mismo tiempo, y aunque trato de luchar contra el efecto, no puedo. La verdad es que me invade una extraña sensación de excitación cuando habla de esa manera descarada, sin preocuparse por nada más en el mundo. Las únicas personas que le importan somos nosotros dos.

—¿Entonces? —Me da un golpecito con el codo—. No has respondido a mi pregunta. ¿Cómo te encuentras esta mañana?

—Dolorida —susurro.

—Más dolorida vas a estar en cuanto te meta en nuestra habitación.

—Todavía estás recuperándote, Kyle.

—Soy inmortal, como el diablo. No tienes que preocuparte por eso.

Ese es el problema, que *sí* me preocupo. Me preocupa que ya haya esquivado dos balas y que la tercera acabe por llevárselo.

Alejo esos pensamientos nefastos de mi cabeza centrándome en él. «Mi marido».

El que un día fue mi guardia y ahora es mi marido.

No sé si alguna vez llegará a ser normal. Al fin y al cabo, no somos una pareja normal. No empezamos de la forma habitual y nuestro mundo está lejos de ser un cuento de hadas.

Sin embargo, después de explicarme por qué me dejó (porque pensó que me mostraba distante con él), algo dentro de mí se ablandó. Puede que tenga que ver con eso, o con la promesa que me hizo de no volver a dejarme, o con el hecho de que ha puesto en riesgo su vida para salvarme, no una, sino dos veces.

Estaba dispuesto a enfrentarse a la muerte por mí.

Una parte de mí, la que *dedushka* entrenó para desconfiar siempre de todo, me dice que no debería confiar en Kyle tan fácilmente.

Que no debería poner mi vida en sus manos como hice en su día. Pero la otra parte, la retorcida y desquiciada que cae en sus brazos cada noche, quiere que esté con él cada segundo del día. Esa parte lo extraña cuando no lo veo durante unas horas. Esa parte le permite devorar mi cuerpo como si siempre le hubiera pertenecido para saciarse.

Y lo hace, vaya si lo hace.

La resistencia de Kyle no conoce límites, ni siquiera cuando está herido, con vendajes y lejos de estar completamente curado.

No importa si me da placer con su polla o con sus juguetes. Las dos cosas tienen la capacidad de sacar a relucir partes de mí que hasta ahora estaban ocultas.

Sé que la gente dice que la parte física y la emocional están separadas, pero para mí no es así. Nunca pensé que mi cuerpo estuviera desconectado de mi corazón, así que desde la primera vez que Kyle estimuló mi cuerpo, también tocó algo dentro de mi pecho. Cada vez que me folla sin remordimientos, se clava aún más hondo.

Nos sentamos en un banco debajo de un gran árbol de ailanto y coloco la cesta entre nosotros. El cielo está despejado, con alguna que otra nube que tapa el sol de vez en cuando.

—¿Has envenenado esto? —pregunta con un brillo travieso en los ojos.

—Si quieres veneno, con gusto te lo consigo.

—Eh. —Me pellizca las mejillas y mantiene la mano ahí mientras habla—. No te ofendas, solo estaba bromeando. ¿Te han dicho alguna vez que eres una siesa o les das demasiado miedo como para decírtelo?

—No soy una siesa. Solo soy realista.

Me suelta, pero no sin antes acariciarme la mejilla.

—Lo que viene a ser otra forma de decir siesa, pero lo decía por decir… más o menos.

—Deja de ser tan pasivo-agresivo.

—Soy británico, princesa: ser pasivo-agresivo está en mi naturaleza.

Sacudiendo la cabeza, saco el recipiente de las tortitas y se lo acerco. Kyle le da un mordisco y yo espero con gran expectación a que reaccione. No hace ninguna mueca, lo cual es buena señal. Sin embargo, deja de masticar.

—¿Qué? ¿No te gusta?

—No. Es solo que… me ha recordado a un sabor de hace mucho tiempo. —Sonríe un poquito—. Mi madre solía cocinarlas e incluso tenía su propia receta especial.

—Mi padre solía prepararlas. Decía que, antes de amasar su fortuna, era un estudiante sin blanca, y que las tortitas eran un desayuno de lujo que se permitía cada vez que le pagaban donde trabajaba a media jornada. En cierto modo, también se convirtieron en algo especial para mí.

—¿Crees que tu vida habría sido diferente si te hubieras quedado a su lado?

—Probablemente. Pero si lo hubiera hecho, Reina no habría sobrevivido aquí, y yo no habría conocido a *dedushka*. Con él pasé los días más fascinantes de mi vida y eso no lo cambiaría por nada en el mundo. Al mismo tiempo, siempre echaba de menos a papá y a Reina. No tiene sentido, lo sé. Por una parte, quería a *dedushka*, a Sergei y a Ana, y por la otra, quería estar con papá y Reina.

—Tiene todo el sentido del mundo. Solo querías tener a toda tu familia contigo. Por eso puedes volverte despiadada cuando se trata de protegerles.

Me quedo mirándole fijamente, incrédula.

Nunca pensé que sería capaz de descubrir mis intenciones tan fácilmente.

A veces es demasiado observador, y eso me da miedo y me reconforta a la vez. Ahora mismo, sin duda me inclino más por lo segundo.

Cojo un trozo de tortita para evitar acercarme y abrazarle. Comemos en silencio durante unos segundos. El sol asoma entre las nubes y nos deslumbra con sus rayos. Kyle coloca ambas manos delante de mi cara, protegiéndola hasta que el sol se esconde detrás de otra nube.

A veces su forma de protegerme es desmesurada, pero no puedo evitar sonreír al ver lo serio que está mientras lo hace.

Continuamos comiendo en silencio, disfrutando de la naturaleza, la calma y los pájaros cantando a lo lejos. Unos cuantos guardias se inclinan al vernos y les devolvemos el saludo. Bueno, yo lo hago. Kyle se limita a fulminar con la mirada a cada uno de ellos. Me sirvo un vaso de zumo y le doy un sorbo.

—¿Por qué parece que estás tramando la mejor forma de matarlos?

—Porque es lo que estoy haciendo.

—¿Y eso por qué?

—Te miran raro.

Se me escapa una risita.

—Soy su jefa. No me miran raro.

—Sí, lo hacen.

—Solo estás siendo un paranoico.

—Y tú no te das cuenta de lo guapa que eres.

Me detengo, con la pajita a medio camino hacia mi boca. No es la primera vez que Kyle me dice que soy guapa, pero me sigue resultando extraño.

—¿Qué tiene que ver mi belleza con esto?

—Si no fuera por tu maldita belleza, no querría arrancarle el corazón a cada desgraciado que mira en tu dirección.

Bajo la cabeza, sin saber qué responder a eso. No tengo ni idea de qué decir cuando habla de esta forma tan posesiva.

—Así que no empeores su destino —continúa.

—¿A qué te refieres?

—No hables con ellos ni les regales tus sonrisas, esas solo me pertenecen a mí.

—Eres de lo que no hay.

—Y tú eres mía.

Me quedo atónita otra vez, así que me bebo el zumo de un trago, lo que le provoca una sonrisa a Kyle.

—¿Cómo fue? —pregunta completamente calmado.

—¿Cómo fue el qué?

—¿Cómo fue después de irme?

—Fue bien.

Me mira de forma extraña.

—¿Qué? —Hincho el pecho—. ¿Esperabas que estallara en llanto y te dijera que fue una tragedia?

—Estás a la defensiva.

—No, no lo estoy. Solo estoy respondiendo a tu pregunta, y la respuesta a esa pregunta es que simplemente fue *bien*.

Escondo el hecho de que mi vida parecía haber perdido algo crucial: el sentido. Puede que cumpliera con cada objetivo que me propuse, pero no sentía emoción alguna.

En algún momento, me di cuenta de que faltaba algo, pero no supe qué era hasta que él volvió a aparecer en el comedor diciendo ser el hijo de Igor.

Kyle me roza la sien con los labios, y yo me estremezco como si estuviera en medio de un campo nevado durante una tormenta helada.

—Yo no estaba bien —confiesa contra mi piel—. De hecho, estaba hecho polvo. Te echaba de menos.

Una mezcla de emociones se me atascan en la garganta. Carraspeo antes de hablar.

—¿Por qué ibas a echarme de menos?

—Bueno, digamos que me acostumbré a tu cabezonería, a ese carácter que no aguanta tonterías, y a lo mucho que me desafiabas continuamente. Echaba de menos despertarme cada día y encontrarte en mi puerta exigiendo que te enseñara algo. Echaba de menos cómo te preocupabas por todos los que te rodeaban, aunque intentaras hacerlo con disimulo para que no se sintieran incómodos.

»Echaba de menos la forma en la que tratabas a tus guardias como miembros de la familia y cómo nunca hiciste que se sintieran inferiores. Pero, sobre todo, echaba de menos tu sonrisa. —Sonríe—. Por poco que se deje ver.

Esta vez, no puedo controlar el leve sonido que se escapa de mi garganta. Esta vez, siento que me romperé en pedazos entre sus brazos.

—¿Tú me echaste de menos? —dice con voz grave y... ¿eso que escucho es una pizca de vulnerabilidad?

Cuando no respondo, él continúa:

—¿Me perdonarás algún día?

Consigo esbozar una sonrisa.

—Sigue intentándolo.

—Bueno, lo intento cada noche, aunque por diferentes razones.

—¿Qué intentas hacer?

—¿No es obvio? Intentar dejarte embarazada de verdad. Imagina la sorpresa de todos cuando se enteren que en realidad nunca hubo un bebé.

—Eso sería imposible.

—¿Y eso por qué?

—¿En serio no te has dado cuenta de que tomo pastillas anticonceptivas?

—Por supuesto que sí.

Yo me río.

—¿Entonces cómo demonios esperas que me quede embarazada?

—Por una cosita que se llama milagro.

—Los *milagros* no van a ocurrir pronto.

—Eso ya lo veremos.

Lo miro con los ojos entrecerrados.

—¿Qué coño se supone que significa eso?

—Nada. —Aparenta indiferencia—. Pero te prometo que un día llevarás a mi hijo dentro de tu vientre mientras yo me dedico a adorarte.

—No si depende de mí.

—Hmm.

—¿Qué significa «hmm»?

—Tengo otra promesa que hacerte.

—¿Qué tipo de promesa?

Se lleva mi mano a los labios y los frota contra la piel.

—Una promesa que implica que nunca me iré. Y que si me voy, tú te vienes conmigo.

30

KYLE

Nunca pensé que llegaría el día en que Rai se recostaría tranquilamente en mis brazos de esta manera.

Es demasiado impulsiva e individualista como para sucumbir a mi abrazo así.

En algún momento, caí en la cuenta de que un día me dejaría y nunca miraría atrás.

Pero eso fue antes de decidir que no la perdería.

No estaba bromeando cuando le dije que vendría conmigo. Lo dije en caliente, pero es la decisión más acertada que he tomado nunca.

Rai se viene conmigo.

Cuando todo esto termine, se vendrá conmigo a vivir lejos de aquí.

Lejos de la tragedia que traeré al lugar que tanto ama. La herida que tengo en el pecho no es nada comparada con la que sufrirá cuando haya terminado.

Ahora mismo me está cambiando el vendaje y contándome la última metedura de pata de Mikhail. Eso es lo que ha estado haciendo las últimas dos semanas. Intento concentrarme en sus palabras en lugar de en las ganas que tengo de ponerla debajo de mí y follármela.

Da igual que acabemos de salir de la ducha y se lo haya hecho contra la pared hasta que me gritaba que parase.

No puedo parar.

No cuando me mira con esos ojos. Ojalá pudiera mantenerlos a salvo en otro lugar. Ojalá pudiera esconderlos para que no vieran la monstruosidad que realmente soy o de lo que soy capaz. Si lo ve, no solo me querrá muerto igual que la última vez que desaparecí. Esta vez, me disparará con sus propias manos.

Probablemente me lo merezca, pero aun así, no dejaré que suceda, incluso aunque tenga que recurrir a métodos que ella no aprobaría.

Una vez termina con el vendaje, me ayuda a ponerme una camisa y la abotona. Sus uñas negras lucen muy femeninas contra la tela; elegantes y llena de delicadeza, como todo en ella.

Parece más joven, probablemente porque no está tan alerta como cuando estamos en compañía de otras personas. Poco a poco está empezando a bajar la guardia conmigo.

No diría que es una decisión muy inteligente por su parte, pero es mejor que tenerla siempre peleando conmigo; aunque sigue dándome guerra cada vez que siente la necesidad. Me encanta provocar a Rai y hacer que se sonroje o se retuerza antes de pedirme que me la folle contra la superficie más cercana posible.

—Todo listo. —Sonríe ante su obra.

—No diría que está todo listo a menos que estés rebotando encima de mi polla, princesa.

Ella aspira aire con dificultad.

—¿Es que nunca dejas de hablar así?

—Sí que lo hago.

—Ya, claro.

—De verdad que sí.

—¿Cuándo lo has hecho, pervertido?

—Cuando me cabalga, señora Hunter.

Ella pone los ojos en blanco.

—Lo dices como si me dejaras hacerlo.

—Te dejaré ahora. —Me doy un golpecito en el muslo.

Ella duda por un segundo demasiado largo antes de negar con la cabeza.

—No, se supone que hemos quedado en reunirnos con Kai, ¿recuerdas?

—¿Cómo iba a olvidarlo? —musito.

Tenemos una reunión con el puto japonés que la mira de ese modo que me molesta. Y eso es quedarse corto. No es solo que no me guste cómo la mira. Cada vez que se menciona su nombre, siento la necesidad de acabar con su miserable vida y provocar un conflicto diplomático entre la Yakuza y la Bratva.

Sin embargo, el otro desgraciado, Vladimir, ha estado insistiéndole a Rai para que hable con él sobre una posible alianza. Sabe que Kai tiene una especie de acuerdo con ella, y no me gusta ese tipo de acuerdo.

Huelga decir que ni de coña iba a dejar que fuera a reunirse con él sola. Así que o voy yo o lo dejamos tirado. Prefiero la segunda opción, o mejor aún, prefiero la opción cero, en la que debería haber hecho que Flame acabara con él.

—Kai puede esperar —digo.

—No, no puede.

—Sí, sí que puede. Mientras tanto, puedes cabalgarme. Venga, sabes que quieres.

Se muerde el labio inferior y me mira a través de las gruesas pestañas con una sensualidad de la que estoy seguro de que no es consciente, pero que de igual manera logra irradiar.

Puede que no sea una seductora nata como su hermana gemela, pero tiene ciertas tendencias ocultas que afloran de vez en cuando, y que sin duda alguna funcionan conmigo, a juzgar por el bulto en mis pantalones.

—Después, ¿vale?

—¿Por qué esperar a después cuando podemos hacerlo ahora?

Suspira profundamente, pero no se aparta de mí cuando la agarro por la cintura.

Rai me mira fijamente. Al principio, odiaba sus ojos. Pensaba que eran demasiado fríos, insensibles e impenetrables, pero ahora son todo menos cerrados. Es dulce, tranquila, y puede que yo sea demasiado adicto a ese lado suyo.

—¿Te das cuenta de lo mucho que has trastocado mis horarios?

—¿Y eso es malo?

—Por supuesto que sí. Tengo trabajo que hacer, y no solo en la hermandad. Soy directora ejecutiva en V Corp, donde el sustento de muchas familias dependen de mí. Tengo que rendir cuentas a los directores y cuidar de los empleados. También tengo que estar

pendiente de las prácticas de Ana para que deje de estar tan protegida, pero me olvido de todo eso cuando estoy contigo. ¿Quieres
dejar de distraerme?

—¿Por qué iba a hacerlo si es la mejor distracción que tendrás
nunca?

—Kyle… —me suplica—. Vámonos y, cuando volvamos, te dejaré hacer lo que quieras.

Eso despierta mi interés.

—¿Lo que quiera?

—Lo. Que. Quieras —dice con rotundidad—. Pero ahora promé-
teme que te portarás bien.

Entrecierro los ojos.

—¿Con quién?

—Con Kai.

—¿Por qué iba a hacer eso cuando amenazó con matarte el día
de nuestra boda?

—Porque queremos aliarnos con los japoneses. Tenemos que
practicar la diplomacia a veces.

—El contacto eres tú, no yo. No sé por qué tenemos que portar-
nos bien los dos.

—¿Qué problema tienes con Kai exactamente?

«La forma en la que te mira». Pero no le digo eso porque quedaría como un tonto patético, y no soy nada de eso. Si acaso, soy
el villano de esta historia. Soy el motivo por el que su querida
hermandad quedará arrasada.

Cuando no respondo, Rai da el asunto por zanjado y coloca unos
zapatos de cuero a mis pies.

—¿Quieres que te ayude?

—Al menos déjame que haga esto. Ve delante de mí. Ahora te
sigo.

—¿Estás seguro de que no quieres que te ayude? Es un momento.

—Te estás convirtiendo en una esposa muy rápido, Rai.

Pero siento que es solo porque se siente culpable de que recibiera
un disparo por su tío abuelo.

Es la razón por la que no se ha separado de mí todo este tiempo.
Por gratitud. Odio esa puta palabra. No quiero que lo que sienta

hacia mí sea gratitud. Quiero que esté conmigo porque necesite mi presencia tanto como yo no puedo respirar sin la suya.

Pero ya habrá tiempo y lugar para eso. Un día, se acurrucará entre mis brazos, no porque se sienta agradecida por mis actos «heroicos», sino porque no pueda alejarse de mí.

Después de hacer una mueca, se marcha.

Me aseguro de que la puerta se cierre tras ella antes de ponerme los zapatos, agarrar el teléfono y salir al balcón. Casi nunca está abierto por miedo a los francotiradores. El último jefe, Nikolai, era excesivamente cauto, y Rai se parece a él en más de un sentido.

Marco el número que tengo en el teléfono y espero unos minutos antes de que Flame conteste.

—¿Cómo van las cosas por allí?

—En primer lugar: que te follen. Yo no me uní para estar con los irlandeses. Fingir su acento es una pesadilla.

—Déjate de lloriqueos. ¿Funcionó el ataque de Damien?

—Milagrosamente, sí. Están nerviosos y saben que están perdidos porque los rusos y los italianos se han unido para acabar con ellos.

—Como debe ser —murmuro entre dientes.

—Creo que Rolan se pondrá en contacto con Sergei, con Lazlo, o con los dos.

Aprieto los puños al escuchar ese nombre. «Rolan Fitzpatrick». Jamás en la vida se me olvidará.

—¿Y qué pretende hacer exactamente? —le pregunto a Flame.

—¿Pedir una tregua? ¿O una puta? ¿Y yo qué coño voy a saber?

—De todas formas, da igual. Tanto Lazlo como Sergei piensan que los irlandeses dispararon en mi boda y nos atacaron en la cena especial de Sergei.

—Hay que reconocer que los rusos sí que intentaron pillarnos esa noche, sobre todo ese tipo de la barba, el que lleva gafas, pero conseguimos escapar a tiempo.

Bajo la mirada hacia los guardias apostados cerca de cada entrada.

—No importa lo fuertes que se crean los rusos, no se pueden comparar con máquinas de matar entrenadas profesionalmente.

—Hablando de esas máquinas de matar, están esperando la segunda mitad del pago.

—Lo enviaré en cuanto terminen el trabajo.

—Solo tienes que darme un nombre.

Hay una pausa, por mi parte, no por la suya. ¿Por qué coño estoy dudando? Al fin y al cabo, esta era la razón por la que volví a Estados Unidos desde un principio. Por eso sigo vivo.

—¿Kyle?

—Me da igual a quién mates de los rusos, siempre que pertenezcan a la élite y que no sean ni Adrian ni Sergei.

—¿Por qué no Sergei? Habría sido mi primera opción.

Adrian queda fuera de la lista porque conoce parte de la historia. El hecho de haber matado en secreto por él en el pasado es la razón por la que entré en la hermandad en un primer momento. Nikolai no cuestionó mis antecedentes cuando Adrian le proporcionó unos falsos porque tanto él como Sergei confiaban mucho en él. Adrian me quiere cerca porque le gusta tener a uno de los mejores sicarios en su arsenal, y por eso tenemos un entendimiento mutuo. Claro que no sabe que tengo la intención de destruir la hermandad por completo.

Sin embargo, Sergei sí debería haber sido una posibilidad, ya que su posición permitiría conseguir un mayor impacto si muere de repente.

Las palabras de Rai del otro día son las que me impiden acabar con él.

Si muere, la echarán de V Corp y de todo por lo que ha trabajado. La hermandad es un mundo duro para las mujeres, especialmente para una mujer de ideas firmes y sin pelos en la lengua como Rai.

Por eso, elijo no acabar con sus fantasías todavía, aunque sé que acabará dejándolas atrás una vez que la saque de aquí.

—Todavía necesito a Sergei. Ahora me prefiere a mí y usaré eso a mi favor —digo—. Elige a uno de los otros.

—¿Y luego?

—Y luego dejas de hacer preguntas y lo haces realidad. Después de todo, te estoy pagando a base de putos favores, y ya sabes cuánto los odio.

—Vale, vale. Solo me preguntaba si tenías algún plan para la rubita esa que tienes por esposa.

«Lávate la puta boca para hablar de ella. De hecho, no la menciones en absoluto».

Eso es lo que quiero decir, pero si le muestro mi debilidad a Flame de esa manera, no dudará en usarla en mi contra de la forma más brutal posible. Puede que ahora sea mi aliado, pero llegará un día en que volverá a ser mi enemigo.

—Rai no es nadie —digo en un tono casual—. La dejaré atrás y listo.

—Es lo más inteligente que puedes hacer, porque si se entera de lo que estás haciendo, te matará.

Lo hará.

Pero aun así me la llevaré conmigo. Y me da igual si me mata, siempre que la tenga a mi lado.

—Estamos cerca de cumplir el objetivo, así que céntrate, Flame.

—Siempre lo estoy, pringado.

—Cuando todo esto acabe, quiero que tanto los irlandeses como los rusos acaben destruidos.

Esta es mi venganza.

31

RAI

Me quedo paralizada en el sitio, sin estar muy segura de lo que acabo de escuchar o de si lo he oído bien.

Tal vez mi cabeza me esté jugando una mala pasada. Tal vez nada de esto sea real y esté soñando.

Me despertaré pronto, ¿verdad?

Cierro los ojos tan fuerte que siento un pinchazo y vuelvo a abrirlos. Al contrario de lo que esperaba como una idiota, no me despierto.

En cambio, me asaltan las palabras que escuché mientras estaba junto a la puerta.

«Cuando todo esto acabe, quiero que tanto los irlandeses como los rusos acaben destruidos».

Kyle ha dicho eso, entre otras cosas que no logro comprender. Por lo general, él nota mi presencia incluso antes de que entre en la habitación.

Sin embargo, esta vez no ha sido así. No ha dado ninguna señal que indique que sabe que estoy aquí. Puede que la medicación le haya adormecido los sentidos, o que yo sea demasiado silenciosa.

O tal vez esté demasiado concentrado en su plan de destrucción como para darse cuenta de que estoy aquí.

El hecho es que ha dicho esas palabras.

No es mi imaginación.

No es una pesadilla.

Es la realidad.

El hombre que está en el balcón, al que tomé como esposo y cuyo anillo llevo puesto, ha estado tramando la aniquilación de mi familia.

Por un segundo, soy incapaz de respirar ni de pensar. ¿Debería entrar allí, enfrentarme a él y arriesgarme a que me mate? ¿O debería alejarme y fingir que no he oído nada?

Fingir que no he vuelto porque he recibido los resultados de las pruebas de ADN de Katia, donde pone en letras bien grandes que no es hijo de Igor.

Fingir que no fui tan estúpida como para volver a caer en sus juegos otra vez, después de siete años jurándome que nunca volvería a ser tan tonta.

Me estaba yendo bien, me estaba acostumbrando a que fuera mi marido. Estaba dispuesta a perdonarlo y dejar todo atrás.

Pero ¿cuánto tiempo habría vivido en ese sueño imposible antes de que estallara la burbuja? ¿Antes de ver a Kyle tal y como es en realidad?

Un maestro de la destrucción.

Un hombre que acabará con mi familia.

Al contrario de lo que pensaba, Kyle no se casó conmigo para convertir a Igor en jefe, lo hizo para destruir la hermandad por completo.

El sabor amargo de la traición me explota en la boca y me muerdo el labio inferior hasta que noto el sabor metálico.

Mientras sigue hablando por teléfono, doy un paso atrás e intento ser lo más sigilosa posible.

Una vez me dijo que no debería confiar en él, que cuando lo hiciera, estaría muerta. ¿Le hice caso? ¿Le hizo caso mi estúpido corazón? No. En lugar de eso, caí más en su red de secretos y mentiras. Me ha arrastrado con él a una oscuridad tan profunda que ya no puedo ver la luz.

No cierro la puerta porque el chasquido puede alertarle de mi presencia.

Si sabe que lo he oído todo, cambiará sus planes y no podré boicotearlos.

Mientras estoy de pie frente a la habitación que había empezado a llamar «nuestra», las lágrimas me escuecen en los ojos. Me las seco con rabia.

Todo se ha acabado.

Pensó que podía hacernos daño a mi familia y a mí, pero habría sido mejor que simplemente hubiera desaparecido. Habría sido mucho mejor si no le hubiera visto la cara.

Pero siguió adelante y cometió el pecado más imperdonable de todos.

Que le jodan a mi corazón. Lo aplastaré junto con Kyle antes de que nadie pueda hacerle daño a mi familia.

Se oye un crujido detrás de mí antes de que una voz masculina hable con un acento muy marcado:

—Parece que has escuchado algo que no debías.

Y acto seguido, me agarra el cuello por detrás y me lo retuerce.

Mi visión se va oscureciendo poco a poco mientras me desplomo en el suelo de un golpe seco. Unas manos grandes me agarran por los pies y me arrastran.

Se me cierran los ojos lentamente y una lágrima resbala por mi mejilla cuando un vacío aterrador me envuelve. Mientras pierdo el conocimiento, las palabras de Kyle siguen resonando en mi cabeza:

«Rai no es nadie. La dejaré atrás y listo».

CONTINUARÁ

La historia de Kyle y Rai concluye en *Trono de venganza*.